天地元气

余秋雨 著

余秋雨散文精选

人民文学出版社

图书在版编目（CIP）数据

天地元气：余秋雨散文精选 / 余秋雨著. —— 北京：人民文学出版社，2025. —— ISBN 978-7-02-019135-2

Ⅰ. I267

中国国家版本馆CIP数据核字第202456TT01号

责任编辑　温　淳
装帧设计　陶　雷
责任印制　宋佳月

出版发行　人民文学出版社
社　　址　北京市朝内大街166号
邮政编码　100705

印　　刷　北京盛通印刷股份有限公司
经　　销　全国新华书店等

字　　数　269千字
开　　本　890毫米×1290毫米　1/32
印　　张　14.25　插页1
印　　数　1—10000
版　　次　2025年3月北京第1版
印　　次　2025年3月第1次印刷

书　　号　978-7-02-019135-2
定　　价　69.00元

如有印装质量问题，请与本社图书销售中心调换。电话：010 65233595

余秋雨，中国当代文学家、美学家、史学家、探险家。

一九四六年八月生，浙江人。"十年动乱"时期，独自著述了体制宏大的《世界戏剧学》，灾难过后出版，至今四十余年，仍是这一领域的权威教材。其后又完成了人文史学、接受心理学、创新美学等方面的重大著作，成为新时期的著名人文学者引领者之一。

二十世纪八十年代中期，任上海戏剧学院院长。后又出任上海市中文专业教授评审组组长，兼艺术专业教授评审组组长。曾任复旦大学美学博士答辩委员会主席、南京大学戏剧博士答辩委员会主席。获"国家级突出贡献专家"（1987）、"上海十大高教精英"（1986）、新浪网"中国最值得尊敬的文化人物"（2005）等荣誉称号。

在担任高校领导职务六年之后，毅然辞职，历尽艰辛在边境荒原上寻访中华文明被埋没的重要遗址，探寻中国人的文化基因。作品《文化苦旅》、《山居笔记》等受到海内外读者的广泛欢迎。柏杨先生称赞他"重新定义了中国人"。李光耀先生说："二十世纪后期，海外华人重新对中华文化产生感动，主要是由于余秋雨先生的书。"

二十世纪末，实地考察了巴比伦文明、克里特文明、希伯来文明、阿拉伯文明、印度文明、波斯文明等一系列重要的文化遗址。一路上以《千年一叹》、《行者无疆》的逐日连播轰动海内外，被国际媒体选为"跨世纪十大国际人物"。

几十年来，除了创作大量剧本、小说、诗歌和"记忆文学"外，还以主要精力完成了对中华文化一系列基础工程的完整研究，相关著作多达五十余部，包括《中国文脉》、《老子通释》、《周易简释》、《君子之道》等艰深的基础工程。联合国教科文组织、北京大学等机构表彰他"把深入研究、亲临考察、有效传播三方面合于一体"，是"文采、学问、哲思、演讲皆臻高位的当代巨匠"。

自二十一世纪初开始，赴美国国会图书馆、联合国总部、哈佛大学、耶鲁大学、哥伦比亚大学等处演讲中国文化的长寿基因和非侵略本性，反响巨大。二〇〇八年，上海市教育委员会颁授成立"余秋雨大师工作室"；二〇一二年，中国艺术研究院设立"秋雨书院"。台湾"天下文化事业群"称其为"华文世界最具影响力的一支笔"。

陈羽

小 序

人民文学出版社很久以前就出过我的一本散文选，一直很畅销。但是，毕竟那么多年过去了，我又从来未曾停笔，再出就需要新选了。旧选和新选加在一起，书还不能太厚，因此难度不小。编辑朋友辛苦了。

有一位评论者说，我的散文，并不局限于一种文体格式，而是体现为一种写作神态，那就是："质朴叙事，磁性行文，天地诗情。"他还说，这种写作神态，也体现在我的大量学术著作中，因此那些严肃的文本，也可以看作是"无界大散文"。

本书就选了好些篇这样的"无界大散文"。读者阅读时，不得不从散逸心态转换到学理思考，实在有点抱歉。但这种转换对年轻的读者和作者可能也有好处，可以让他们领会天下文章的始源性活力。有了这种活力，即便面对再深奥、再庞大的难题，也可以输入个性、体温和韵味。其实，这也正是文学对于世间百业的惠泽。

这位评论者说我的文章中有一种"天地诗情"，感谢他道出了我的追求。其实，这种追求来自我所崇尚的中国哲学观念"天地元气",已经牵涉到宇宙观和人生观。书中很多文章与此有关,所以取了这个书名。对于这种观念的阐释,可看本书最后一篇文章,这是我最近所写的。

选编本书时,我把入选的文章全部重读了一遍。由于几十年间思维方式和阅读节奏的变化,我在不少地方做了一些修改。因此,同样一篇文章如果同时出现在本书和其他选本中,应以本书为准。

忙碌的当代读者也许会问:如果一时不能依次读完,你会着重向我们推荐哪几篇呢?

我的回答是三篇:《三十年纪念》、《中国文脉概述》、《我和妻子》。

理由呢? 读了便知。

多谢!

余秋雨

2024年深秋

目　录

	小序	001
辑一 史迹	三十年纪念	003
	沙原隐泉	012
	阳关雪	017
	都江堰	021
	道士塔	028
	黄州突围	040
	山庄背影	057
	宁古塔	075
	抱愧山西	088
	风雨天一阁	111
	世纪日记	124

辑二 文脉

中国文脉概述	131
他们的共性	174
古道西风	181
黑色光亮	196
魏晋绝响	211
简说王阳明	234
探寻"小人"	242

辑三 记忆

故乡	269
老屋窗口	287
幽幽长者	295
门孔	330
祭笔	350
我和妻子	363

辑四 生命		
	我的生命支点	399
	美是一种安顿	404
	大隐	409
	你比你更精彩	415
	不要等待	421
	拼命挥手	424
	白马	426
	天地元气	428

名家论余秋雨		435
历史将会敬重（代跋）	江迅	437

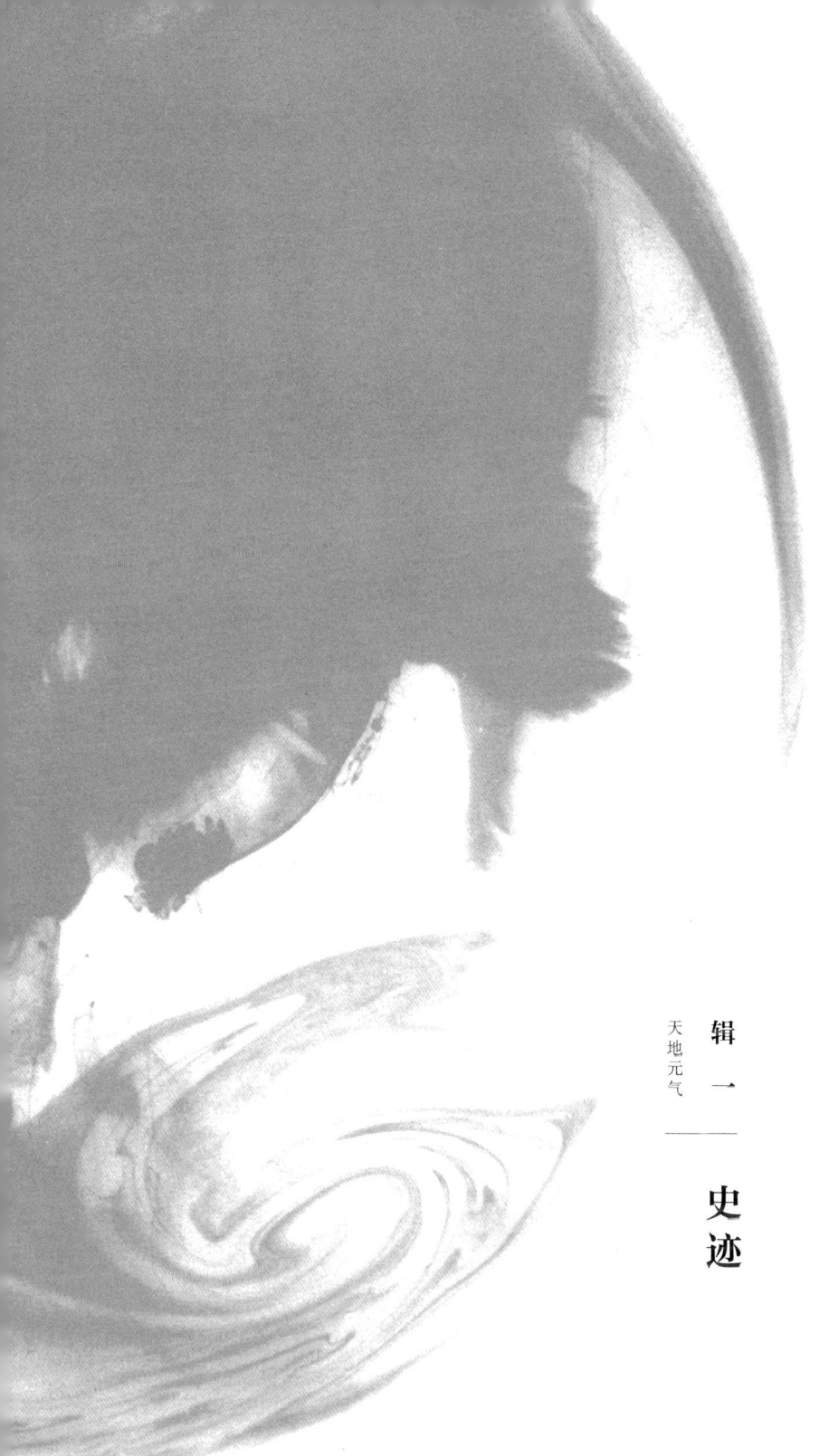

辑一　史迹

天地元气

中国文化和中国人,虽然也会呈现出戾沓之气和衰怠之气,但在深处,却一直蕴藏着一种被几千年历史证实的创世之气,那就是"天地元气"。

三十年纪念

《文化苦旅》出版,已经三十年了。

三十年来,这本书的印刷量,实在无法统计。例如,作家出版社介入此书,是初版二十几年后的事了,照理高波已过,但也很快给我颁授了《文化苦旅》丛书发行四百五十万册的"超级畅销书纪念奖杯"。其实,这还只是在说正规渠道。据调查,此书盗版本的销量,是正版的整整十八倍。

面对这么庞大的读者群体,我为自己作为一个华文作家而深感自豪。沧海星辰般的黝黑眼神,注视着自己笔下流出的那一些汉字,这是世上其他文字的写作者无法想象的盛景。

然而这种自豪又牵连出了一种心理亏欠:我一直没有把出版事务的"背后故事"告诉读者。以前总认为文本就是一切,文本之外的事情只该藏在作者心底。现在看到几代读者超常的热情,就觉得应该向他们多坦示一点什么。那些"背后故事"其实也是著作的一部分,很多读者可能都愿意听听。

"背后故事"可分三段来讲。

第一段:**苦心远旅**。

我年轻时,经受了社会思潮的剧烈转折。先是面对长久的极左封闭,我冒险写出了一系列论述世界人文科学的著作与之对峙。这个规模不小的基础工程在改革开放初期获得了极高的社会评价,我也因此被推举为上海戏剧学院院长,还担任几所著名大学的博士学位答辩委员会主席。本来,我很可以在这样的位置上延续风光,安适度日,却遇到了一个精神裂谷。

原来,改革开放引发了全方位的对比性反思,而当时的中国确实还处处贫困,又随时可见政治运动所遗留的伤痕。在这种情况下,海内外某些群落对中国文化作出了整体质疑,"丑陋的中国人"、"民族的劣根性"等论调不绝于耳。大家都想走出一条新路,来摆脱中华文化的戾沓之气、衰怠之气。

反思是必要的,说一些过头的话也很正常。但是,当贬斥的对象扩大为一个庞大族群的整体,那就违反了我对中国文化的宏观判断。

就在这时,我读到了英国哲学家罗素(Bertrand Russell)对中国的论述。罗素曾在二十世纪二十年代初到中国考察,当时的中国,备受欺凌,一片破败,让人看不到希望。但是,这位哲学家却说:

进步和效率使我们富强，却被中国人忽视了。但是，在我们骚扰他们之前，他们还国泰民安。

白种人有强烈的支配别人的欲望，中国人却有不想统治他国的美德。正是这一美德，使中国在国际上显得虚弱。其实，如果世界上有一个国家自豪得不屑于打仗，这个国家就是中国。如果中国愿意，它能成为世界上最强大的民族。

不管中国还是世界，文化最重要。只要文化问题能解决，无论中国采取什么样的政治体制和经济体制，我都接受。

说实话，读到"在我们骚扰他们之前，他们还国泰民安"时，我有点鼻酸。因为这个论断恰恰来自那个向中国发动鸦片战争的国家。

其实罗素对中国历史了解不多，却显现出如此公平的见识。这种态度具有巨大的诱惑力，催促我必须为自己的文化做一点事。

于是，我决定摆脱已有的名誉地位，辞职二十三次终于成功，只身来到甘肃高原。当时宣布的目的是"穿越百年血泪，寻找千年辉煌"，而我内心的目标却更加艰深，那就是让中国人找到"集体文化身份"。这件事，五四新文化运动的斗士们没有做，因此使那场运动比不过欧洲的文艺复兴。

若有可能，我还想在文化考察中来思考一个问题，为什么罗素说"如果中国愿意，它能成为世界上最强大的民族"？

其实我心底已有答案：中国文化和中国人，虽然也会呈现出戾沓之气和衰息之气，但在深处，却一直蕴藏着一种被几千年历史证实的创世之气，那就是"天地元气"。

要说服自己和别人，理由必须感性、具体，而不能用套话、大话自欺欺人。因此，我独自在沙漠里行走，去寻找一个个伟大的遗址。而且，首先必须是文化遗址，而不是政治遗址，因为罗素说了，"文化最重要"。

寻找遗址，就像拉着一批批不信任我们的人来到曾经发生过事情的现场，用实地、实景、实迹，让他们不能不驻足。

多数遗址一定已经荒落，那就给过去的伟大加上了悲怆。悲怆的伟大更加伟大，因为它们承载着历史的重量。

我会在伟大和悲怆之间不断掂量，看看有哪些遗址还能让今天的中国人心头一热。我对此充满信心，因为绝大多数中国人在冥冥中都有一种"祖先崇拜"。

当时，多数同行都拥挤在出国、升职、下海的闸门口，而我却背过身去，成了一个"逆行者"，披着一件薄棉袄，穿着一双旧胶鞋，在无人的荒野间细细寻觅。

终于，在一间间乡村小旅馆，我用竹杆圆珠笔开始记述。一些今天的读者非常熟悉，而当时的读者大多陌生的地名，如都江堰、鸣沙山、西域喀什、上京龙泉府、黄州赤壁、青云谱、承德山庄、宁古塔、平遥票号、天一阁、鹿回头、岳麓书院、西江苗寨等，一一郑重地出现在我的笔下。

随之，拜水文化、西域文化、魏晋文化、鲜卑文化、石窟文化、流放文化、晋商文化、藏书文化、科举文化、书院文化、生态文化、废墟文化等，也逐一被勾勒。与这些文化相关，我又恭敬地请出了许多缥缈的身影。

这些地点，这些文化，这些身影，以前虽然也有史籍论及，但几乎都没有被完整地描述过。这也就是说，我完成了一次首创意义上的"文化踩点"。这些点，埋藏着中华民族的精神穴位。正是这些精神穴位，接通了数千年的"天地元气"。

我在寻找这些点的过程中，总是由惊讶而投入苦思。苦思的结果，几乎与传统的历史观念都不一样，这么多不一样，使我领悟到文化思维正面临着一次根本性的大转型。那么，怎么才能让广大读者也参与这种大转型呢？我采用了一种特别的文体，那就是用细声慢语的质朴叙事，来牵引宏观的诗情。我相信，即使是陌生人，也很难拒绝质朴的真情。

这就可以进入"背后故事"的第二段了：**意外轰动**。

当这些在小旅馆写的文章以《文化苦旅》的标题在巴金主编的《收获》杂志连载并出版后，形成了远远出乎意料的轰动。上文已提到惊人的印刷量，那还是指大陆，而更让人诧异的，是全球华文世界的超常热情。

特别是台湾地区，当时与大陆还有重重隔阂，互不了解，但这本书却把隔阂全部穿越了。据著名诗人隐地先生说，《文化苦旅》以最快的速度进入了"本岛的家家户户"。《文化苦旅》中的文章还被收入了当地教科书，这对大陆作者来说是一个史无前例的突破。在年轻人中间，则兴起了一种时尚，叫作"到绿光咖啡屋听巴赫读余秋雨"，一群台湾作家还以这个书名出版了专著。

写作《丑陋的中国人》一书的柏杨先生在台北见到了我，一见面他就说："两个字，羡慕。羡慕你以大规模的文化遗迹考察，重新定义了中国人。"

此外，一些华人聚居的国家也一次次邀我演讲，每场都人潮涌动。李光耀先生说，二十世纪后期海外华人重新对中华文化产生感动，主要是因为余秋雨先生的书。

这些盛况并没有让我得意，却让我强烈感受到了各地华人的心理饥渴。他们本来也有很多书可读，却一直期待着有人能用千年实证，唤起长埋心底的生存尊严。而这种生存尊严，就来自能够超越种种隔阂的文化，以及文化中所蕴藏的"天地元气"。

因此，我知道接下来该做什么了。我顺势应邀到东京召开的联合国"世界文明大会"上演讲"中华文化的非侵略本性"，又到纽约联合国总部大厦演讲"中华文化的八大长寿基因"。这些演讲都引起了不小的震动，甚至成为联合国网站的"第一要闻"。

这样的势头必然会触犯到国际间的某种势力，于是就有"背后故事"的第三段了：**风波来去**。

让世界各地华人找到了"共同的精神遗址"，这对那些靠着对立来谋生的人来说，简直是釜底抽薪。因此，这么一本温和的散文书，成了他们的绊脚石。

但是，要直接否定一部大家喜欢的文学作品很困难，唯一的办法是避开作品，制造谣言，形成风波，掩埋作品。这是他们轻车熟路的专业。

发起者，是一个至今活跃在美国的政治人物。

主导者，是香港的《苹果日报》。该报直到二〇〇九年五月才公开发文呈示自己的这个身份。

实施者，是广州的一份报纸和一群老人。这些老人几乎都是"十年动乱"中的风云人物。选他们，实在是主导者的一片苦心。因为他们只想趁人们年久失忆，用栽赃的方式来洗白自己的历史，而他们的唯一专长就是以"大批判"的方式任意诽谤。这种"颠覆名人"的阵仗很能吸引读者，一时在传媒间气势不小。我也如他们所愿，成了"有争议人物"而半明半晦。

然而，可安慰的是，正是在风波之中，正是在诽谤源头，香港一批教授为香港市民开列"古今中外必读书"八十本，《文化苦旅》和我的另一本书也在其中，成为古今中外那么多作家中能够进入两本书的唯一者。后来应民众要求减到五十本,我的两本还在。可见,《苹果日报》在香港也难以侵凌高层文化。

风波终于过去了,所有的谣言都已不攻自破。几个参与造谣的老人突然产生了法律担忧,意识到自己可能已经犯下了诽谤罪,先后拐弯抹角地向我道歉。我托人转告,本人不会起诉,他们尽可以安度晚年。

风波过去原因很多,我只想强调其中两点——

一、丑,永远不是美的对手。我写这本书,始终追求着一种宁静而又弘深的东方大美,而那些诽谤文章,总是显露着一种嫉世之丑。朗朗天道,茫茫人心,最终都会站在美的一边。

《文化苦旅》已经证明,我所要的美,只能产生于个体生命在苍天大地间的探寻和创造。整个过程,都要避免与丑纠缠。因为一纠缠就会减损了"天地元气"。因此我自始至终,不做任何争辩。后来只在《门孔》一书中写了一篇介绍风波的文章,轻松地向读者做了一个交代。

二、这么多年过去,中国文化已经可以不在乎一切侮辱。虽然仍有一些外国人和中国人总在诬蔑,但在整体上,"天地元气"已被激发出来,很难抑制。这,也是风波终于过去的大背景。

经历了这场风波,我更明白了,有力而又有效地阐释中华文化，是当今世界的头等大事。因此，下狠心冒着生命危险考察了人类各大古文化的遗址，来与中华文化对比，写出了《千年一叹》、《行者无疆》等著作。然后，又系统地以国际观念和现代观念解析中华文化元典，写了一整套"基建性"的学术著作。大规模的考察和写作，几乎占据了我的全部时间，使我没有可能参加任何社会交往，仍然是远离热闹，独自寻路。这一切，都是《文化苦旅》的后续脚印。

突然想起我写的几句诗——

> 路途荒凉，
> 我无鞭无缰，
> 却听到远年的马蹄细碎，胡笳低响。
> 唐诗的断句总有点凉，
> 原来沙地都是未化的霜。

其实我大半辈子的人生路，都是这样走过来的。

辛丑年秋月

沙原隐泉

沙漠中也会有路的，但这儿没有。

远远看去，有几行歪歪扭扭的脚印。

顺着脚印走吧？不行，被人踩过了的地方反而松得难走。只能用自己的脚，去走一条新路。回头一看，为自己长长的脚印高兴。不知这行脚印，能保存多久？

挡眼是几座巨大的沙山。只能翻过它们，别无他途。上沙山实在是一项无比辛劳的苦役。刚刚踩实一脚，稍一用力，脚底就松松地下滑。用力越大，陷得越深，下滑也愈加厉害。才踩几脚，已经气喘，不禁恼怒。

我在浙东山区长大，在幼童时已经能够欢快地翻越大山。累了，一使蛮劲，还能飞奔峰巅。这儿可万万使不得蛮劲。软软的细沙，款款地抹去你的全部气力。你越发疯，它越温柔，温柔得可恨至极。无奈，只能息怒，把脚底放松，与它厮磨。

想要噌噌噌地快步登山，那就不要到这儿来。有的是栈道，有的是石阶，千万人走过了的，还会有千万人走。只是，那儿不给你留下脚印——属于你自己的脚印。

心气平和了，慢慢地爬。沙山的顶越看越高，爬多少它就高多少，简直像儿时追月。

那就不去理会那高远的目标了，何必自己惊吓自己。它总在的，看也在，不看也在。既然如此，就当它不在。

还是转过头来打量一下自己已经走过的路吧。我竟然走了那么长，爬了那么高！脚印已像一条长不可及的绸带，平静而飘逸地画下了一条波动的曲线，曲线一端，紧系脚下。

完全是大手笔，不禁钦佩起自己来了。

不为那越来越高的山顶，只为这已经画下的曲线，爬。

不管能抵达哪儿，只为已耗下的精力，爬。

无论怎么说，我始终站在已走过的路的顶端——永久的顶端，不断浮动的顶端，自我的顶端，未曾后退的顶端。

爬，只管爬。

脚下突然平实，眼前突然空阔，怯怯地抬头四顾——山顶还是被我爬到了。

西天的夕阳，十分灿烂。

夕阳下的绵绵沙山是无与伦比的天下美景。光与影以最畅直的线条进行分割，金黄和黛赭都纯净得毫无斑驳，像用一面巨大的筛子筛过了。日夜的风，把宏大的山坡抚摩成波荡，那是极其款曼平适的波荡，不含一丝涟纹。

于是，满眼皆是畅快，一天一地都被铺排得大大方方、明明净净。色彩单纯到了圣洁，气韵委和到了崇高。何谓中国远古哲学所崇拜的"天地元气"？我在这里一下子就感悟了。

为什么历代的僧人、信众、艺术家偏偏要选中沙漠沙山来倾注自己的信仰，建造了莫高窟、榆林窟和其他洞窟？站在这儿，我懂了。我把自身的顶端与山的顶端合在一起，心中鸣起了天乐般的梵呗。

刚刚登上山脊时，已发现山脚下尚有异象，舍不得一眼看全。待放眼四周鸟瞰过之后，此时才敢仔细端详。那分明是一湾清泉，横卧山底。

动用哪一个藻饰词，都很难描述它。只觉它来得莽撞，来得怪异，安安静静地躲藏在本不该有它的地方，让人的眼睛看了很久还不大能够适应。

是的，这无论如何不是它该来的地方。要来，该来一道黄浊的激流，但它是这样清澈和宁谧。或者，来一个大一点儿的湖泊，但它是这样纤瘦和婉约。

漫天的飞沙，难道从未把它填塞？夜半的飓风，难道从未把它吸干？这里可曾出没过强盗的足迹，借它的甘泉赖以为生？这里可曾蜂聚过匪帮的马队，在它身边留下一片污浊？

我胡乱想着，随即又愁云满面。怎么走近它呢？我站立峰巅，它委身山底。向着它的峰坡，陡峭如削。此时此刻，刚才的攀登，全化成了悲哀。

向往峰巅，向往高度，结果峰巅只是一道刚能立足的狭地。不能横行，不能直走，只享一时俯视之乐，怎可长久驻足安坐？上已无路，下又艰难，我感到了"身居高位"时的孤独与惶恐。

世间真正温煦的美色，都熨帖着大地，潜伏在深谷。君临万物的高度，到头来只构成自我嘲弄。我已看出了它的讥谑，于是怯怯地来试探下削的陡坡。

咬一咬牙，狠一狠心。总要出点事了，且把脖子缩紧，歪扭着脸把脚伸下去。一脚，再一脚，整个骨骼都已准备好了一次重重的摔打。

然而，奇了，什么也没有发生。才两脚，已出溜下去好一段，又站得十分稳当。不前摔，也不后仰，一时变作了高加索山头上的普罗米修斯。

再稍用力，如入慢镜头，跨步若舞蹈，只十来下，就到了山底。

实在惊呆了：那么艰难地爬了几个时辰，下来只是几步！想想刚才伸脚时的悲壮决心，哑然失笑。康德说，滑稽是预期与后果的严重失衡，正恰是这种情景。

来不及多想康德了，急急向泉水奔去。

一湾不算太小，长可三四百步，中间最宽处相当于一条中等河道。水面之下，漂动着丛丛水草，使水色绿得更浓。竟有三只玄身水鸭，轻浮其上，带出两翼长长的波纹。真不知它们如何飞越万里关山，找到这儿。水边有树，不少已虬根曲绕，该有数百岁高龄。

总之，一切清泉静池所应该有的，这儿都有了。至此，这湾泉水在我眼中又变成了独行侠——在荒漠的天地中，全靠一己之力，张罗出了一个可人的世界。

树后有一土屋，正迟疑，步出一位老尼，手持悬项佛珠，满脸皱纹布得细密而宁静。

她告诉我，这儿本来有寺，毁于二十年前。我不能想象她的生活来源，讷讷地问，她指了指屋后一条路，淡淡地说：会有人送来。

我想问她的事情自然很多。例如，为何孤身一人长守此地，什么年岁初来这里。终是觉得对于佛家，这种追问过于钝拙，掩口作罢。目光又转向这脉静池，答案应该都在这里。

茫茫沙漠，滔滔流水，于世无奇。唯有大漠中如此一湾，风沙中如此一静，荒凉中如此一景，高坡后如此一跌，才深得天地之韵律、造化之机巧，让人神醉情驰。

以此推衍，人生、世界、历史，莫不如此。给浮嚣以宁静，给躁急以清洌，给高蹈以平实，给粗犷以明丽。唯其这样，人生才见灵动，世界才显精致，历史才有风韵。

因此，老尼的孤守不无道理。当她在陋室里听够了一整夜的风沙呼啸，明晨，就可以借着明净的水色把耳根洗净。当她看够了泉水的湛绿，抬头，即可望望灿烂的沙壁。

山，名为鸣沙山；泉，名为月牙泉。皆在敦煌境内。

阳关雪

中国历史，较多关注文化人的官场身份。但奇怪的是，当峨冠博带早已零落成泥之后，那一杆竹管毛笔偶尔涂画的诗文，却有可能镌刻山河，雕镂人心，永不漫漶。

我曾有缘，在黄昏的江船上仰望过白帝城，在浓洌的秋霜中登临过黄鹤楼，还在一个除夕的深夜摸到了寒山寺。我的周围人头济济，可以肯定，绝大多数人的心头，都回荡着那几首不必引述的古诗。

人们来寻景，更来寻诗。这些诗，他们在孩提时代就能背诵。孩子们的想象，诚恳而逼真。因此，这些城，这些楼，这些寺，早在心头自行搭建。

待到年长，当他们刚刚意识到有足够脚力的时候，也就给自己负上了一笔沉重的宿债，焦渴地企盼着对诗境实地的踏访，为童年，为想象，为无法言传的文化归属。

有时候，这种焦渴，简直就像对失落的故乡的寻找，对离散的亲人的查访。

文人的魔力，竟能把偌大一个世界的生僻角落，变成人人心中的故乡。他们薄薄的青衫里，究竟藏着什么法术呢？

今天，我冲着王维的那首《渭城曲》，去寻阳关了。出发前曾在下榻的县城向老者打听，回答是："路又远，也没什么好看的。这雪一时下不停，别去受这个苦了。"我向他鞠了一躬，转身钻进雪里。

一走出小小的县城，便是沙漠。除了茫茫一片雪白，什么也没有，连一个褶皱也找不到。在别地赶路，总要在每一段为自己找一个物象，盯着一棵树，赶过去，然后再盯着一块石头，赶过去。在这里，什么也找不到，只好抬起头来看天。

从未见过这样完整的天，一点儿没有被吞食、被遮蔽，边沿全是挺展展的，紧扎扎地把大地罩了个严实。

有这样的地，天才叫天；有这样的天，地才叫地。在这样的天地中独个儿行走，侏儒也变成了巨人；在这样的天地中独个儿行走，巨人也变成了侏儒。

天竟晴了，风也停了，阳光很好。没想到沙漠中的雪化得这样快，才片刻，地上已见斑斑沙底，却不见湿痕。

天边渐渐飘出几缕烟迹，并不动，却在加深。疑惑半晌，才发现，那是刚刚化雪的山脊。

地上有一些奇怪的凹凸，越来越多，终于构成了一种令人惊骇的铺陈。我猜了很久，又走近前去蹲下身来仔细观看，最后得出结论：那全是远年的坟堆。

这些坟堆被风雪所蚀，因年岁而塌，显然从未有人祭扫。它们为什么会有那么多，又排列得那么密呢？ 比较合理的解释，这里是古战场。

我在望不到边际的坟堆中茫然前行，心中浮现出如雨的马蹄，如雷的呐喊，如注的热血。随之，更多的图像接连而来：中原慈母的白发，江南春闺的遥望，湖湘稚儿的夜哭；故乡柳荫下的诀别，将军咆哮时的怒目，丢盔弃甲后的军旗……这一切，随着一阵烟尘，又一阵烟尘，都飘散远去。

远处已有树影。疾步赶去，树下有水流，沙地也有了高低坡斜。登上一个坡，猛一抬头，看见不远的山峰上有荒落的土墩一座，我凭直觉确信，这便是阳关了。

树愈来愈多，开始有房舍出现。这是对的，重要关隘所在，屯扎兵马之地，不能没有这些。转几个弯，再直上一道沙坡，爬到土墩底下，四处寻找，近旁正有一碑，上刻"阳关古址"四字。

这是一个俯瞰四野的制高点。北风浩荡万里，直扑而来，踉跄几步，方才站住。脚是站住了，却分明听到自己牙齿打战的声音。呵一口热气到手掌，捂住双耳用力蹦跳几下，才定下心来睁眼。

这儿的雪没有化，当然不会化。所谓古址，已经没有什么故迹，只有近处的烽火台还在，这就是刚才在下面看到的土墩。土墩已坍了大半，可以看见一层层泥沙，拌和着一层层苇草。苇草飘扬出来，在千年之后的寒风中抖动。

向前俯视，是西北的群山，都积着雪，直伸天际。我突然觉得自己是站在大海边的礁石上，那些山，全是冰海冻浪。

王维的笔触实在温厚。对于这么一个阳关，他仍然不露惊骇之色，而只是淡雅地写道："劝君更尽一杯酒，西出阳关无故人。"他瞟了一眼渭城客舍窗外青青的柳色，看了看友人已打点好的行囊，微笑着举起了酒杯。

这杯酒，友人一定是毫不推却，一饮而尽的。

这便是唐人风范。他们多半不会声声悲叹，执袂劝阻。告别是经常的，步履是放达的。这种神貌，在李白、高适、岑参那里，焕发得愈加豪迈。由此联想到，在南北各地的古代造像中，唐人造像一看便可识认，形体那么健美，目光那么平静，笑容那么肯定，神采那么自信。

可惜，在唐代之后，这里只剩下了戍边的艰辛，而失落了文化意义上的"天地元气"。西出阳关的文人越来越少，只有陆游、辛弃疾等人一次次在梦中抵达，倾听着穿越沙漠冰河的马蹄声。但是，梦毕竟是梦，他们都在梦中死去。

即便是土墩、石城，也受不住泄漏了元气的寂寞。阳关坍弛了，坍弛在一个民族的精神疆域中。它终成废墟，终成荒原。身后，沙坟如潮；身前，寒峰如浪。谁也不能想象，这儿，一千多年之前验证过人生旅途的壮美、艺术情怀的宏广。

这儿应该有几声胡笳和羌笛的，如晨夕啸吟，夺人心魄。可惜在唐之后，偶有这样的鸣响也都成了兵士们心头的哀音。既然大家都不忍听闻，它们也就消失在朔风之中。

回去吧，时间已经不早，怕还要下雪。

都 江 堰

一

一位年迈的老祖宗,没有成为挂在墙上的画像,没有成为写在书里的回忆,而是直到今天还在给后代挑水、送饭,这样的奇事你相信吗?

一匹千年前的骏马,没有成为泥土间的化石,没有成为古墓里的雕塑,而是直到今天还踯躅在家园四周的高坡上,守护着每一个清晨和夜晚,这样的奇事你相信吗?

当然无法相信。但是,由此出现了极其相似的第三个问题——

一个两千多年前的水利工程,没有成为西风残照下的废墟,没有成为考古学家们的难题,而是直到今天还一直执掌着亿万人的生计,这样的奇事你相信吗?

仍然无法相信,但它真的出现了。

它就是都江堰。

这是一个不大的工程,但我敢说,把它放在全人类文明奇迹的第一线,也毫无愧色。

世人皆知万里长城,其实细细想来,它比万里长城更激动人心。万里长城当然也非常伟大,展现了一个民族令人震惊的意志力。但是,万里长城的实际功能历来并不太大,而且早已废弛。都江堰则不同,有了它,旱涝无常的四川平原成了天府之国,每当中华民族有了重大灾难,天府之国总是沉着地提供庇护和濡养。有了它,才有历代贤臣良将的安顿和向往,才有唐宋诗人出川入川的千古华章。说得近一点儿,有了它,抗日战争时的中国才有一个比较稳定的后方。

它细细渗透,节节延伸,延伸的距离并不比万里长城短。或者说,它筑造了另一座万里长城。而一查履历,那座名声显赫的万里长城还是它的后辈。

二

我去都江堰之前,以为它只是一个水利工程罢了,不会有太大的游观价值。只是要去青城山玩,要路过灌县县城,它就在近旁,就趁便看一眼吧。因此,在灌县下车,心绪懒懒的,脚步散散的,在街上胡逛,一心只想看青城山。

七转八弯,从简朴的街市走进了一个草木茂盛的所在。脸面渐觉滋润,眼前愈显清朗,也没有谁指路,只是本能地向更滋润、更清朗的去处去。

忽然,天地间开始有些异常,一种隐隐然的骚动,一种还不太响却一定是非常响的声音,充斥周际。如地震前兆,如海啸将临,如山崩即至,浑身骤起一种莫名的紧张,又紧张得急于趋附。

不知是自己走去的还是被它吸去的,终于陡然一惊,我已站在伏龙观前——眼前,急流浩荡,大地震颤。

即便是站在海边礁石上,也没有像在这里这样强烈地领受到水的魅力。海水是雍容大度的聚汇,聚汇得太多太深,茫茫一片,让人忘记它是切切实实的水、可掬可捧的水。这里的水却不同,要说多也不算太多,但股股叠叠都精神焕发,合在一起比赛着飞奔的力量,踊跃着喧嚣的生命。

这种比赛又极有规矩,奔着奔着,遇到江心的分水堤,唰的一下裁割为二,直蹿出去,两股水分别撞到了一道坚坝,立即乖乖地转身改向,再在另一道坚坝上撞一下,于是又根据筑坝者的指令来一番调整……

也许水流对自己的驯顺有点儿恼怒了,突然撒起野来,猛地翻卷咆哮,但越是这样,越是显现出一种更壮丽的驯顺。已经咆哮到让人心魄俱夺,也没有一滴水溅错了方向。

水在这里,吃够了苦头,也出足了风头,就像一大拨翻越各种障碍的马拉松健儿,把最强悍的生命付之于规整,付之于企盼,付之于众目睽睽。

看云看雾看日出各有胜地,要看水,万不可忘了都江堰。

三

这一切，首先要归功于遥远的李冰。

四川有幸，中国有幸，公元前三世纪出现过一项并不惹人注目的任命：李冰任蜀郡守。

据我所知，这项任命与秦统一中国的宏图有关。本以为只有把四川作为一个富庶的根据地和出发地，才能从南线问鼎长江流域。然而，这项任命到了李冰那里，却从一个政治计划变成了一个生态计划。

他要做的事，是浚理，是消灾，是滋润，是灌溉。

他是郡守，手握一把长锸，站在滔滔江边，完成了一个"守"字的原始造型。

没有资料可以说明他作为郡守在其他方面的才能，但因为有过他，中国也就有了一种冰清玉洁的行政纲领。

中国后来官场的惯例，是把一批批杰出学者选拔为无所专攻的官僚，而李冰却因官位而成了一名实践科学家。

他的实践，介乎于天地之间，永远水汽淋漓。而比他年轻的很多典籍却早已风干，松脆得难以翻阅。

他大愚，又大智。他大拙，又大巧。他以田间老农的思维，进入了有关自然与人类的最清澈思考。

李冰在世时已考虑事业的承续，命令自己的儿子做三个石人，镇于江间，测量水位。李冰逝世四百年后，也许三个石人已经损缺,汉代水官重造高及三米的"三神石人"以测量水位。这"三神石人"其中一尊,居然就是李冰的雕像。

这位汉代水官一定是承接了李冰的伟大精魂,竟敢把自己尊敬的祖师放在江中用于镇水测量。他懂得李冰的心意,唯有那里才是其最合适的岗位。

石像终于被岁月的淤泥掩埋。二十世纪七十年代出土时,有一尊石像头部已经残缺,手上还紧握着长锸。有人说,那是李冰的儿子。

出土的石像现正在伏龙观里展览。人们在轰鸣如雷的水声中向他们默默祭奠。在这里,我突然产生了对中国历史的某种乐观:只要李冰的精魂不散,李冰的儿孙会代代繁衍。轰鸣的江水,便是至圣至善的遗言。

四

看到了一条横江索桥。桥很高,桥索由麻绳、竹篾编成。跨上去,桥身就猛烈摆动。越是犹豫进退,摆动就越大。

在这样高的地方偷看桥下,一定会神志慌乱。但这是索桥,到处漏空,由不得你不看。一看之下,先是惊吓,后是惊叹。

脚下的江流,从那么遥远的地方奔来,一派义无反顾的决绝势头,挟着寒风,吐着白沫,凌厉锐进。我站得这么高还能感觉到它的砭肤冷气,估计是从雪山赶来的吧。但是,再看桥的另一边，它硬是化作许多亮闪闪的河渠，一片慈眉善目。人对自然力的调理，居然做得这么爽利。如果人类做什么事都这么爽利，地球早已是另一副模样。

都江堰以初创精神调理天地之力的本事，被近旁的青城山做了哲学总结。

青城山是道教圣地，而道教是唯一在中国土生土长的大宗教。道教汲取了老子和庄子的哲学，把水作为教义的象征。在老子看来，水能体现天地之道的终极大道。水，看似柔顺无骨，却能变得气势滚滚，波涌浪叠，无比强大；看似无色无味，却能挥洒出茫茫绿野，累累硕果，万紫千红；看似自处低下，却能蒸腾九霄，为云为雨，为虹为霞……

看上去，是人在治水；实际上，却是人领悟了水，顺应了水，听从了水。只有这样，才能天人合一，无我无私，长生不老。

这便是大道。

水之道，就是天地之道。因此，仅仅一座都江堰，就足以证明"天地元气"在中国源源不绝、至今犹旺。

都江堰和青城山相邻而居，互相映衬，彼此佐证，成了研修中国哲学的最浓缩课堂。这个课堂所讲授的题目，就是"天地元气"。

那天我带着都江堰的浑身水汽，在青城山的山路上慢慢攀登。忽见一道观，进门小憩。道士认出了我，便铺纸研墨，要我留字。我当即写下了一副最朴素的对子：

拜水都江堰
问道青城山

我想，若能把"拜水"和"问道"这两件事当作一件事，那么，也就领悟了中华文化的一大秘密。

秋雨注：此文被收入中国内地、香港和台湾地区中学语文课本。"5·12"大地震发生后，我在第一时间赶到受灾严重的都江堰，见到学校的废墟上有很多破残的课本，我蹲下身去细看，居然正巧看到了课本上的这篇文章。更让我惊讶的是，那些倒地破损的公共汽车车身上，也印有我写的对联"拜水都江堰，问道青城山"。原来，这两句话已经成为这个城市的形象口号。在巨大灾难中数度看到自己的文字，感受到一种切身的伤痛。在废墟边站起身来，手上拿着破残的课本，我快速擦去眼泪，立即决定在灾区捐建三个学生图书馆。

灾难过去之后，当地民众在都江堰的两个显要部位，都竖立了刻凿这副对联的石碑。他们似乎想郑重地告诉大家，所有的灾害和丰裕已充分证明：对于原创于天地之间的中华古文化，我们应该以更谦虚的态度来"拜"，来"问"。

道 士 塔

一

莫高窟门外,有一条河。过河有一片空地,高高低低建着几座僧人圆寂塔。塔呈圆形,状近葫芦,外敷白色。我去时,有几座已经坍弛,还没有修复。只见塔心是一个个木桩,塔身全是黄土,垒在青砖基座上。夕阳西下,朔风凛冽,整个塔群十分凄凉。

有一座塔显得比较完整,大概是修建年代比较近吧。好在塔身有碑,移步一读,猛然一惊:它的主人,竟然就是那个王圆箓!

再小的个子,也能给沙漠留下长长的身影;再小的人物,也能让历史吐出重重的叹息。王圆箓既是小个子,又是小人物。我见过他的照片,穿着土布棉衣,目光呆滞,畏畏缩缩,是那个时代随处可以见到的一个中国平民。他原是湖北麻城的农民,在甘肃当过兵,后来为了谋生做了道士。几经转折,当了敦煌莫高窟的家。

莫高窟以佛教文化为主，怎么会让一个道士来当家？中国的民间信仰本来就是羼杂互融的，王圆箓几乎是个文盲，对道教并不专精，对佛教也不抵拒，却会主持宗教仪式，又会化缘募款，由他来管管这一片冷窟荒庙，也算正常。

但是，世间很多看起来很正常的现象常常掩盖着一个可怕的黑洞。莫高窟的惊人蕴藏，使王圆箓这个守护者与守护对象之间产生了文化等级上的巨大的落差。

我曾读到潘絜兹先生和其他敦煌学专家写的一些书，其中记述了王道士的日常生活。他经常出去化缘，得到一些钱后，就找来一些很不高明的当地工匠，先用草刷蘸上石灰把精美的古代壁画刷去，再抡起铁锤把塑像打毁，用泥巴堆起灵官之类，因为他是道士。但他又想到这里毕竟是佛教场所，于是再让那些工匠用石灰把下寺的墙壁刷白，绘上唐代玄奘到西天取经的故事。他四处打量，觉得一个个洞窟太憋气了，便要工匠们把它们打通。大片的壁画很快灰飞烟灭，成了走道。做完这些事，他又去化缘，准备继续刷，继续砸，继续堆，继续画。

这些记述的语气都很平静，但我每次读到，脑海里也总像被刷了石灰一般，一片惨白。我几乎不会言动，眼前一直晃动着那些草刷和铁锤。

"住手！"我在心底呼喊，只见王道士转过脸来，满脸困惑不解。我甚至想低声下气地恳求他："请等一等，等一等……"但是等什么呢？我脑中依然一片惨白。

二

一九〇〇年六月二十二日（农历五月二十六日），王道士从一个姓杨的帮工那里得知，一处洞窟的墙壁里面好像是空的，里边可能还隐藏着一个洞穴。两人挖开一看，嗬，果然一个满满实实的藏经洞！

王道士完全不明白，此刻，他打开了一扇轰动世界的门户。一门永久性的学问，将靠着这个洞穴建立。无数才华横溢的学者，将为这个洞穴耗尽终生。而且，从这一天开始，他的实际地位已经直蹿而上，比世界上很多著名博物馆馆长还高。但是，他不知道，他不可能知道。

他随手拿了几个经卷到知县那里鉴定，知县又拿给其他官员看。官员中有些人知道一点轻重，建议运到省城，却又心疼运费，便要求原地封存。在这个过程中，消息已经传开，有些经卷已经流出，引起了在新疆的一些外国人士的注意。

当时，英国、德国、法国、俄国等列强，正在中国的西北地区进行着一场考古探险的大拼搏。这个态势，与它们瓜分整个中国的企图紧紧相连。因此，我们应该稍稍离开莫高窟一会儿，看一看全局。

就在王道士发现藏经洞的前几天，在北京，英、德、法、俄、美等外交使团又一次集体向清政府递交照会，要求严惩义和团。恰恰在王道士发现藏经洞的当天，列强决定联合出兵——这就是后来攻陷北京,迫使朝廷外逃,最终又迫使中国赔偿四亿五千万两白银的"八国联军"。

时间,怎么会这么巧?

好像是北京东交民巷外国使馆里的一个决定,立即刺痛了一个庞大机体的神经系统。于是,西北沙漠中一个洞穴的门,霎时打开了。

更巧的是,仅仅在几个月前,甲骨文也被发现了。

我想,藏经洞与甲骨文一样,最能体现一个民族的文化自信。因此,必须猛然出现在这个民族即将失去自信的时刻。

即使是巧合,也是一种伟大的巧合。

遗憾的是,中国学者不能像解读甲骨文一样解读藏经洞了,因为那里的经卷已被悄悄转移。

三

产生这个结果,是因为莫高窟里三个男人的见面。

第一个就是"主人"王圆箓,不多说了。

第二个是匈牙利人斯坦因,刚加入英国籍不久,此时受印度政府和大英博物馆指派,到中国的西北地区考古。他博学、刻苦、机敏、能干,其考古专业水准堪称世界一流,却又具有一个殖民主义者的文化傲慢。他精通七八种语言,却不懂中文,因此引出了第三个人——翻译蒋孝琬。

蒋孝琬长得清瘦文弱,湖南湘阴人。这个人是中国十九世纪后期出现的买办群体中的一个。这个群体在沟通两种文明的过程中常常备受心灵煎熬，又两面不讨好。我一直建议艺术家们在表现中国近代题材的时候不要放过这种桥梁式的悲剧性典范。但是，蒋孝琬好像是这个群体中的异类，他几乎没有感受到任何心灵煎熬。

斯坦因到达新疆喀什时，发现聚集在那里的外国考古学家们有一个共识，就是千万不要与中国学者合作。理由是，中国学者一到关键时刻，例如，在关及文物所有权的当口上，总会在心底产生"华夷之防"的敏感，给外国人带来种种阻碍。但是，蒋孝琬完全不是这样，那些外国人告诉斯坦因："你只要带上了他，敦煌的事情一定成功。"

事实果然如此。从喀什到敦煌的漫长路途上，蒋孝琬一直在给斯坦因讲述中国官场和中国民间的行事方式。到了莫高窟，所有联络、刺探、劝说王圆箓的事，都是蒋孝琬在做。

王圆箓从一开始，就对斯坦因抱着一种警惕、躲闪、拒绝的态度。蒋孝琬蒙骗他说，斯坦因从印度过来，是要把当年玄奘取来的经送回原处去，为此还愿意付一些钱。

王圆箓像很多中国平民一样，对《西游记》里的西天取经故事既熟悉又崇拜，听蒋孝琬绘声绘色地一说，又看到斯坦因神情庄严地一次次焚香拜佛，竟然心有所动。因此，当蒋孝琬提出要先"借"几个"样本"看看时，王圆箓虽然迟疑、含糊了很久，但终于还是塞给了他几个经卷。

于是，又是蒋孝琬，连夜挑灯研读那几个经卷。他发现，那正巧是玄奘取来的经卷的译本。这几个经卷，明明是王圆箓随手取的，居然果真与玄奘有关。王圆箓知道后，激动地看着自己的手指，似乎听到了佛的旨意。洞穴的门，向斯坦因打开了。

当然，此后在经卷堆里逐页翻阅选择的，也是蒋孝琬，因为斯坦因本人不懂中文。

蒋孝琬在那些日日夜夜所做的事，也可以说成是一种重要的文化破读，因为这毕竟是千年文物与能够读懂它的人的第一次隆重相遇。而且，事实证明，蒋孝琬对中国传统文化有着广博的知识、不浅的根底。

那些寒冷的沙漠之夜，斯坦因和王圆箓都睡了，只有他在忙着。睡着的两方都不懂得这一堆堆纸页上的内容，只有他懂得，由他做出取舍裁断。

就这样，一场天下最不公平的"买卖"开始了。斯坦因用极少的钱，换取了中华文明长达好几个世纪的大量文物。而且由此形成惯例，各国冒险家们纷至沓来，满载而去。

有一天王圆箓觉得斯坦因实在要得太多了，就把部分挑出的文物又搬回到藏经洞。斯坦因要蒋孝琬去谈判，打算用四十块马蹄银换回那些文物。没想到，蒋孝琬谈判的结果，居然只花了四块就解决了问题。斯坦因立即赞扬他，说这是又一场"中英外交谈判"的胜利。

蒋孝琬一听，十分得意。我对他的这种得意有点儿厌恶。因为他应该知道，自从鸦片战争以来，所谓的"中英外交谈判"意味着什么。我并不奢望他在心底会对当时已经极其可怜的父母之邦产生一点点惭愧，而只是想，这种桥梁式的人物如果把一方河岸完全扒塌了，他们以后还能干什么。

由此我想，对那些日子莫高窟里的三个男人，我们还应该多看几眼。前面两个一直遭世人非议，而最后一个总是被轻轻放过。

比蒋孝琬更让我吃惊的是，近年来中国文化界有一些评论者一再宣称，斯坦因以考古学家的身份取走敦煌藏经洞的文物并没有错，是正大光明的事业，而像我这样耿耿于怀，却是"狭隘的民族主义"。

是"正大光明"吗？请看斯坦因自己的回忆：

> 深夜我听到了细微的脚步声，那是蒋在侦察，看是否有人在我的帐篷周围出现。一会儿他扛了一个大包回来，那里装有我今天白天挑出的一切东西。王道士鼓足勇气同意了我的请求，但条件很严格，除了我们三个外，不得让任何人得知这笔交易，哪怕是丝毫暗示。

从这种神态动作，你还看不出他们在做什么吗？

四

斯坦因终于取得了九千多个经卷、五百多幅绘画，打包装箱就整整花了七天时间。最后打成了二十九个大木箱,原先带来的那些骆驼和马匹不够用了,又雇来了五辆大车,每辆都拴上三匹马来拉。

那是一个黄昏,车队启动了。王圆箓站在路边,恭敬相送。斯坦因"购买"这二十九个大木箱的稀世文物,所支付给王圆箓的全部价钱,我一直不忍心写出来,此刻却不能不说一说了。那就是,三十英镑!但是,这点钱对王圆箓来说,毕竟比他平时到荒村野郊去化缘来的,多得多了。因此,他认为这位"斯大人"是"布施者"。

斯坦因向他招过手,抬起头来看看天色。

一位年轻诗人写道,斯坦因看到的,是凄艳的晚霞。那里,一个古老民族的伤口在流血。

我又想到了另一位年轻诗人的诗——他叫李晓桦,诗是写给下令火烧圆明园的额尔金勋爵的:

> 我好恨
> 恨我没早生一个世纪
> 使我能与你对视着站立在
> 阴森幽暗的古堡
> 晨光微露的旷野
> 要么我拾起你扔下的白手套
> 要么你接住我甩过去的剑
> 要么你我各乘一匹战马

远远离开遮天的帅旗

离开如云的战阵

决胜负于城下

对于斯坦因这些学者，这些诗句也许太硬。但是，除了这种办法，还有什么方式能阻拦他们呢？

我可以不带剑，也不骑马，只是伸出双手做出阻拦的动作，站在沙漠中间，站在他们车队的正对面。

满脸堆笑地走上前来的，一定是蒋孝琬。我扭头不理他，只是直视着斯坦因，要与他辩论。

我要告诉他，把世间文物统统拔离原生的土地，运到地球的另一端收藏展览，是文物和土地的双向失落、两败俱伤。我还要告诉他，借口别人管不好家产而占为己有，是一种掠夺……

我相信，也会有一种可能，尽管概率微乎其微——我的激情和逻辑终于压倒了斯坦因，于是车队果真被我拦了下来。

那么，接下来该怎么办呢？当然应该送交京城。但当时，藏经洞文物不是也有一批送京的吗？其情景是，没有木箱，只用席子捆扎，沿途官员缙绅伸手进去就取走一把。有些官员还把大车赶进自己的院子里精挑细选，择优盗取。盗取后又怕到京后点数不符，便把长卷撕成几个短卷来凑数搪塞。

当然，更大的麻烦是，那时的中国处处军阀混战，北京更是乱成一团。在兵丁和难民的洪流中，谁也不知道脚下的土地明天将会插上哪家的军旗。几辆装载古代经卷的车，怎么才能通过？怎样才能到达？

那么，不如叫住斯坦因，还是让他拉到伦敦的博物馆里去吧。但我当然不会这么做。我知道斯坦因看出了我的难处，因为我发现，被迫留下了车队而离去的他，正一次次回头看我。

我假装没有看见，只用眼角余光默送他和蒋孝琬慢慢远去，终于消失在黛褐色的山丘后面。然后，我再回过身来。

长长一排车队，全都停在苍茫夜色里，由我掌管。但是，明天该去何方？

这里也难，那里也难，我左思右想，最后只能跪倒在沙漠里，大哭一场。

五

一九四三年十月二十六日，八十二岁的斯坦因在阿富汗的喀布尔去世。

此时是中国抗日战争进行得最艰苦的日子。中国，又一次在生死关头被世人认知，也被自己认知。

在斯坦因去世的前一天，伦敦举行"中国日"活动，博物馆里的敦煌文物又一次引起热烈关注。

在斯坦因去世的同一天，中国历史学会在重庆成立。

我知道，处于弥留之际的斯坦因不可能听到这两个消息。

有一件小事让我略感奇怪,那就是斯坦因的墓碑铭文:

> 马尔克·奥莱尔·斯坦因
> 印度考古调查局成员
> 学者、探险家兼作家
> 通过极为困难的印度、中国新疆、波斯、伊拉克之行,扩展了知识领域

他平生带给西方世界最大的轰动是敦煌藏经洞,为什么在墓碑铭文里故意回避了,只提"中国新疆"?敦煌并不在新疆,而是在甘肃。

我约略知道此间原因。那就是,他在莫高窟的所作所为,已经受到文明世界越来越严厉的谴责。

阿富汗的喀布尔,是斯坦因非常陌生的地方。整整四十年他一直想进去而未被允许,刚被允许进入,却什么也没有看到就离开了人世。

他被安葬在喀布尔郊区的一个外国基督教徒公墓里,但他的灵魂又怎么能安定下来?

直到今天,这里还备受着贫困、战乱和宗教极端主义的包围。而且,蔓延四周的宗教极端主义,正好与他信奉的宗教完全对立。小小的墓园,是那样孤独、荒凉和脆弱。

我想,他的灵魂最渴望的,是找一个黄昏,再潜回敦煌去看看。

如果真有这么一个黄昏，那么，他见了那座道士塔，会与王圆箓说什么呢？

我想，王圆箓不会向他抱怨什么，却会在他面前稍稍显得有点儿趾高气扬。因为道士塔前，天天游人如潮，虽然谁也没有投来过尊重的目光。而斯坦因的墓地前，永远阒寂无人。

在那戾气重重的年代，斯坦因等人从中国大地上搬走了一批批珍宝，还自认为是"抢救"。他们不知道的是，这片遭受劫难的天地，还蕴藏着神秘的元气，这是他们搬不走的。他们的灵魂如果再到敦煌等地看一看，就明白了。

黄州突围

一

这便是黄州赤壁,或者说是东坡赤壁。赭红色的陡坡直逼着浩荡大江,坡上有险道可供俯瞰,江面有小船可供仰望。

地方不大,但一俯一仰之间就有了气势,有了伟大与渺小的比照,有了时间和空间的交错,因此也就有了冥思的价值。

苏东坡走过的地方很多,其中不少地方远比黄州美丽。但是,他却把黄州当作最重要的人生驿站。这一切,决定于他来到这里的原因和心态。

他从监狱里走来,带着一个极小的官职,实际上以一个流放罪犯的身份走来。他带着官场和文坛泼给他的浑身脏水走来,他满心侥幸又满心绝望地走来。他被人押着,远离自己的家眷,没有资格选择黄州之外的任何一个地方,只能朝着这个当时还很荒凉的小镇走来。

他很疲倦,他很狼狈。出汴梁,过河南,渡淮河,进湖北,抵黄州。萧条的黄州没有给他预备任何住所，他只得在一所寺庙中住下。他擦一把脸，喘一口气，四周一片静寂，连一个朋友也没有。他闭上眼睛摇了摇头。

二

人们有时也许会傻想，像苏东坡这样让中国人共享千年的大文豪，应该是他所处的时代的无上骄傲，他周围的人一定会小心地珍惜他，虔诚地仰望他，总不愿意去找他的麻烦吧？

事实恰恰相反，越是超时代的文化名人，往往越不能相容于他所处的具体时代。中国世俗社会的机制非常奇特，它一方面愿意播扬和哄传一位文化名人的声誉，利用他、榨取他、引诱他，另一方面却又把他视为异类，迟早会排拒他、糟践他、毁坏他。起哄式的传扬，转化为起哄式的贬损，两种起哄都起源于自卑而狡黠的觊觎心态。

苏东坡到黄州来之前正陷入一个被文学史家称为"乌台诗案"的案件中。这个案件的具体内容是特殊的，但集中反映了文化名人在中国社会中的普遍遭遇，很值得说一说。

为了不使读者把注意力耗费在案件的具体内容上，我们不妨先把案件的底交代出来。即便站在朝廷的立场上，这也完全是一个莫须有的可笑事件。一群大大小小的文化官僚硬说苏东坡在很多诗中流露了对政府的不满和不敬，方法是对他诗中的词句做上纲上线的诠释，搞了半天连神宗皇帝也不太相信——他在将信将疑之间，几乎不得已地判了苏东坡的罪。

在中国古代的皇帝中，宋神宗并不算坏。他没有迫害苏东坡的企图，他的祖母光献太皇太后甚至竭力要保护苏东坡，而他又是尊重祖母的。在这种情况下，苏东坡不是非常安全吗？然而，完全不以神宗皇帝和太皇太后的意志为转移，名震九州的苏东坡还是下了大狱。这一股强大而邪恶的力量，很值得研究。

使神宗皇帝动摇的，是突然之间批评苏东坡的言论几乎不约而同地聚合到了一起。他为了维护自己尊重舆论的形象，不能为苏东坡说话了。

那么，批评苏东坡的言论为什么会不约而同地聚合在一起呢？我想最简要的回答是他弟弟苏辙说的那句话："东坡何罪？独以名太高。"

他太出色、太响亮，能把四周的笔墨比得十分寒碜，能把同代的文人比得有点儿狼狈，于是引起一部分人酸溜溜的嫉恨，然后你一拳我一脚地糟践，这几乎是不可避免的。在这场可耻的围攻中，一些品格低劣的文人充当了急先锋。

例如，舒亶。

这人可称为"检举揭发专业户"，在揭发苏东坡的同时他还揭发了另一个人，那人正是以前推荐他做官的大恩人。这位大恩人给他写了一封信，拿了女婿的课业请他提意见、加以辅导，这本是朋友间正常的小事往来，没想到他竟然忘恩负义，给皇帝写了一封莫名其妙的检举揭发信，说"我们两人都是官员，我又在舆论领域，他让我辅导他女婿总不大妥当"。皇帝看了他的检举揭发信，也就降了那个人的职。

就是这么一个人，与何正臣等人相呼应，写文章告诉皇帝，苏东坡到湖州上任后写给皇帝的感谢信中"有讥切时事之言"。苏东坡的这封感谢信皇帝早已看过，没发现问题；舒亶却"苦口婆心"地一款一款分析给皇帝听：苏东坡正在反您呢，反得可凶呢，而且已经反到了"流俗翕然，争相传诵，忠义之士，无不愤惋"的程度！"愤"是愤苏东坡，"惋"是惋皇上。有多少忠义之士在"愤惋"呢？他说是"无不"，也就是百分之百，无一遗漏。这种数量统计完全无法验证，却能使注重社会名声的神宗皇帝心头一咯噔。

又如，李定。

这是一个曾因母丧之后不服孝而引起人们唾骂的高官，他对苏东坡的攻击最凶。他归纳了苏东坡的许多罪名，但我仔细鉴别后发现，他特别关注的是苏东坡早年的贫寒出身、现今在文化界的地位和社会名声。这些都不能列入犯罪的范畴，但他似乎压抑不住地对这几点表示出最大的愤慨。

他说苏东坡"起于草野垢贱之余"，"初无学术，滥得时名"，"所为文辞，虽不中理，亦足以鼓动流俗"，如此等等。苏东坡的出身引起他的不服且不去说它，硬说苏东坡不学无术、文辞不好，实在使我惊讶不已。但他如果不这么说，也就无法断言苏东坡的社会名声是"滥得"。总而言之，李定的攻击在种种表层理由里边显然埋藏着一个最核心的元素：妒忌。

无论如何，诋毁苏东坡的学问和文采毕竟是太愚蠢了。但是，妒忌一深就会失控，他只会找自己最痛恨的部位来攻击，已顾不得哪怕是装装样子的合理性了。

又如，王珪。

这是一个比较跋扈和虚伪的人。他凭着资格自认为文章天下第一，实际上他写诗作文绕来绕去都离不开"金玉锦绣"这些字眼，大家暗暗掩口而笑，他还自我感觉良好。现在，一个苏东坡名震文坛，他当然要想尽一切办法来对付。

有一次他对皇帝说："苏东坡对皇上确实有二心。"皇帝问："何以见得？"他举出苏东坡一首写桧树的诗中有"蛰龙"二字为证。皇帝不解，说："诗人写桧树，和我有什么关系？"他说："写到了龙还不是写皇帝吗？"皇帝倒是头脑清醒，反驳道："未必，人家叫诸葛亮还叫卧龙呢！"

又如，李宜之。

这又是另一种特例。做着一个芝麻绿豆小官，在安徽灵璧县听说苏东坡以前为当地一个园林写的一篇园记中，有劝人不必热衷于做官的词句，竟也写信向皇帝检举揭发。他在信中分析说，这种思想会使人们缺少进取心，也会影响取士。看来这位李宜之除了心术不正之外，智力也大成问题，你看他连诬陷的借口都找得不伦不类。但是，在没有理性法庭的情况下，再愚蠢的指控也能成立，因此这对散落全国各地的"李宜之"们构成了一个鼓励。

为什么档次这样低下的人也会挤进来围攻苏东坡？当代苏东坡研究者李一冰先生说得很好："他也来插上一手，无他，一个默默无闻的小官，若能参加一件扳倒名人的大事，足使自己增重。"

从某种意义上说，他的这种目的确实也部分地达到了，例如，我今天写这篇文章竟然还会写到李宜之这个名字，便完全是因为他参与了对苏东坡的围攻。

我的一些青年朋友根据他们对当今世俗心理的体察，觉得李宜之这样的人未必是为了留名于历史，而是出于一种可称作"砸窗子"的恶作剧心理。晚上，一群孩子站在一座大楼前指指点点，看谁家的窗子亮就捡一块石子扔过去，谈不上什么目的，只图在几个小朋友中间出点风头而已。

我觉得我的青年朋友们把李宜之看得过于现代派，也过于城市化了。李宜之的行为主要出于一种政治投机，听说苏东坡有点儿麻烦，就把麻烦闹得大一点儿，反正对内不会负道义责任，对外不会负法律责任，乐得投井下石、撑顺风船。这样的人倒是没有胆量像舒亶、李定和王珪那样首先向一位文化名人发难，说不定前两天还在到处吹嘘在什么地方有幸见过苏东坡，硬把苏东坡说成是自己的朋友甚至老师呢。

又如——我真不想写出这个名字，但再一想又没有讳避的理由，还是写出来吧——沈括。这位在中国古代科技史上占有不小地位的著名科学家也因嫉妒而伤害过苏东坡，批评苏东坡的诗中有讥讽政府的倾向。如果他与苏东坡是政敌，那倒也罢了，问题是他们曾是好朋友，他所提到的诗句正是苏东坡与他分别时手录近作送给他留作纪念的。这实在有点儿不是味道了。历史学家们分析，这大概与皇帝在沈括面前说过苏东坡的好话有关，沈括心中产生了一种默默的对比。另一种可能是他深知王安石与苏东坡政见不同，就站到了王安石一边。但王安石毕竟是一个讲究人品的文化大师，重视过沈括，但最终却觉得沈括不可亲近。当然，不可亲近并不影响我们对沈括科学成就的肯定。

围攻者还有一些，我想，举出这几个也就差不多了，苏东坡突然陷入困境的原因已经可以大致看清，我们也领略了一组超越时空的中国式批评者的典型。他们中的任何一个人要单独搞倒苏东坡都很难，但是在社会上没有一种强大的反诽谤、反诬陷机制的情况下，一个人探头探脑的冒险会很容易地招来一堆凑热闹的人，于是七嘴八舌地组合成一种舆论。

苏东坡开始很不在意。有人偷偷告诉他，他的诗被检举揭发了，他先是一怔，后来还幽默地说："今后我的诗不愁皇上看不到了。"但事态的发展却越来越不幽默，一○七九年八月二十七日，朝廷派人到湖州的州衙来逮捕苏东坡。苏东坡得知风声，便不知所措。

文人终究是文人。他完全不知道自己犯了什么罪，从来者气势汹汹的样子看，估计会被处死，他害怕了，躲在后屋里不敢出来。朋友说，躲着不是办法，人家已在前面等着了，要躲也躲不过。

正要出来，他又犹豫了：出来该穿什么服装呢？已经犯了罪，还能穿官服吗？朋友说，什么罪还不知道，还是穿官服吧。

苏东坡终于穿着官服出来了，朝廷派来的差官装模作样地半天不说话，故意要演一个压得人气都透不过来的场面出来。苏东坡越来越慌张，说："我大概把朝廷惹恼了，看来总得死，请允许我回家与家人告别。"

差官说："还不至于这样。"便叫两个差人用绳子捆扎了苏东坡，像驱赶鸡犬一样上路了。家人赶来，号啕大哭，湖州城的市民也在路边流泪。

长途押解，犹如一路示众。可惜当时几乎没有什么传播媒介，沿途百姓不认识这就是苏东坡。贫瘠而愚昧的国土上，绳子捆扎着一个世界级的伟大诗人，一步步行进。苏东坡在示众，整个民族在丢人。

全部遭遇还不知道半点起因。苏东坡只怕株连亲朋好友，在途经太湖和长江时几度想投水自杀，由于看守严密而未成。

当然也很可能成，那么，江湖淹没的将是一大截特别明丽的中华文明。文明的脆弱性就在这里，一步之差就会全盘改易。而把文明的代表者逼到这一步之差境地的，则是一群小人。

一群小人能做成如此大事，只能归功于中国的独特国情。

小人牵着大师,大师牵着历史。小人顺手把绳索重重一抖,于是大师和历史全都成了罪孽的化身。一部中国文化史,有很长时间一直把诸多文化大师捆押在被告席上,而法官和原告大多是一群挤眉弄眼的小人。

究竟是什么罪?审起来看!

怎么审?打!

一位官员曾关在同一监狱里,与苏东坡的牢房只有一墙之隔,他写诗道:

> 却怜比户吴兴守,
> 诟辱通宵不忍闻。

通宵侮辱到了其他犯人也听不下去的地步,而侮辱的对象竟然就是苏东坡!

请允许我在这里把笔停一下。我相信一切文化良知都会在这里战栗。中国几千年间有几个像苏东坡那样可爱、高贵而有魅力的人呢?但可爱、高贵、魅力之类往往既构不成社会号召力也构不成自我卫护力,真正厉害的是邪恶、低贱、粗暴,它们几乎战无不胜、攻无不克、所向无敌。现在,苏东坡被它们抓在手里搓捏着——越是可爱、高贵、有魅力,搓捏得越起劲。

温和柔雅如林间清风、深谷白云的大文豪,面对这彻底陌生的语言系统和行为系统,不可能做任何像样的辩驳。他一定变得非常笨拙，无法调动起码的言辞，无法完成简单的逻辑推断。他在牢房里的应对，绝对比不过一个普通的盗贼。

因此，审问者们愤怒了，也高兴了：原来这么个大名人竟是草包一个！你平日的滔滔文辞被狗吃掉了？看你这副熊样还能写诗作词？纯粹是抄人家的吧！

接着就是轮番扑打，诗人用纯银般的嗓子哀号着，哀号到嘶哑。这本是一个只需要哀号的地方，你写那么美丽的诗就已荒唐透顶了，还不该打？打，打得你"淡妆浓抹"，打得你"乘风归去"，打得你"密州出猎"！

开始，苏东坡还试图拿点儿正常逻辑顶几句嘴。审问者咬定他的诗里有讥讽朝廷的意思，他说："我不敢有此心，不知什么人有此心，造出这种意思来。"

但是，苏东坡的这一思路招来了更凶猛的侮辱和折磨。当诬陷者和办案人完全合成一体、串成一气时，只能这样。

终于，苏东坡经受不住了，经受不住日复一日、通宵达旦的连续逼供。他想闭闭眼、喘口气，唯一的办法就是承认。于是，他以前的诗中有"道旁苦李"，是在说自己不被朝廷重视；诗中有"小人"字样，是讥刺当朝大人。特别是苏东坡在杭州做官时兴冲冲去看钱塘潮，回来写了咏弄潮儿的诗"吴儿生长狎涛渊"，据说竟是在影射皇帝兴修水利！

这种大胆联想，连苏东坡这位浪漫诗人都觉得实在不容易跳跃过去，因此在承认时还不容易"一步到位"。审问者有本事耗时间一点点逼过去，案卷记录上经常出现的句子是：

"逐次隐讳，不说情实，再勘方招。"苏东坡全招了，同时他也就知道自己必死无疑了。

他一心想着死。他觉得连累了家人，对不起妻子，又特别想念弟弟。他请一位善良的狱卒带了两首诗给苏辙，其中有这样的句子："是处青山可埋骨，他年夜雨独伤神。与君世世为兄弟，更结来生未了因。"

埋骨的地点，他希望是杭州西湖。

不是别的，是诗句，把他推上了死路。我不知道那些天他在铁窗里是否痛恨诗文。

没想到，就在这时，隐隐约约地，一种散落四处的文化良知开始汇集起来了——他的读者们慢慢抬起了头，要说几句对得起自己内心的话了。

很多人不敢说，但毕竟还有勇敢者；他的朋友大多躲避了，但毕竟还有侠义人。

杭州的父老百姓想起他在当地做官时的种种美好行迹，在他入狱后公开做了解厄道场，求告神明保佑他。

狱卒梁成知道他是大文豪，在审问人员离开时尽力照顾他的生活，连每天晚上的洗脚热水都准备了。

他在朝中的朋友范镇、张方平不怕受到牵连，写信给皇帝，说他在文学上"实天下之奇才"，希望宽大。

他的政敌王安石的弟弟王安礼也仗义执言，对皇帝说，"自古大度之君，不以言语罪人"，如果严厉处罚了苏东坡，"恐后世谓陛下不能容才"。

最动情的是那位我们前文提到过的太皇太后,她病得奄奄一息,神宗皇帝想大赦犯人来为她求寿,她竟说:"用不着去赦免天下的凶犯,放了苏东坡一人就够了!"

最直截了当的是当朝左相吴充,有次他与皇帝谈起曹操,皇帝对曹操评价不高。吴充立即接口说:"曹操猜忌心那么重还容得下祢衡,陛下怎么容不下一个苏东坡呢?"

对这些人,不管是狱卒还是太皇太后,我们都要深深感谢。他们有意无意地在验证着文化的感召力。就连那盆洗脚水,也充满了文化的热度。

据王巩《甲申杂记》记载,那个带头诬陷、调查、审问苏东坡的李定,整日得意扬扬。有一天他与满朝官员一起在崇政殿的殿门外等候早朝时,向大家叙述审问苏东坡的情况。他说:"苏东坡真是奇才,一二十年前的诗文,审问起来都记得清清楚楚!"

他以为,对这么一个哄传朝野的著名大案,一定会有不少官员感兴趣。但奇怪的是,他说了这番引逗别人提问的话之后,没有一个人搭腔,没有一个人提问,崇政殿外一片静默。

他有点儿慌神,故作感慨状,叹息几声,回应他的仍是一片静默。

这静默算不得抗争,也算不得舆论,但着实透着点儿高贵。相比之下,历来许多诬陷者周围常常会出现一些不负责任的热闹,以嘈杂助长了诬陷。

就在这种情势下,皇帝释放了苏东坡,将其贬谪黄州。黄州对苏东坡的重要性,不言而喻。

三

我很喜欢读林语堂先生的《苏东坡传》,但又觉得他把苏东坡在黄州的境遇和心态写得太理想了。其实,就我所知,苏东坡在黄州还是很凄苦的,优美的诗文是一种挣扎和超越。

苏东坡在黄州的生活状态,已在他自己写给李端叔的一封信中描述得非常清楚。

信中说:

> 得罪以来,深自闭塞,扁舟草屦,放浪山水间,与樵渔杂处,往往为醉人所推骂,辄自喜渐不为人识。平生亲友,无一字见及,有书与之亦不答,自幸庶几免矣。

我初读这段话时十分震动,因为谁都知道苏东坡这个平素乐呵呵的大名人是有很多很多朋友的。日复一日的应酬,连篇累牍的唱和,几乎成了他生活的基本内容,他一半是为朋友们活着。但是,一旦出事,朋友们不仅不来信,而且也不回信了。

他们都知道苏东坡是被冤屈的,现在事情大体已经过去,却仍然不愿意写一两句哪怕是问候起居的安慰话。苏东坡那一封封用美妙绝伦、光照中国书法史的笔墨写成的信,千辛万苦地从黄州带出去,却换不回一丁点儿友谊的信息。

我相信这些朋友都不是坏人,但正因为不是坏人,更让我深长地叹息。

总而言之,原来的世界已在身边轰然消失,于是一代名士也就混迹于樵夫渔民间不被人认识。原本这很可能换来轻松,但他又觉得远处仍有无数双眼睛注视着自己,只能在寂寞中惶恐。即使这封无关宏旨的信,他也特别注明不要给别人看。

日常生活,在家人接来之前,大多是白天睡觉,晚上一个人出去溜达;见到淡淡的土酒也喝一杯,但绝不喝多,怕醉后失言。

他真的害怕了吗? 也是也不是。他怕的是麻烦,而绝不怕大义凛然地为道义、为百姓,甚至为朝廷、为皇帝捐躯。他经过"乌台诗案"已经明白,一个人蒙受了诬陷,即便是死也死不出一个道理来。

你找不到慷慨陈词的目标,你抓不住从容赴死的理由。你想做个义无反顾的英雄,不知怎么一来把你打扮成了小丑;你想做个坚贞不屈的烈士,闹来闹去却成了一个深深忏悔的俘虏。

无法洗刷,无处辩解,更不知如何来提出自己的抗议、发表自己的宣言。这确实很接近柏杨先生所说的"酱缸文化",一旦跳到里边,怎么也抹不干净。

苏东坡怕的是这个，没有哪个高品位的文化人会不怕。但他的内心仍有无畏的一面，或者说灾难使他更无畏了。

他给李常的信中说：

> 吾侪虽老且穷，而道理贯心肝，忠义填骨髓，直须谈笑于死生之际……虽怀坎壈于时，遇事有可尊主泽民者，便忘躯为之，祸福得丧，付与造物。

这么真诚的勇敢，这么洒脱的情怀，出自天真了大半辈子的苏东坡笔下，是完全可以相信的。但是，让他在何处做这篇人生道义的大文章呢？没有地方，没有机会，没有观看者，也没有裁决者，只有一个把是非曲直、忠奸善恶染成一色的大酱缸。于是，苏东坡刚刚写了上面这几句，支颐一想，又立即加一句："此信看后烧毁。"

这是一种真正精神上的孤独无告。对于一个文化人，没有比这更痛苦的了。那阕著名的《卜算子》，用极美的意境道尽了这种精神遭遇：

> 缺月挂疏桐，漏断人初静。时见幽人独往来，缥缈孤鸿影。
>
> 惊起却回头，有恨无人省。拣尽寒枝不肯栖，寂寞沙洲冷。

正是这种难言的孤独，使他彻底洗去了人生的喧闹，去寻找无言的山水，去寻找远逝的古人。在无法对话的地方寻找对话，于是对话也一定会变得异乎寻常。

像苏东坡这样的灵魂竟然寂静无声，那么，迟早会突然冒出一种宏大的奇迹，让这个世界大吃一惊。

然而，现在他即便写诗作文，也不会追求社会轰动了。他在寂寞中反省过去，觉得自己以前最大的毛病是才华外露、缺少自知之明。

他想，一段树木靠着瘿瘤取悦于人，一块石头靠着晕纹取悦于人，其实能拿来取悦于人的地方，恰恰正是它们的毛病所在，它们的正当用途绝不在这里。我苏东坡三十余年来想博得别人叫好的地方也大多是我的弱项所在。例如，从小为考科举学写政论、策论，后来更是津津乐道于历史是非、政见曲直。做了官以为自己真的很懂得这一套了，其实我又何尝懂呢？直到一下子面临死亡才知道，我是在炫耀无知。三十多年来最大的弊病就在这里。现在终于明白了，到黄州的我是觉悟了的我，与以前的苏东坡是两个人。（参见《答李端叔书》）

苏东坡的这种自省，不是一种走向乖巧的心理调整，而是种极其诚恳的自我剖析，目的是想找回一个真正的自己。他在无情地剥除自己身上每一点异己的成分，哪怕这些成分为他带来过官职、荣誉和名声。

他渐渐回归于清纯和空灵。在这一过程中，佛教帮了他大忙,使他习惯于淡泊和静定。艰苦的物质生活,又使他不得不亲自垦荒种地,体味着自然和生命的原始意味。

这一切,使苏东坡经历了一次整体意义上的脱胎换骨,也使他的艺术才情获得了一次蒸馏和升华。他,真正地成熟了——与古往今来许多大家一样,成熟于一场灾难之后,成熟于灭寂后的再生,成熟于穷乡僻壤,成熟于几乎没有人在他身边的时刻。

苏东坡的成熟,是他个人的解脱,更是中华文化的提升。宋代的官场没有苏东坡,是一件不大的事;中华文化没有苏东坡,却是一件极大的事。伟大的文化常常在穷乡僻壤间汇聚起"天地元气"而横贯千年,那些大的黄州正在发挥这样的功能,尽管,远近左右的人都不知道。但是,苏东坡本人却约略知道。他发现,人生格局的成熟使自己的行为举止发生了很大的变化。

成熟是一种明亮而不刺眼的光辉,一种圆润而不腻耳的音响,一种不再需要对别人察言观色的从容,一种终于停止向周围申述求告的大气,一种不理会哄闹的微笑,一种洗刷了偏激的淡漠,一种无须声张的厚实,一种并不陡峭的高度。勃郁的豪情发过了酵,尖利的山风收住了劲,湍急的溪流汇成了湖,结果——

引导千古杰作的前奏已经鸣响,一道神秘的天光射向黄州,《念奴娇·赤壁怀古》和《前赤壁赋》、《后赤壁赋》马上就要产生。

山庄背影

一

我们这些人，对清代总有一种复杂的情感阻隔。记得很小的时候，历史老师讲到"扬州十日"、"嘉定三屠"时，眼含泪花，这是清代的开始；而讲到"火烧圆明园"、"戊戌变法"时又有泪花了，这是清代的尾声。年迈的老师一哭，孩子们也跟着哭。清代历史，是小学中唯一用眼泪浸润的课程。从小种下的怨恨，很难化解得开。

老人的眼泪和孩子们的眼泪拌和在一起，使这种历史情绪有了一种最世俗的力量。我小学的同学全是汉族，没有满族。因此很容易在课堂里获得一种共同语言，好像汉族理所当然是中国的主宰，你满族为什么要来抢夺呢？抢夺去了能够弄好倒也罢了，偏偏越弄越糟，最后几乎让外国人给瓜分了。于是，在闪闪泪光中，我们懂得了什么是汉奸、什么是卖国贼、什么是民族大义、什么是气节。我们似乎也知道了中国之所以落后于世界列强，关键就在于清代后期的腐败无能，而辛亥革命的启蒙者们重新点燃汉人对这个清朝的仇恨，提出"驱除鞑虏，恢复中华"的口号，又是多么有必要、多么让人解气。清朝终于被推翻了，但至今在很多中国人心里，它仍然是一种冤孽般的存在。

年长以后，我开始对这种情绪产生警惕。因为无数事实证明：在我们中国，许多情绪化的社会评判规范，虽然堂而皇之地传之久远，却包含着极大的不公正。

先是姓氏正统论，刘汉、李唐、赵宋、朱明……在同一姓氏的传代系列中所出现的继承人，哪怕是昏君、懦夫、色鬼、守财奴、精神失常者，都是合法而合理的；而外姓人氏若有觊觎，即便有一千条一万条道理，也站不住脚，真伪、正邪、忠奸全由此划分。由姓氏正统论扩而大之，就是民族正统论。这种观念要比姓氏正统论复杂得多，你看辛亥革命的闯将们与封建主义的姓氏正统论势不两立，却也需要大声宣扬民族正统论，便是例证。

汉族当然非常伟大，没有理由要受到外族的屠杀和欺凌。问题是，不能由此而把汉族等同于中华，把中华历史的正义、光亮、希望全部压在汉族一边。与其他民族一样，汉族也有大量的污浊、昏聩和丑恶，它的统治者曾一再地把整个中国历史推入死胡同。在这种情况下，历史有可能做出超越汉族正统论的选择，而这种选择又未必是倒退。

简单说来，只有穿越了民族界限、地域界限、阶级界限、血缘界限，真正宏伟的"天地元气"才能浩荡展开。反之，在种种对立的戾气中，天地就会越来越小，元气就会越来越衰。

为此，我要写写承德的避暑山庄。清代的史料成捆成扎，把这些留给历史学家吧，我们，只要轻手轻脚地绕到这个消夏的别墅里去偷看几眼也就够了。

二

承德的避暑山庄是清代皇家园林，又称"热河行宫"、"承德离宫"，虽然闻名史册，但久为禁苑，又地处塞外，历来光顾的人不多。我去时，找了山庄背后的一个旅馆住下。那时正是薄暮时分，我独个儿走出住所大门，对着眼前黑黝黝的山岭发呆。查过地图，这山岭便是避暑山庄北部的最后屏障，就像一把罗圈椅的椅背。在这张罗圈椅上，休息过一个疲惫的王朝。

山庄的最初营造，出自一代政治家在精神上的强健。

首先是康熙。他是走了一条艰难而又成功的长途才走进山庄的，到这里来喘口气，应该。

他一生的艰难都是自找的。他的父辈本来已经给他打下了一个很完整的江山，他八岁即位，十四岁亲政，年纪轻轻一个孩子，坐享其成就是了，能在如此辽阔的疆土、如此兴盛的运势前做些什么呢？他稚气未脱的眼睛，竟然疑惑地盯上了两个庞然大物：一个是朝廷中最有权势的辅政大臣鳌拜，一个是自恃当初领清兵入关有功、拥兵自重于南方的吴三桂。

平心而论，对于这样与自己的祖辈、父辈都有密切关系的重要政治势力，有几人能下得了决心去动手？但康熙却向他们，也向自己挑战了。他，十六岁上干净利落地除了鳌拜集团，二十岁开始向吴三桂开战，花八年时间，征战取得彻底胜利。

他等于把到手的江山重新打理了一遍，使自己从一个继承者变成了创业者。他成熟了，眼前几乎已经找不到什么对手，但他还是经常骑着马，在中国北方的山林草泽间徘徊，这是他祖辈崛起的所在，他在寻找着自己的生命和事业的依托点。

他每次都要经过长城。长城多年失修，已经破败。对着这堵历代帝王切切关心的城墙，他想了很多。他的祖辈是破长城进来的，没有吴三桂也绝对进得了，那么长城究竟有什么用呢？堂堂一个朝廷，难道就靠这些砖块去保卫？但是如果没有长城，他们的防线又在哪里呢？他思考的结果，可以从一六九一年他的一份上谕中看出个大概。

那年五月，古北口总兵官蔡元向朝廷提出，他所管辖的那一带长城"倾塌甚多，请行修筑"，康熙竟然不同意，他的上谕是：

秦筑长城以来，汉、唐、宋亦常修理，其时岂无边患？明末我太祖统大兵长驱直入，诸路瓦解，皆莫能当。可见守国之道，唯在修德安民。民心悦则邦本得，而边境自固,所谓"众志成城"者是也。如古北、喜峰口一带,朕皆巡阅,概多损坏,今欲修之,兴工劳役,岂能无害百姓?且长城延袤数千里,养兵几何方能分守?

说得实在是很有道理。

康熙希望能筑起一座无形的长城。对此,他有硬的一手和软的一手。硬的一手是在长城外设立"木兰围场",每年秋天,由皇帝亲自率领王公大臣、各级官兵一万余人去进行大规模的"围猎",实际上是一种声势浩大的军事演习。这既可以使王公大臣们保持住勇猛、强悍的人生风范,又可顺便对北方边境起一个威慑作用。"木兰围场"既然设在长城之外的边远地带,离北京就很有一点距离,如此众多的朝廷要员前去秋猎,当然要建造一些大大小小的行宫,而热河行宫就是其中最大的一座。

软的一手是与北方边疆的各少数民族建立起一种常来常往的友好关系,他们的首领不必长途进京,也能在长城之外找到与清廷交谊的场所,以及各自的宗教场所,这就是热河行宫和它周围的寺庙群要承担的另一种重大功能。

总之,软硬两手最后都汇集到这一座行宫、这一个山庄里来了,说是避暑,说是休息,意义却又远远不止于此。把复杂的政治目的转化为一片幽静闲适的园林、一圈香火缭绕的寺庙,这不能不说是康熙的大本事。

康熙几乎每年立秋之后都要到"木兰围场"参加一次为

期二十天的秋猎，一生共参加了四十八次。每次围猎，情景都极为壮观。先由康熙选定逐年轮换的狩猎区域，然后就搭建一百七十多座大帐篷为"内城"、二百五十多座大帐篷为"外城"，城外再设警卫。第二天拂晓，八旗官兵在皇帝的统一督导下集结围拢。在上万官兵的齐声呐喊下，康熙一马当先，引弓射猎，每有所中便引来一片欢呼。然后，扈从大臣和各级将士也紧随康熙射猎。

康熙身强力壮，骑术高明，围猎时智勇双全，弓箭上的功夫更让王公大臣由衷惊服，因而他本人的猎获就很多。

晚上，营地上篝火处处，肉香飘荡，人笑马嘶，而康熙还必须回到帐篷里批阅每天疾驰送来的奏章文书。

康熙一生打过许多著名的仗，但在晚年，他最得意的还是自己打猎的成绩，因为这纯粹是他个人生命力的验证。一七一九年康熙自"木兰围场"行猎后返回避暑山庄时，曾兴致勃勃地告谕御前侍卫：

> 朕自幼至今，凡用鸟枪弓矢获虎一百三十五，熊二十，豹二十五，猞猁狲十，麋十四，狼九十六，野猪一百三十二，哨获之鹿数百，其余围场内随便射获诸兽不胜记矣。朕曾于一日内射兔三百一十八，若庸常人，毕世亦不能得此一日之数也。

这笔流水账，他说得很得意，我们读得也很高兴。身体的强健和精神的强健是连在一起的,须知中国历史上多的是病恹恹的皇帝,他们即便再"内秀",却何以面对如此庞大的国家?

由于强健,他有足够的精力处理复杂的西藏事务和蒙古事务,解决治理黄河、淮河和疏通漕运等大问题,而且大多很有成效,功泽后世。由于强健,他还愿意勤奋地学习,结果不仅武功一流,"内秀"也十分了得,成为中国历代皇帝中特别有学问,也特别重视学问的一位。

谁能想得到呢,这位清朝帝王竟然比明代历朝皇帝更热爱汉族传统文化。大凡经、史、子、集、诗、书、音律,他都下过一番功夫,其中对朱熹哲学钻研最深。他亲自批点《资治通鉴纲目》,还下令访求遗散在民间的善本珍籍加以整理,大规模组织人力编辑出版了卷帙浩繁的《古今图书集成》和字典辞书,文化气魄铺天盖地。直到今天,我们研究中国古代文化还离不开那些重要的工具书。在他倡导的文化气氛下,涌现了一大批优秀的文史专家。在这一点上,很少有哪个朝代能与康熙朝相比肩。

以上讲的还只是我们所说的"国学",可能更让现代读者惊异的是他的"西学"。因为即使到了现代,在我们印象中,国学和西学虽然可以沟通,但在同一个人身上深谙两边的毕竟不多。然而早在三百年前,康熙皇帝竟然在北京故宫和承德避暑山庄认真研究了欧几里得几何学,经常演算习题,又学习了法国数学家巴蒂的《实用和理论几何学》,并比较了它与欧几里得几何学的差别。他的老师是当时来中国的一批西方传教士,但后来他的演算比传教士还快。以数学为基础,康熙又进而学习了西方的天文、历法、物理、医学,与中国原有的这方面知识比较,取长补短。在自然科学问题上,中国官僚和外国传教士经常发生矛盾,康熙从不袒护中国官僚,也不主观臆断,而是靠自己认真学习,几乎每次都做出了公正的裁断。

这一切,居然与他所醉心的"国学"互不排斥,居然与他一天射猎三百一十八只野兔互不排斥,居然与他一连串重大的政治行为、军事行为、经济行为互不排斥!

我并不认为康熙给中国带来了根本性的希望,他的政权也做过不少坏事,如臭名昭著的文字狱之类。我想说的只是,在中国历代帝王中,这位少数民族出身的帝王具有异乎寻常的生命元气,他的人格比较健全。

在很多情况下,一个帝王生命中所蕴藏的元气和人格,会给历史留下重重的印记。与康熙相比,明代的许多皇帝都活得太不像样了,鲁迅说他们是"无赖儿郎",的确有点儿像。尤其让人生气的是明代万历皇帝(神宗)朱翊钧,在位四十八年,亲政三十八年,竟有二十五年时间躲在深宫之内不见外人的面,完全不理国事,连内阁首辅也见不到他,不知在干什么。他聚敛的金银如山似海,但当辽东起事、朝廷束手无策时问他要钱,他死也不肯拿出来,最后拿出一个无济于事的小零头,竟然都是因窖藏太久变黑发霉、腐蚀得不能见天日的银子。这是一个失去了人格支撑的心理变态者，但他又集权于一身，明朝怎能不垮？他死后还有后代继位，但明朝已在他的手里败定了。康熙与他正相反，把生命元气从深宫里释放出来，在旷野、猎场和各个知识领域挥洒，避暑山庄就是他这种生命方式的一个重要吐纳点。

三

康熙与晚明帝王的对比，避暑山庄与万历深宫的对比，当时的汉族知识分子当然也感受到了，心情比较复杂。

开始，大多数汉族知识分子都坚持抗清复明，甚至在赳赳武夫们纷纷掉头转向之后，一群柔弱的文人还宁死不屈。文人中也有一些著名的变节者，但他们往往也承受着深刻的心理矛盾和精神痛苦。

我想这便是文化的力量。一切军事争逐都是浮面的，而事情到了要摇撼某个文化生态系统的时候才会真正变得严重起来。

一个民族、一个国家、一个人种，其最终意义不是军事的、地域的、政治的，而是文化的。当时江南地区好几次重大的抗清事件，都起于"削发"之事，即汉人历来束发而清人强令削发，甚至到了"留头不留发，留发不留头"的地步。头发的样式看来事小，却关及文化生态。结果，是否"毁我衣冠"的问题成了"夷夏抗争"的最高爆发点。

这中间，最能把事情与整个文化系统联系起来的是文化人，最懂得文明和野蛮的差别，并把"鞑虏"与野蛮连在一起的也是文化人。老百姓的头发终于被削掉了，而不少文人还在拼死坚持。著名大学者刘宗周住在杭州，自清兵进杭州后便绝食，二十天后死亡；他的门生、另一位著名大学者黄宗羲投身于武装抗清行列，失败后回余姚家乡事母、著述；又一位著名大学者顾炎武，武装抗清失败后便开始流浪，谁也找不着他，最后终老陕西……这些宗师如此强硬，他们的门生和崇拜者们当然也多有追随。

但是，事情到了康熙那儿却发生了一些微妙的变化。文人们依然像朱耷笔下的秃鹰，以"天地为之一寒"的冷眼看着朝廷，而朝廷却奇怪地流泻出一种压抑不住的对汉文化的热忱。开始大家以为是一种笼络人心的策略，但从康熙身上看，好像不完全是。

他在讨伐吴三桂的战争还没有结束的时候，就迫不及待地下令各级官员以"崇儒重道"为目的，向朝廷推荐"学行兼优、文词卓越"的士子，由他亲自主考录用，称作"博学鸿词科"。

这次被保荐、征召的共一百四十三人，后来录取了五人。其中有傅山、李颙等人被推荐了却宁死不应考。傅山被人推荐后又被强抬进北京，他见到"大清门"三字便滚倒在地，两泪直流。如此行动举止，康熙不仅不怪罪，反而免他考试，任命他为"中书舍人"。他回乡后不准别人以"中书舍人"称他，但这个时候说他对康熙本人还有多大仇恨，大概谈不上了。

李颙也是如此，受到推荐后称病拒考，被人抬到省城后竟以绝食相抗，众人只得作罢。这事发生在康熙十七年，康熙本人二十五岁。没想到二十五年后，年过半百的康熙西巡时还记得这位强硬的学人，要召见他。李颙没有应召，但心里毕竟已经很过意不去了，派儿子李慎言做代表应召，并送自己的两部著作《四书反身录》和《二曲集》给康熙。这件事带有一定的象征性，表示最有抵触的汉族知识分子也开始与康熙和解了。

与李颙相比，黄宗羲是大人物了。康熙对黄宗羲更是礼敬有加，多次请黄宗羲出山未能如愿，便命令当地巡抚到黄宗羲家里，把黄宗羲写的书认真抄来，送入宫内以供自己拜读。这一来，黄宗羲也不能不有所感动。与李颙一样，自己出面终究不便，便由儿子代理。黄宗羲让自己的儿子黄百家进入皇家修史部门，帮助完成康熙交下的修《明史》的任务。你看，即便是原先与清廷不共戴天的黄宗羲、李颙他们，也觉得儿子一辈可以在康熙手下好生过日子了。这不是变节，也不是妥协，而是一种文化生态意义上的开始认同。既然康熙对汉文化认同得那么诚恳，汉族文人为什么就完全不能与他认同呢？

黄宗羲不是让儿子参加康熙下令编写的《明史》吗？编《明史》这事给汉族知识界震动不小。康熙任命了大历史学家徐元文、万斯同、张玉书、王鸿绪等负责此事，要他们根据

《明实录》如实编写,说"他书或以文章见长,独修史宜直书实事"。他还多次要大家仔细研究明代晚期破败的教训,引以为戒。汉族知识界要反清复明,而清廷君主竟然亲自领导着汉族的历史学家在冷静研究明代了。这种研究又高于反清复明者的思考水平,那么,对峙也就不能不渐渐化解了。《明史》后来成为整个二十四史中写得较好的一部,这是直到今天还要承认的事实。

当然,也还余留着几个坚持不肯认同的文人。例如,康熙时代浙江有个叫吕留良的学者,在著书和讲学中还一再强调孔子思想的精义是"尊王攘夷"。这个提法,在他死后被湖南一个叫曾静的落第书生看到了,很是激动,赶到浙江找到吕留良的儿子和学生几人,筹划反清。

这时康熙也早已过世,已是雍正年间,这群文人手下无一兵一卒,能干成什么事呢?他们打听到川陕总督岳钟琪是岳飞的后代,想来肯定能继承岳飞遗志来抗击外夷,就派人带给他一封策反的信,眼巴巴地请他起事。

这事说起来已经有点儿近乎笑话。岳飞抗金到那时已隔着整整一个元朝、整整一个明朝,清朝也已过了八九十年,算到岳钟琪身上都是多少代的事啦,居然还想着让他凭着一个"岳"字拍案而起,中国书生的昏愚和天真就在这里。

岳钟琪是清朝大官,做梦也没有想过要反清,接信后虚假地应付了一下,理所当然地报告了雍正皇帝。雍正下令逮捕了这个谋反集团,又亲自阅读了书信、著作,觉得其中有好些观点需要自己写文章来与汉族知识分子辩论。他认为有过康熙一代，已有足够的事实证明清代统治者并不差，可为什么还有人要对抗清廷？于是这位皇帝亲自编了一部《大义觉迷录》颁发各地，而且特免肇事者曾静等人的死罪，让他们专到江浙一带去宣讲。

雍正的《大义觉迷录》写得颇为诚恳。他的大意是：不错，我们是夷人，我们是"外国"人，但这是籍贯而已，天命要我们来抚育中原生民，被抚育者为什么还要把华、夷分开来看？你们所尊重的舜是东夷之人、文王是西夷之人，这难道有损于他们的圣德吗？吕留良这样著书立说的人，将前朝康熙皇帝的文治武功、赫赫盛德都加以隐匿和诬蔑，实在是不顾民生国运只泄私愤了。外族入主中原，可能反而勇于为善，如果著书立说的人只认为生在中原的君主不必修德行仁也可享有名分，而外族君主即便励精图治也得不到褒扬，外族君主为善之心也会因之而懈怠，受苦的不还是中原百姓吗？

雍正的这番话带着明显的委屈情绪，而且是给父亲康熙打抱不平，也真有一些动人的地方。但他的整体思维显然比不上康熙，口口声声说自己是"外国"人、"夷人"，在一些前提性的概念上把事情搞复杂了。他的儿子乾隆看出了这个毛病，即位后把《大义觉迷录》全部收回，列为禁书，杀了被雍正赦免的曾静等人，开始大兴文字狱。

除了华、夷之分的敏感点外，其他地方雍正倒是比较宽容、有度量，听得进忠臣贤仁们的尖锐意见和建议，因此在执政的前期，做了不少好事，国运可称昌盛。这样一来，即便存有异念的少数汉族知识分子也不敢有什么想头，到后来也真没有什么想头了。其实本来这样的人已不可多觅，雍正和乾隆都把文章做过了头。真正第一流的大学者，在乾隆时代已经不想做反清复明的事情。

乾隆靠着人才济济的智力优势，靠着康熙、雍正给他奠定的丰厚基业，也靠着他本人的韬略雄才，做起了中国历史上福气最好的大皇帝。承德避暑山庄，他来得最多，总共逗留的时间很长，因此他的踪迹更是随处可见。乾隆也经常参加"木兰秋猎"，亲自射获的猎物也极为可观，但他的主要心思却放在边疆征战上。避暑山庄和周围的外八庙内，记载这种征战成果的碑文极多。

这种征战与汉族的利益没有冲突，反而弘扬了中国的国威，连汉族知识界也引以为荣，甚至可以把乾隆看成是华夏圣君了。但我细看碑文之后却产生一个强烈的感觉：有的仗迫不得已，打打也可以，但多数战争的必要性深可怀疑——需要打得这么大吗？需要反复那么多次吗？需要杀得如此残酷吗？

好大喜功的乾隆把他的所谓"十全武功"雕刻在避暑山庄里乐滋滋地自我品尝，这使山庄回荡出一些燥热而又不祥的气氛。在满、汉文化对峙基本上结束之后，这里洋溢着的是中华帝国的自得情绪。

外面世界的"天地"，要比乾隆心中的帝国大得多，但乾隆不想了解更大的"天地",只想把自己已经掌控的"天地"封闭住。因此,在根子里,大清之"气"已渐渐板结。

一七九三年九月十四日,一个英国使团来到避暑山庄,乾隆以盛宴欢迎,还在山庄的万树园内以大型歌舞和焰火晚会招待,避暑山庄一片热闹。英方的目的是希望乾隆同意他们派使臣常驻北京,在北京设立洋行;希望中国开放贸易口岸,在广州附近拨一些地方让英商居住;又希望英国货物在广州至澳门的内河流通时能获免税和减税的优惠。本来,这些都是可以谈判的事,但对于居住在避暑山庄、一生喜欢用武力炫耀华夏威仪的乾隆来说,却不存在任何谈判的可能。

他给英国国王写了信,信的标题是"赐英吉利国王敕书"。信内对一切要求全部拒绝,说"天朝尺土俱归版籍,疆址森然,即岛屿沙洲,亦必划界分疆,各有专属";"从无外人等在北京城开设货行之事";"此与天朝体制不合,断不可行"。至今有人认为这几句话充满了爱国主义的凛然大义,与以后清廷签订的卖国条约不可同日而语。对此,我实在不敢苟同。

本来康熙早在一六八四年就已开放海禁,在广东、福建、浙江、江苏分设四个海关欢迎外商来贸易。过了七十多年,乾隆反而关闭其他海关只许外商在广州贸易。外商在广州也有许多可笑的限制,例如,不准学说中国话、买中国书,不许坐轿,更不许把妇女带来,等等。

康熙向传教士学西方自然科学,关系不错,而乾隆却把天主教给禁了。

乾隆在避暑山庄训斥外国帝王的朗声言辞,使这座园林掺杂进了某种凶兆。

四

乾隆的儿子嘉庆接位后,一直都在面对内忧外患,最后不明不白地死在避暑山庄。

继位的道光因此不愿去避暑山庄,让它空关了几十年。

一八六〇年九月,山庄突然接到命令,咸丰皇帝要来,赶快打扫。咸丰这次来时带的银两特别多,原来是来逃难的,因为英法联军正威胁着北京。他在这里又批准了好几份丧权辱国的条约,直到一八六一年八月二十二日死在这儿。

咸丰一死,避暑山庄各种政治势力围着遗体进行着明明暗暗的较量。一场被历史学家称为"辛酉政变"的行动方案在山庄的几间屋子里制订。然后,咸丰的灵柩向北京起运,避暑山庄的大门,又一次紧紧地关住了。而在这支送葬的队伍中站出来一个二十七岁的青年女子,她将统治中国数十年。

她就是慈禧,离开了山庄后再也没有回来。不久她又下了一道命令,"所有热河一切工程,着即停止"。

后来慈禧在北京重修了一个颐和园,与避暑山庄"对峙"。避暑山庄初建时的元气和雄风早已吹散,清朝从此阴气重重、劣迹斑斑。

五

清王朝灭亡后，社会震荡，世事忙乱。直到一九二七年六月二日，大学者王国维先生在颐和园投水而死，才让全国智者肃然沉思。

王国维先生的死因众说纷纭，我们且不管它，只知道这位汉族文化大师拖着清代的一条辫子，自尽在清代的皇家园林里，遗嘱为"五十之年，只欠一死；经此世变，义无再辱"。

他不会不知道明末清初为汉族人是束发还是留辫之争发生过惊人的血案，他不会不知道刘宗周、黄宗羲、顾炎武这些大学者的慷慨行迹，他更不会不知道按照世界历史的进程，社会巨变乃属必然。但是，他还是死了。

我赞成陈寅恪先生的说法，王国维先生死于一种文化：

> 凡一种文化值衰落之时，为此文化所化之人，必感苦痛，其表现此文化之程量愈宏，则其所受之苦痛亦愈甚；迨既达极深之度，殆非出于自杀无以求一己之心安而义尽也。（《王观堂先生挽词并序》）

王国维先生实在难以把文化与清廷分割开来。在他的书架里，摆满了《古今图书集成》、《康熙字典》、《四库全书》、《红楼梦》、《桃花扇》、《长生殿》，以及乾嘉学派的一系列著作。毫无疑问，清代的文化比清代的政治精彩得多，延续的时间也会非常悠久。但是，文化人个人的生命，是短暂而脆弱的，不能不依赖于文化产生的生活背景，沉潜越深，依赖越甚。王国维虽然也撷取过其他文化，但他无法离开自己立足的文化基点。他是一个专注而又保守的人，当他发现基点已难于立足，那就只能用生命来祭奠了。

这种祭奠，比很多重大的政治事件更摄人心魄。

王国维先生到颐和园还是第一次，是从一个同事处借了五元钱才去的。颐和园门票六角，死后口袋中尚余四元四角。他去不了承德，也推不开避暑山庄紧闭的大门。

今天，我面对着避暑山庄的清澈湖水，却不能不想起王国维先生的面容和身影。我轻轻地叹息一声：一个风云数百年的朝代，总是以一群强者英武的雄姿开头，而打下最后一个句点的，却常常是一些文质彬彬的凄怨灵魂。

秋雨注：这篇文章发表于一九九三年，后来被中国评论界看成是全部"清宫电视剧"的肇始之文。"清宫电视剧"拍得不错，但整体历史观念与我有很大差别。我对清代宫廷的看法，可参见本书收录的另一篇文章《宁古塔》。

宁 古 塔

一

此刻,我正站在从牡丹江到镜泊湖去的半道上,脚下是黑龙江省宁安市,清代称为"宁古塔"的所在。在漫长的年月间,不知有多少"犯人"的判决书上写着:"流放宁古塔。"

有那么多的朝廷大案以它作为句点,因此"宁古塔"这三个字成了全国官员心底最不吉利的符咒。

有一本叫作《研堂见闻杂录》的书上写到,当时的宁古塔几乎不是人间的世界。流放者去了,往往半道上被虎狼恶兽吃掉,甚至被饿昏了的当地人分而食之,能活下来的不多。也许有人会想,有塔的地方总该有点儿文明的遗留吧?其实,宁古塔没有塔,这三个字是满语的音译,意为"六个"("宁古"为"六","塔"为"个"),据说很早的时候有兄弟六人在这里住过。

由宁古塔又联想到东北其他几个著名的流放地,例如,今天的辽宁沈阳（当时称盛京）、辽宁开原（当时称尚阳堡）、黑龙江齐齐哈尔（当时称卜魁）等处。我，又想来触摸中国历史身上某些让人很不舒服的部位了。

二

中国古代历朝对犯人的惩罚，条例繁杂，但粗粗说来无外乎打、杀、流放三种。打是轻刑，杀是极刑，流放"不轻不重"，嵌在中间。

打的名堂就很多。民间罪犯姑且不论，即便在朝堂之上，也时时刻刻晃动着被打的可能。再道貌岸然的高官，再斯文儒雅的学者，刚才站到殿堂中央来讲话时还细声慢气地调动一连串深奥典故，突然不知是哪句话讲错了，立即被一群宫廷侍卫按倒在地，在众目睽睽之下被一五一十地打将起来。苍白的肌肉，殷红的鲜血，不敢大声发出的哀号，乱作一团的白发，强烈地提醒着端立在一旁的其他文武官员：你们说到底只是一种生理性的存在，用思想来探讨思想，以理性来面对理性，从来没有那回事儿。

杀的花样就更多了。我早年在一本旧书中读到嘉庆朝廷如何杀戮一个行刺者的具体记述，好几天都吃不下饭。后来我终于对其他杀人花样也有所了解了，真希望我们下一代不要再有人知道这些事情。当时的朝廷施刑者把死这件事情变成一个可供细细品味、慢慢咀嚼的漫长过程。在这一过程中，人的一切器官和肌肤全部成了痛苦的由头，因此受刑者只能怨恨自己竟然是个人。

残忍，对统治者来说，首先是一种恐吓，其次是一种快感。越到后来，恐吓的成分越来越少，而快感的成分则越来越多。这就变成了一种心理毒素，扫荡着人类的基本尊严。统治者以为这样便于统治，却从根本上摧残了人性、人道基础，后果非常严重。

现在可以说说流放了。

当时流放东北的江南人和中原人，常常不仅株连全家，而且祸及九族，所有远远近近的亲戚，甚至包括邻里，全都成了流放者，往往是几十人、百余人的队伍，浩浩荡荡。

一路上怕他们逃走，便枷锁千里。我在史料中见到这样一条记载：明宣德八年，一次有一百七十名犯人流放到东北，死在路上的就有三分之二，到东北只剩下五十人。

好不容易到了流放地，这些奴隶被分配给了主人，主人见美貌的女性就随意糟蹋，怕其丈夫碍手碍脚就先把丈夫杀了。流放人员那么多用不了，选出一些女的卖给娼寮，选出一些男的去换马。

最好的待遇，是在所谓"官庄"里做苦力。照清代被流放的学者吴兆骞记述，"官庄人皆骨瘦如柴"，"一年到头，不是种田，即是打围、烧石灰、烧炭，并无半刻空闲日子"。

在一本叫《绝域纪略》的书中描写了流放在那里的江南

女子汲水的镜头:"春余即汲,霜雪井溜如山,赤脚单衣悲号于肩担者,不可纪,皆中华富贵家裔也。"

在这些可怜的汲水女里面,肯定有着不少崔莺莺和林黛玉,昨日的娇贵矜持根本不敢回想。

康熙时期的诗人丁介写过这样两句诗:

南国佳人多塞北,
中原名士半辽阳。

诗句或许会有些夸张,但据李兴盛先生统计,单单清代东北流人(其概念比流放犯略大),总数在一百五十万以上。普通平民百姓很少会被流放,因而其间"名士"和"佳人"的比例确实不低。

如前所说,这么多人中,很大一部分是株连者。那些远亲,可能根本没见过当事人,他们的亲族关系要通过老一辈曲曲折折的比画才能勉强厘清,现在却一股脑儿都被赶到了这儿。在统治者看来,所有的人都不是个人,只是长在家族大树上的叶子。

树上叶子那么多,不知哪一片会出事而祸及自己,更不知自己的一举一动什么时候会危害到整棵大树,于是只能战战兢兢,如临深渊,如履薄冰。

这样,整个树林也便成了没有风声鸟声的死林。

三

我常常设想,那些当事人在东北流放地遇见了以前从来没有听见过、这次却因自己而罹难的远房亲戚,该会说什么话,有何种表情,而那些远房亲戚又会做什么反应。

当事人极其内疚是毫无疑问的,但光内疚够吗?而且内疚什么呢?他或许会解释一下案情,但他真能说得清自己的案情吗?

最说不清楚的是那些文人,不小心沾上了文字狱、科场案,一夜之间成了犯人。

文字狱的无法说清已有很多人写过,不想再说什么了。科场案是针对科举考试中的作弊嫌疑而言的,牵涉面更大。

科场案中,很大一部分是被恣意夸大甚至无中生有的。例如,一六五七年发生过两个著名的科场案,被杀、被流放的人很多。我们不妨选其中较严重的一个即所谓"南闱科场案"稍稍多看几眼。

一场考试过去,发榜了,没考上的士子们满腹牢骚,议论很多。被说得最多的是考上举人的安徽青年方章钺,他可能与主考大人是远亲,即所谓"联宗"吧,理应回避,不回避就有可能作弊。

落第考生的这些道听途说被一位官员听到了,就到顺治皇帝那里奏了一本。顺治皇帝闻奏后立即下旨,正副主考并革职,把那位考生方章钺捉来严审。

这位安徽考生的父亲叫方拱乾,也在朝中做着官,上奏说他们家从来没有与主考大人联过宗,联宗之说是误传,因此用不着回避,以前几届也考过,朝廷可以调查。

本来这是一件很容易调查清楚的事情,但麻烦的是,皇帝已经表了态,而且已把两个主考革职了,如果真的没有联过宗,皇帝的脸往哪儿搁?

因此朝廷上下一口咬定,他们两家一定联过宗。

刑部花了不少时间琢磨这个案子,再琢磨皇帝的心思,最后心一横,拟了个处理方案上报,大致意思无非是,正副主考已经激起圣怒,被皇帝亲自革了职,那就干脆处死算了,把事情做到底别人也就没话说了;至于考生方章钺,朝廷不承认他是举人,作废。

这个处理方案送到了顺治皇帝那里。大家原先以为皇帝也许会比刑部宽大一点儿,做点儿姿态,没想到皇帝的回旨极其可怕:正副主考斩首,没什么客气的。还有他们统领的其他所有考官到哪里去了?一共十八名,全部绞刑,家产没收,他们的妻子儿女一概罚做奴隶。听说已经死了一个姓卢的考官?算他幸运,但他的家产也要没收,他的妻子儿女也要去做奴隶。还有,就让那个安徽考生不做举人算啦?不行,把八个考取的考生全都收拾一下,他们的家产也应全部没收,每人狠狠打上四十大板。更重要的是,他们这群考生的父母、兄弟、妻子,要与这几个人一起,全部流放到宁古塔!(参

见《清世祖实录》卷一百二十一）

这就是典型的中国古代判决，处罚之重，到了完全离谱的程度。这二十个考官应该是当时中国第一流的学者，居然不明不白地被全部杀掉，他们的家属随之遭殃。

四

灾难，对于常人而言也就是灾难而已，但对文人而言就不一样了。在灾难降临之初，他们会比一般人更紧张、更痛苦，但在渡过这一关口之后，他们中一部分人，开始面对灾难寻找生命的底蕴。

流放者都会记得宋金战争期间，南宋的使臣洪皓和张邵被金人流放到黑龙江的事迹。洪皓和张邵算得上为大宋朝廷争气的了，在捡野菜充饥、拾马粪取暖的情况下还凛然不屈。

出人意料的是，这两人在东北为宋廷受苦受难十余年，好不容易回来后却立即遭受贬谪。

这种事例，使后来的流放者们陷入深思：既然朝廷对自己的使者都是这副模样，那它真值得大家为它守节效忠吗？我们过去头脑中认为至高无上的一切，真是那样有价值吗？

顺着这一思想脉络，东北流放地出现了一个奇迹：不少被流放的清朝官员与反清义士结成了好朋友，甚至到了生死莫逆的地步。

当官衔、身份、家产一一被剥除时，剩下的就是生命对生命的直接呼唤。著名的反清义士函可，在东北流放时最要好的那些朋友李裀、魏琯、季开生、李呈祥、郝浴、陈掖臣等人，几乎都是被贬的清朝官吏。但他却以这些人为骨干，成立了一个"冰天诗社"。

政敌不见了，对立松懈了，只剩下一群赤诚相见的朋友。

有了朋友，再大的灾害也会消去大半；有了朋友，再糟的环境也会风光顿生。

我敢断言，在漫长的中国古代社会中，最珍贵、最感人的友谊必定产生在朔北和南荒的流放地，产生在那些蓬头垢面的文士中间。

除了流放者之间的友谊外，外人与流放者的友谊也有一种特殊的重量。

元朝时，浙江人骆长官被流放到东北，他的朋友孙子耕竟从杭州一路相伴到东北。清康熙年间，兵部尚书蔡毓荣获罪流放黑龙江，他的朋友上海人何世澄不仅一路护送，而且陪着他在黑龙江住了两年多才返回江南。

让我特别倾心的，是康熙年间顾贞观为把自己的老友吴兆骞从东北流放地救出来的那番苦心。

顾贞观知道老友在边荒时间已经很长，很想晚年能赎他回来让他过几天安定日子，为此他愿意叩拜一座座朱门来集资。他好不容易结识了当朝太傅明珠的儿子纳兰容若。纳兰容若是一个人品和文品都不错的人，但对顾贞观提出的这个要求却觉得事关重大，难以点头。

顾贞观没有办法，只得拿出他因思念吴兆骞而写的词作《金缕曲》两首给纳兰容若看。两首词的全文是这样的：

季子平安否？便归来，平生万事，那堪回首！行路悠悠谁慰藉？母老家贫子幼。记不起，从前杯酒。魑魅搏人应见惯，总输他，覆雨翻云手。冰与雪，周旋久。

泪痕莫滴牛衣透，数天涯，依然骨肉，几家能够？比似红颜多命薄，更不如今还有。只绝塞，苦寒难受，廿载包胥承一诺，盼乌头马角终相救。置此札，君怀袖。

我亦飘零久。十年来，深恩负尽，死生师友。宿昔齐名非忝窃，试看杜陵消瘦。曾不减，夜郎僝僽。薄命长辞知己别，问人生，到此凄凉否？千万恨，为君剖。

兄生辛未吾丁丑，共些时，冰霜摧折，早衰蒲柳。词赋从今须少作，留取心魂相守。但愿得，河清人寿。归日急翻行戍稿，把空名料理传身后。言不尽，观顿首。

不知读者诸君读了这两首词作何感想，反正纳兰容若一读完就声泪俱下，对顾贞观说："给我十年时间吧，我当作自己的事来办，今后你完全不用再叮嘱我了。"

顾贞观一听急了："十年？他还有几年好活？五年为期，好吗？"

纳兰容若擦着眼泪点了点头。

经过很多人的努力，吴兆骞终于被赎了回来。

我常常想，今天东北人的豪爽、好客、重友情、讲义气，一定与流放者们的精神遗留有某种关联。流放，创造了一个味道浓厚的精神世界，使我们得惠至今。

五

由于气候和管理方面的原因，流放者也有不少空余时间。有的地方，甚至处于一种放任自流的状态，这就给了文化人一些机会。

我，总可以做一点儿别人不能替代的事情吧？总可以有一些高于捡野菜、拾马粪、烧石灰的行为吧？想来想去，这种事情和行为，都与文化有关。因此，这也算是一种回归。

比较常见的是教书，例如，洪皓曾在晒干的桦叶上默写出"四书"，教村人子弟；张邵甚至在流放地开讲《周易》，"听者毕集"；函可作为一位佛学家，利用一切机会传授佛法。

其次是教耕作和商贾，例如，杨越就曾花不少力气在流放地传播南方的农耕技术，教当地人用"破木为屋"来代替原来的"掘地为屋"。他又让流放者用随身带的物品与当地土著交换渔牧产品，培养了初步的市场意识。总之，他几乎是全方位地推动了这块土地上文明的进步。

文化素养更高一点儿的流放者则把东北作为自己进行文化考察的对象，并把考察结果留诸文字，至今仍为地域文化研究者所钟爱。例如，方拱乾所著《绝域纪略》，吴桭臣所著《宁古塔纪略》，张缙彦所著《宁古塔山水记》，杨宾所著《柳边纪略》，英和所著《龙沙物产咏》，等等。这些著作，具有很高的历史学、地理学、风俗学、物产学等多方面的学术价值。

我们知道，中国古代的学术研究除了郦道元、李时珍、徐霞客等少数例外，多数习惯于从书本到书本，缺少野外考察精神，致使我们的学术传统至今还常缺乏实证意识。这些流放者却在艰难困苦之中克服了这种弊端，写下了中国学术史上让人惊喜的一页。

他们脚下的这块土地，给了他们那么多严酷的陌生，那么多绝望的辛酸，但他们却无意怨恨它，而是用温热的手掌抚摸着它，让它感受文明的热量，使它进入文化的史册。

在这方面，有几个代代流放的南方家族所起的作用特别大。例如，安徽的方拱乾、方孝标家族，浙江的吕留良家族和杨越、杨宾父子等等。近代国学大师章太炎先生曾说到因遭文字狱而世代流放东北的吕留良（吕用晦）家族的贡献："后裔多以塾师、医药、商贩为业。土人称之曰老吕家，虽为台隶，求师者必于吕氏，诸犯官遣戍者，必履其庭，故土人不敢轻，其后裔亦未尝自屈也。""齐齐哈尔人知书，由吕用晦后裔谪戍者开之。"

说到方家，章太炎说："初，开原、铁岭以外皆胡地也，无读书识字者。宁古塔人知书，由孝标后裔谪戍者开之。"

(《太炎文录续编》)

一个家族世世代代流放下去,对这个家族来说是莫大的悲哀,但他们对东北的开发事业却进行了一代接一代的连续性攻坚。我认为,在文化意义上,他们是英勇的占领者。

六

我希望上面这些叙述不至于构成这样一种误解,以为流放这件事从微观来说造成了许多痛苦,而从宏观来说却并不太坏。

不。从宏观来说,流放无论如何也是对文明的一种摧残。部分流放者从伤痕累累的苦痛中挣扎出来,手忙脚乱地创造出了那些文明,并不能给流放本身增色添彩。且不说多数流放者不再有什么文化创造,即便是我们在上文中评价最高的那几位,也无法成为我国文化史上的第一流人才。

第一流人才可以受尽磨难,却不能让磨难超越基本的生理限度和物质限度。尽管屈原、司马迁、曹雪芹也受了不少苦,但宁古塔那样的流放方式却永远也出不了《离骚》、《史记》和《红楼梦》。

文明可能产生于野蛮,却绝不喜欢野蛮。我们能熬过苦难,却绝不赞美苦难。我们不害怕迫害,却绝不肯定迫害。

部分文人之所以能在流放的苦难中显现人性、创建文明,本源于他们内心的高贵。他们的外部身份可以一变再变,甚至终身陷于囹圄,但内心的高贵却未曾全然销蚀。这正像有的人,不管如何追赶潮流或身居高位,却总也掩盖不住内心的卑贱。

毫无疑问,最让人动心的是苦难中的高贵。凭着这种高贵,人们可以在生死存亡线的边缘吟诗作赋,可以用自己的一点温暖去化开别人心头的冰雪,继而可以用屈辱之身去点燃文明的火种。

我站在这块土地上,长时间地举头四顾又终究低下头来,向一些远年的灵魂鞠躬致敬 —— 为他们在苦难中的高贵。

抱愧山西

一

十余年前的某一天，我在翻阅一堆史料的时候大吃一惊，便急速放下手上的其他工作，专心致志地研究起来。很长一段时间，我查检了一本又一本的书籍，阅读了一篇又一篇的文稿，终于将信将疑地接受了这样一个结论：在十九世纪乃至以前相当长的时期内，中国最富有的省份不是我们现在可以想象的那些地区，而竟是山西。

直到二十世纪初，山西仍是中国的金融贸易中心。北京、上海、广州、武汉等城市里那些比较像样的金融机构，最高总部大抵都在山西平遥县和太谷县几条寻常的街道间。这些大城市，只不过是腰缠万贯的山西商人小试身手的码头而已。

山西商人之富，有许多数字可以引证，本文不做经济史的专门阐述，姑且省略了吧。反正在清代全国商业领域，人数最多、资本最厚、散布最广的是山西人；每次全国性募捐，捐出银两数最大的是山西人；要在全国排出最富的家庭和个人，最前面的一大串名字大多也是山西人；甚至，在京城宣告歇业回乡的各路商家中，携带钱财最多的又是山西人。

按照我们往常的观念，富裕必然是少数人剥削多数人的结果。但事实是，山西商业的发达、豪富人家的消费，大大提高了当地的整体生活水平。与全国相比，当时山西城镇民众的一般生活水平也不低。

有一份材料有趣地说明了这个问题。一八二〇年，文化思想家龚自珍在《西域置行省议》一文中提出了一个大胆的政治建议。他认为自乾隆末年以来，民风腐败，国运堪忧，因此建议把各地民众大规模西迁，使之无产变为有产、无业变为有业。他觉得内地只有两个地方可以不考虑西迁：一是江浙一带，那里的人民筋骨柔弱，吃不消长途跋涉；二是山西省——

山西号称海内最富，土著者不愿徙，毋庸议。
（《龚自珍全集》，上海人民出版社，第一〇六页）

龚自珍这里所指的不仅仅是富商，也包括土生土长的山西百姓。

其实，细细回想起来，即便在我本人有限的见闻中，可以验证山西之富的信号也曾屡屡出现，可惜我把它们忽略了。例如，现在苏州有一个规模不小的"中国戏曲博物馆"，我多次陪外国艺术家去参观，几乎每次都让客人们惊叹不已。尤其是那个精妙绝伦的戏台和观剧场所，连贝聿铭这样的国际建筑大师都视为奇迹。但整个博物馆的原址却是"三晋会馆"，即山西人到苏州来做生意时的一个聚会场所。说起来苏州也算富庶繁华的了，没想到山西人轻轻松松来盖了一个会馆就把风光占尽。记得当时我也曾为此发了一阵呆，却没有往下细想。

又如，翻阅宋氏三姊妹的多种传记，总会读到宋霭龄到丈夫孔祥熙家乡去的描写，于是知道孔祥熙这位国民政府的财政部长也正是从山西太谷县走出来的。美国人罗比·尤恩森写的那本传记中说："霭龄坐在一顶十六个农民抬着的轿子里，孔祥熙则骑着马。但是，使这位新娘大为吃惊的是，在这次艰苦的旅行结束时，她发现了一种前所未闻的最奢侈的生活……因为一些重要的银行家住在太谷，所以这里常常被称为'中国的华尔街'。"我初读这本传记时也曾经在这些段落间稍稍停留，却没有去琢磨让宋霭龄这样的人物吃惊、被美国传记作家称为"中国的华尔街"，意味着什么。

看来，山西之富在我们上一辈人的心目中一定是常识，我们的误解完全是出于对历史的无知。在我们这一辈，产生这种误解的远不止我一人。

因此，好些年来，我一直小心翼翼地期待着一次山西之行。

二

我终于来到了山西。为了平定一下慌乱的心情,我先把一些著名的常规景点看完,最后才郑重其事地逼近我心里埋藏的那个大问号。

我的问号吸引了不少山西朋友,他们陪着我在太原一家家书店的角角落落寻找有关资料。黄鉴晖先生所著的《山西票号史》是我自己在一个书架的底层找到的,而那部洋洋一百二十余万言、包罗着大量账单报表的大开本《山西票号史料》则是一直为我开车的司机李文俊先生从一家书店的库房里"挖"出来的,连他也因每天听我在车上讲这讲那,知道了我的需要。

待到资料搜集得差不多,我就在电视编导章文涛先生、歌唱家单秀荣女士等一批山西朋友的陪同下,驱车向平遥和祁县出发了。在山西最红火的年代,财富的中心并不在省会太原,而在平遥、祁县和太谷,其中又以平遥为最。

朋友们都笑着对我说,虽然全车除了我之外都是山西人,但这次旅行的向导应该是我,原因只在于我读过比较多的史料。

连"向导"也是第一次来,那么这种旅行自然也就成了一种寻找。

我知道,首先该找的是平遥西大街上中国第一家专营异地汇兑业务的"票号"——大名鼎鼎的"日昇昌"的旧址。这是今天中国大地上各式银行的"乡下外祖父"。

听我说罢，大家就对西大街上每一个门庭仔细打量起来。

街道并不宽，每个体面门庭的花岗岩门槛上都有两道很深的车辙印痕，可以想见当年这儿是如何车水马龙地热闹。这些车马来自全国各地乃至国境之外，驮载着金钱，驮载着风险，驮载着扬鞭千里的英武气概，驮载着远方的风土人情和方言，驮载出一个南来北往经济血脉的大流畅。

西大街上每一个像样的门庭我们都走进去了，乍一看都像是气吞海内的"日昇昌"，仔细一打听又都不是。直到最后，看到平遥县文物局立的一块说明牌，才认定"日昇昌"的真正旧址。被一个机关占用着，但房屋结构基本保持原样，甚至连当年的匾额楹联还静静地悬挂着。

我站在这个院子里凝神遥想：就是这儿，在几个聪明的山西人的指挥下，古老的中国终于有了一种大范围的异地货币汇兑机制，卸下了实银运送重担后的商业流通，被激活了。

我知道，每一家被我们怀疑成"日昇昌"的门庭当时都在做着近似的文章，不是大票号就是大商行。如此密集的金融商业构架必然需要更大的城市服务系统来配套，其中包括旅馆业、餐饮业和娱乐业，当年平遥城会繁华到何等程度，约略可以想见。

我很想找山西省的哪个领导部门建议，下一个不大的决心，尽力恢复平遥西大街的原貌。

因为基本的建筑都还保存完好，只要洗去那些现代涂抹，便会洗出一条充满历史厚度的老街，洗出山西人上几个世纪的自豪。

恢复西大街后，如果力量允许，应该再设法恢复整个平遥古城。平遥的城墙、街道还基本完好，如果能恢复，就可以成为中国明清时代中小型城市的一个标本。

平遥西大街是当年山西商人的经营场所，那他们的居息场所又是什么样的呢？离开平遥后我们来到了祁县的乔家大院，一踏进大门就立即理解了当年宋霭龄女士在长途旅行后大吃一惊的原因。

我到过全国各地的很多大宅深院，但一进这个宅院，记忆中的诸多名园便立即显得过于柔雅小气。万里驰骋收敛成一个宅院，宅院的无数飞檐又指向着无边无际的云天。钟鸣鼎食不是靠着先祖庇荫，而是靠着不断地创业。因此，这个宅院没有任何避世感、腐朽感或诡秘感，而是处处呈现出一代巨商的人生风采。

为此，我在阅读相关资料的时候经常抬起头来想象：创建了"海内最富"奇迹的人们，你们究竟是何等样人，是怎么走进历史又从历史中消失的呢？

我只在《山西票号史料》中看到过一幅模糊不清的照片："日昇昌"票号门外，为了拍照，端然站立着两个白色衣衫的年长男人，仪态平静，似笑非笑。这就是你们吗？

三

山西平遥、祁县、太谷一带，自然条件并不好，没有太多的物产。

万历《汾州府志》卷二记载："平遥县地瘠薄，气刚劲，人多耕织少。"

乾隆《太谷县志》卷三说，太谷县"民多而田少，竭丰年之谷，不足供两月。故耕种之外，咸善谋生，跋涉数千里，率以为常。士俗殷富，实由此焉"。

读了这些疏疏落落的官方记述，我不禁对山西商人深深地敬佩起来。

家乡那么贫困、那么拥挤，怎么办呢？可以你争我夺，蝇营狗苟；可以自甘潦倒，忍饥挨饿；可以埋首终身，聊以糊口；当然，也可以破门入户，抢掠造反。按照我们所熟悉的历史观，过去的一切贫困都出自政治原因，因此唯一值得称颂的道路只有让所有的农民都投入政治性的反抗。

但是，在山西的这几个县，竟然有这么多农民做出了完全不同于以上任何一条道路的选择。

他们不甘受苦，却又没有攀附心窍。他们感觉到了拥挤，却又不愿意倾轧乡亲同胞。他们不相信不劳而获，却又不愿将一生的汗水都向一块狭小的泥土上灌浇。

他们把迷惘的目光投向家乡之外的辽阔天地，试图用一个男子汉的强韧筋骨走出另外一条摆脱贫困的大道。他们多数没有多少文化，却向中国传统的文化观念，提供了一些另类思考。

他们首先选择的，正是"走西口"。口外，驻防军、垦殖者和游牧者需要大量的生活用品，塞北的毛皮又吸引着内地的贵胄之家。商事往返一出现，还呼唤出大量旅舍、客店、饭庄……总而言之，口外确实能创造出很大的生命空间。

自明代"承包军需"和"茶马互市"，很多先驱者已经做出了出关远行的榜样。从清代前期开始，山西农民"走西口"的队伍越来越大，于是我们都听到过的那首民歌也就响起在许多村口、路边：

> 哥哥你走西口，
> 小妹妹我实在难留。
> 手拉着哥哥的手，
> 送哥送到大门口。
>
> 哥哥你出村口，
> 小妹妹我有句话儿留：
> 走路走那大路的口，
> 人马多来解忧愁。
>
> 紧紧地拉着哥哥的袖，

汪汪的泪水肚里流。

只恨妹妹我不能跟你一起走，

只盼哥哥你早回家门口。

……

我怀疑，我们以前对这首民歌的理解过于肤浅了。我怀疑，我们直到今天也未必有理由用怜悯的目光去俯视这一对对年轻夫妻的离别。

听听这些多情的歌词就可明白，远行的男子在家乡并不孤苦伶仃。他们不管是否成家，都有一份强烈的爱恋，都有一个足可生死与之的伴侣。他们本可过一种艰辛而温馨的日子了此一生，但他们还是狠狠心踏出了家门。他们的恋人竟然也都能理解，把绵绵的恋情从小屋里释放出来，交付给朔北大漠。

哭是哭了，唱是唱了，走还是走了。我相信，那些多情女子在大路边滴下的眼泪，为山西终成"海内最富"的局面播下了最初的种子。

这不是臆想。你看乾隆初年山西"走西口"的队伍中，正挤着一个来自祁县乔家堡村的贫苦的青年农民，他叫乔贵发，来到口外一家小当铺里当了伙计。就是这个青年农民，开创了乔家大院的最初家业。

乔贵发和他后代所开设的"复盛公"商号，奠定了整整一个包头市的商业基础，以至于出现了这样一句广泛流传的民谚:"先有复盛公,后有包头城。"

谁能想到,那一个个擦一把眼泪便匆匆向口外走去的青年农民,竟然有可能成为一座偌大的城市、一种宏伟的文明的缔造者!因此,当我看到山西电视台拍摄的专题片《走西口》以大气磅礴的交响乐来演奏这首民歌时,不禁热泪盈眶。

山西人经商当然不仅仅是"走西口",到后来,他们东南西北几乎无所不往了。由"走西口"到闯荡全中国,多少山西人一生都颠簸在漫漫长途中。当时交通落后、邮递不便,其间的辛劳和酸楚也实在是说不完。一个成功者背后隐藏着无数的失败者,在宏大的财富积累后面,山西人付出了极其昂贵的人生代价。黄鉴晖先生记述过乾隆年间一些山西远行者的辛酸故事——

临汾县有一个叫田树楷的人从小没有见过父亲的面,他出生的时候父亲就在外面经商,一直到他长大,父亲还没有回来。他依稀听说,父亲走的是西北一路,因此就下了一个大决心,到陕西、甘肃一带苦苦寻找、打听。整整找了三年,最后在酒泉街头遇到一个山西老人,竟是他的父亲。

阳曲县的商人张瑛外出做生意,整整二十年没能回家。他的大儿子张廷材听说他可能在宣府,便去寻找他,但张廷材去了多年也没有音信。小儿子张廷槺长大了再去找父亲和哥哥,找了一年多没有找到,盘缠用完了,成了乞丐。在行乞时他遇见一个农民,似曾相识,仔细一看竟是哥哥。哥哥告诉他,父亲的消息已经打听到了,在张家口卖菜。

交城县徐学颜的父亲远行关东做生意二十余年杳无音信。徐学颜长途跋涉到关东寻找，一直找到吉林省东北端的一个村庄，才遇到一个乡亲。乡亲告诉他，他父亲早已死了七年。

……

不难想象，这一类真实的故事可以没完没了地讲下去。一切"走西口"、闯全国的山西商人，心头都埋藏着无数这样的故事。于是，年轻恋人的歌声更加凄楚了：

> 哥哥你走西口，
> 小妹妹我苦在心头，
> 这一走要去多少个时候，
> 盼你也要白了头！

被那么多失败者的故事重压着，被恋人凄楚的歌声拖牵着，山西商人却越走越远。他们要走出一个好听一点儿的故事，他们迈出的步伐既悲怆又沉静。

四

义无反顾地出发，并不一定能到达预想的彼岸，在商业领域尤其如此。

山西商人全方位的成功，与他们良好的人格素质有关。

我接触的材料不多，只是朦胧感到，山西商人在人格素质上至少有以下几个方面十分引人注目——

其一，坦然从商。

做商人就是做商人，没有什么遮遮掩掩、羞羞答答的。这种心态，在我们中国长久未能普及。士、农、工、商，是人们心目中的社会定位序列，商人处于末位，虽拥有钱财却地位卑贱，与仕途官场几乎绝缘。为此，许多人即便做了商人也竭力打扮成"儒商"，发了财则让子弟正正经经做个读书人。在这一点上可以构成对比的是安徽商人，本来徽商也是一支十分强大的商业势力，完全可与山西商人南北抗衡。但徽州民风又十分重视科举，使一大批很成功的商人在后代的人生取向上进退维谷。

这种情景在山西没有出现，小孩子读几年书就去学着做生意了，大家都觉得理所当然。最后连雍正皇帝也认为山西的社会定位序列与别处不同，竟是：第一经商，第二务农，第三行伍，第四读书（见雍正二年对刘于义奏疏的朱批）。

在这种独特的心理环境中，山西商人对自身职业没有太多的精神负担，把商人做纯粹了。

其二，目光远大。

山西商人本来就是背井离乡的远行者，因此经商时很少有空间框范，而这正是商业文明与农业文明的本质差异。整个中国版图都在其视野之内,谈论天南海北就像谈论街坊邻里,这种在地理空间上的心理优势,使山西商人最能发现各个地区在贸易上的强项和弱项、潜力和障碍,然后像下一盘围棋一样把它一一走通。

你看,当康熙皇帝开始实行满蒙友好政策、停息边陲战火之后,山西商人反应最早,很快知道自己该干什么了。面向蒙古、新疆乃至西伯利亚的庞大商队组建起来了,光"大盛魁"的商队就拴有骆驼十万头。商队带出关的商品必须向华北、华中、华南各地采购,因而他们又把整个中国的物产特色和运输网络掌握在手中。

又如,清代南方以盐业赚钱最多,但盐业由政府实行专卖,许可证都捏在两淮盐商手上,山西商人本难插足。但他们不着急,只在两淮盐商资金紧缺的时候给予慷慨借贷,条件是稍稍让给他们一点盐业经营权。久而久之,两淮盐业便越来越多地被山西商人所控制。可见山西商人始终凝视着全国商业大格局,不允许自己在哪个重要块面上有缺漏。人们可以称赞他们"随机应变",但对"机"的发现,正由于视野的开阔、目光的敏锐。

当然,最能显现山西商人目光的,莫过于一系列票号的建立了。他们先人一步看出了金融对于商业的重要,于是就把东南西北的金融脉络梳理通畅,稳稳地使自己成为全国民间钱财流通的主宰者。

其三，讲究信义。

山西商人能快速地打开大局面，往往出自结队成帮的群体行为，而不是偷偷摸摸的个人冒险。

只要稍一涉猎山西的商业史料，便立即会看到一批又一批的所谓"联号"。或是兄弟，或是父子，或是朋友，或是乡邻，组合成一个有分有合、互通有无的集团势力，大模大样地铺展开去，不仅气势压人，而且呼应灵活、左右逢源，构成一种商业大气候。

其实，山西商人对联号系统之外的商家也会尽力帮助。其他商家借了巨款而终于无力偿还，借出的商家便大方地一笔勾销，这样的事情对山西商人来说，不足为奇。

例如，我经常读到这样一些史料：有一家商号欠了另一家商号白银六万两，到后来实在还不起了，借入方的老板就到借出方的老板那里磕了个头，说明困境，借出方的老板就挥一挥手，算了事了；一个店欠了另一个店千元现洋，还不起，借出店为了照顾借入店的自尊心，就让他象征性地还了一把斧头、一个箩筐，哈哈一笑也算了事。

山西人机智而不小心眼，厚实而不排他，不愿意为了眼前小利而背信弃义，这可称之为"大商人心态"，在南方商家中虽然也有，但不如山西坚实。

众所周知，当时我国的金融信托事业还没有公证机制和监督机制，即便失信也几乎不存在惩处机制，一切全都依赖信誉和道义。金融信托事业的竞争，说到底是信誉和道义的竞争。在这场竞争中,山西商人长久地处于领先地位,他们能给远远近近的异乡人一种极其稳定的可靠感。

其四,严于管理。

山西商人最早发迹的年代,全国商业、金融业的管理基本上处于无政府状态。例如,众多的票号就从来不必向官府登记、领执照、纳税,也基本上不受法律的约束。面对这么多的自由,山西商人却没有表现出放纵习气,而是加紧制定行业规范和经营守则,通过严格的自我约束,在无序中求得有序。因为他们明白,无序的行为至多得益于一时,不能立业于长久。

我曾恭敬地读过清代许多山西商家的"号规",内容不仅严密、切实,而且充满智慧,即便从现代管理学的眼光去看也很有价值,足可证明在当时山西商人中已经出现了一批真正的管理专家。例如,规定所有的职员必须订立从业契约,并划出明确等级,定期考察升迁;高级职员与财东共享股份,到期分红,使整个商行在利益上休戚与共、情同一家;总号对于遍布全国的分号容易失控,因此制定分号向总号和其他分号的报账规则,以及分号职工的汇款、省亲规则……凡此种种,使许多山西商号的日常运作越来越正规。因此,一代巨贾也就不必在管理上手忙脚乱,分得出精力去开拓新的领域了。

以上几个方面,不知道是否大体勾勒出了山西商人的人格素质？不管怎么说，有了这几个方面，当年"走西口"的小伙子们也就像模像样地掸一掸身上的尘土，堂堂正正地走进了一代中国富豪的行列。

何谓山西商人？我的回答是："走西口"的哥哥回来了，回来在一个十分强健的人格水平上。

五

然而，一切逻辑概括总带有"提纯"后的片面性。实际上，只要再往深处窥探，山西商人的人格素质中还有脆弱的一面。

他们人数再多，在整个中国还是一个稀罕的群落；他们敢作敢为，却也经常遇到自信的边界。他们奋斗了那么多年，却从来没有遇到过一个能够代表他们说话的思想家。他们的行为缺少高层理性力量的支撑，他们的成就没有被赋予雄辩的历史理由。从清代到现代，几乎所有的文化学者都一直在躲避着他们。他们已经有力地改变了中国社会，但社会改革家们却一心注目于政治，把他们冷落在一边。

说到底，他们只能靠钱财发言，但钱财的发言在当时又是那样缺少道义力量，究竟能产生多少社会效果呢？没有外在的社会效果，也就难以抵达人生的大安详。

是时代，是历史，是环境，使这些商业实务上的成功者没能成为历史意志的觉悟者，他们只能是一群缺少皈依的强人，一拨精神贫乏的富豪，一批在根本性的大问题上还不能掌握得住自己的掌柜。

他们的出发地和终结点都在农村，当他们成功发迹而执掌一大门户时，封建家长制是他们可追慕的唯一范本。于是他们的商业人格不能不自相矛盾乃至自相分裂，有时还会做出与创业时判若两人的作为。在我看来，这正是山西商人在风光数百年后终于困顿、迷乱、内耗、败落的内在原因。

在这里，我想谈一谈几家票号历史上一些不愉快的人事纠纷。

最大的纠纷发生在日昇昌总经理雷履泰和副总经理毛鸿翙之间。毫无疑问，两位都是那个时候堪称全国一流的商业管理专家，一起创办了日昇昌票号，因此也是中国金融史上一个新阶段的开创者，都应该名垂史册。雷履泰气度恢宏，能力超群，又有很大的交际魅力，几乎是天造地设的商界领袖；毛鸿翙虽然比雷履泰年轻十七岁，却也是才华横溢、英气逼人。两位强人撞到了一起，开始时亲如手足、相得益彰，但在事业获得成功之后却不可避免地遇到了一个中国式的大难题：究竟谁是第一功臣？

一次，雷履泰生了病在票号中休养，日常事务不管，但遇到大事还要由他拍板。这使毛鸿翙觉得有点儿不大痛快，便对财东老板说："总经理在票号里养病不太安静，还是让他回家休息吧。"财东老板就去找了雷履泰，雷履泰说："我也早有这个意思。"当天就回家了。

过几天财东老板去雷家探视,发现雷履泰正忙着向全国各地的分号发信,便问他干什么。雷履泰说:"老板,日昇昌票号是你的,但全国各地的分号却是我安设在那里的,我正在一一撤回来好交代给你。"

老板一听大事不好,立即跪在雷履泰面前,求他千万别撤分号。雷履泰最后只得说:"起来吧,我估计让我回家也不是你的主意。"老板求他重新回票号视事,雷履泰却再也不去上班。老板没办法,只好每天派伙计送酒席一桌、银子五十两。

毛鸿翙看到这个情景,知道自己不能再在日昇昌待下去了,便辞职去了蔚泰厚布庄。

这事件乍一听都会为雷履泰叫好,但转念一想又觉得不是味道。是的,雷履泰获得了全胜,毛鸿翙一败涂地,然而这里无所谓是非,只是权术。用权术击败的对手是一段辉煌历史的共创者,于是这段历史也立即破残。中国许多方面的历史总是无法写得痛快淋漓、有声有色,很大一部分原因就在于这种代表性人物之间必然会产生恶性冲突。商界的竞争较量不可避免,但一旦脱离业务的轨道,在人生的层面上把对手逼上绝路,总与健康的商业合作规范相去遥遥。

毛鸿翙当然也要咬着牙齿进行报复。他到了蔚泰厚之后,就把日昇昌票号中两个特别精明能干的伙计挖走并委以重任,三个人配合默契,把蔚泰厚的业务快速地推上了新台阶。雷履泰气恨难纾,竟然写信给自己的各个分号,揭露被毛鸿翔勾走的两名"小卒"出身低贱，只是汤官和皂隶之子罢了。

事情做到这个份儿上，这位总经理已经很失身份，但他还不罢休，不管在什么地方，只要一有机会就拆蔚泰厚的台。例如，由于雷履泰的谋划，蔚泰厚的苏州分店就无法做成任何生意。

最让我难过的是，雷、毛这两位智商极高的杰出人物在钩心斗角中采用的手法越来越庸俗，最后竟然都让自己的孙子起一个与对方一样的名字，以示污辱——雷履泰的孙子叫雷鸿翙，而毛鸿翙的孙子则叫毛履泰！

可敬可佩的山西商人啊，难道这是你们给后代的遗赠？你们创业之初的吞天豪气和动人信义都到哪里去了？怎么会让如此无聊的诅咒来占据你们日渐苍老的心？

也许，最终使他们感到温暖的还是早年跨出家门时听到的那首《走西口》。但是，庞大的家业也带来了家庭内部关系的复杂化，《走西口》所吐露的那种单纯已不复再现。据乔家后裔回忆，乔家大院的内厨房偏院中曾有一位神秘的老妪专干粗活，玄衣愁容，旁若无人，但气质又绝非用人。

有人说，这就是"大奶奶"，主人的首席夫人。主人与夫人产生了什么麻烦，谁也不清楚，但毫无疑问，当他们偶尔四目相对时，当年《走西口》的旋律立即就会走音。

写到这里我已经知道，我所碰撞到的问题虽然发生在山西却又远远超越了山西。由这里发出的叹息，应该属于我们父母之邦更广阔的天地。

六

当然,我们不能因此而把山西商人败落的原因全然归之于他们自身。具体哪几家铺号的兴衰,自身的原因可能至关重要;而牵涉到山西无数商家的整体败落,一定会有更深刻、更宏大的社会历史原因。

首先是因为中国近代社会的极度动荡。一次次激进的暴力冲撞,表面上都有改善民生的口号,实际上却严重地破坏了各地的商业活动,往往是"死伤遍野"、"店铺俱歇"、"商贾流离"。山西票号不得不撤回分号,龟缩回乡。有时也能发一点儿"国难财",例如,太平天国时官方饷银无法解送,只能赖仗票号;八国联军时朝廷银库被占,票号也发挥了自己的作用。但是,当国家正常的经济脉络已被破坏时,这种临时的风光也只能是昙花一现。

二十世纪初,英、美、俄、日的银行在中国各大城市设立分支机构,清政府也随之创办大清银行,开始邮电汇兑。票号遇到了真正强大的对手,完全不知怎么应对。辛亥革命时随着一个个省份的独立,各地票号的存款者纷纷排队挤兑,而借款者又不知逃到哪里去了,山西票号终于走上了末路。

走投无路的山西商人傻想,新当政的北洋军阀政府总不会见死不救吧,便公推六位代表向政府请愿,希望政府能贷款帮助,或由政府担保向外商借贷。政府对请愿团的回答是:

山西商号信用久孚，政府从保商恤商考虑，理应帮助维持，可惜国家财政万分困难，他日必竭力斡旋。

满纸空话，一无所获，唯一落实的决定十分出人意料：政府看上了请愿团首席代表范元澍，发给月薪两百元，委派他到破落了的山西票号中物色能干的伙计到政府银行任职。这一决定如果不是有意讽刺，那也足以说明这次请愿活动是真正地惨败了。国家财政万分困难是可信的，山西商家的最后一线希望彻底破灭。"走西口"的旅程，终于走到了终点。

于是，人们在一九一五年三月份的《大公报》上读到了一篇发自山西太原的文章，文中这样描写那些一一倒闭的商号：

> 彼巍巍灿烂之华屋，无不铁扉双锁，黯淡无色。门前双眼怒突之小狮，一似涔涔泪下，欲作河东之吼，代主人鸣其不平。前月北京所宣传倒闭之日昇昌，其本店耸立其间，门前尚悬日昇昌金字招牌，闻其主人已宣告破产，由法院捕其来京矣。

这便是一代财雄们的下场。

七

有人觉得山西票号乃至整个晋商的败落是理所当然，没有什么可惋惜的。但是，问题在于，在它们败落之后，中国在很长时间之内并没有找到新的经济活力，创建新的繁华。

社会改革家们总是充满了理想和勇敢，一再宣称要在血火之中闯出一条壮丽的道路。但是，这条道路如果是正道，终究还要与辽阔土地上的民生接轨，那里，晋商骆驼队留下的辙印仍清晰可辨。

在没有明白这个道理之前，社会改革家们一直处于两难的困境之中。他们立誓要带领民众摆脱贫困，但是，要想用革命的手段摆脱贫困，最简单的办法就是剥夺富裕。要使剥夺富裕的行为变得合理，又必须把富裕和罪恶画上等号。当富裕和罪恶真的画上等号了，他们的努力也就失去了通向富裕的目标。这样一来，社会改革的船舶也就成了无处靠岸的孤舟，时时可能陷入沼泽，甚至沉没。

中国的文人学士更加奇怪。他们鄙视贫穷，又鄙视富裕，更鄙视商业，尤其鄙视由农民出身的经商队伍。他们喜欢大谈"天下兴亡，匹夫有责"，却从来没有把"兴亡"两字与民众生活、社会财富连在一起，好像一直着眼于朝廷荣哀，但朝廷对他们又不予理会。他们在苦思冥想中听到有骆驼队从窗外走过，声声铃铛有点儿刺耳，便伸手关住了窗户。

山西商人创造过中国最庞大的财富，居然，在中国文人浩如烟海的著作中，几乎没有留下什么记述。

那些文人不知道，正是窗外的骆驼队，牵引着远比书面文化更加重要的"大文化"。

为此，我要抱着为前几辈文人学士惭愧的心情，在山西的土地上多站一会儿。

秋雨注：此文发表于一九九三年，距今已经超过三十年了。发表时被评为中国第一篇向海内外报告晋商兴衰和清代商业文明的大散文。因为是"第一篇"，也就在海内外产生了超乎想象的巨大影响。由这篇文章，我拥有了无数山西朋友。平遥民众为了保护我在文章中记述的城内遗迹，在古城外面兴建市民新区，作为搬迁点。市民新区竟命名为"秋雨新城"，真让我汗颜。更有趣的是，有一度外地一帮嫉妒者对我发起了规模不小的诽谤，山西的出版物也有涉及，但很快就有山西学者在报纸上发表文章《山西应该对得起余秋雨》。厚道的山西人立即围起了一道保护我的墙，让我非常感动。

风雨天一阁

一

已经决定,明天去天一阁。

没有想到,这天晚上,台风袭来,暴雨如注,整个宁波城都在柔弱地颤抖。第二天上午来到天一阁时,只见大门内的前后天井、整个院子,全是一片汪洋。打落的树叶在水面上翻卷,重重砖墙间透出湿冷冷的阴气。

是宁波市文化局副局长裴明海先生陪我去的。看门的老人没想到局长会在这样的天气陪着客人前来,慌忙从清洁工人那里借来半高筒雨鞋要我们穿上,还递来两把雨伞。但是,院子里积水太深,才下脚,鞋筒已经进水,唯一的办法是干脆脱掉鞋子,挽起裤管蹚水进去。

本来浑身早已被风雨搅得冷飕飕的了,赤脚进水立即通体一阵寒噤。就这样,我和裴明海先生相扶相持,高一脚低一脚地向藏书楼走去。

我知道天一阁的分量,因此愿意接受上苍的这种安排,剥除斯文，剥除悠闲，脱下鞋子，卑躬屈膝，哆哆嗦嗦，恭敬朝拜。今天这里没有其他参观者，这个朝拜仪式显得既安静，又纯粹。

二

作为一个藏书楼，天一阁的分量已经远远超过它的实际功能。它是一个象征，象征意义之大，不是几句话能够说得清楚。

人类成熟文明的传承，主要是靠文字。文字经由选择和汇集，就成了书籍。如果没有书籍，那么，历代再杰出的智慧、再动听的声音，也早已随风飘散，杳无踪影。

中国很早就发明了纸和印刷术。照理书籍应该大量出版、大量收藏、大量传播。但是，实际情况并不是这样，它遇到了太多的生死冤家。

例如，朝廷焚书。这是一些统治者为了实行思想专制而采取的野蛮手段。可叹的是，早在纸质书籍出现之前，焚书的传统已经形成，那时焚的是竹简、木牍、帛书。自秦始皇、李斯开头，后来有不少统治者都有焚书之举，更不必说清代文字狱所连带的毁书惨剧了。

又如，战乱毁书。中国历史上战火频频，逃难的人要烧书，占领的人也要烧书。史籍上出现过这样的记载：董卓之乱，毁书六千余车；西魏军攻破江陵时，一日之间焚书十四万卷;隋朝末年农民起义,焚书三十七万卷;唐朝末年农民起义,焚书八万卷……

再如,水火吞书。古代运书多用船只,汉末和唐初都发生过大批书籍倾覆在黄河中的事件。突发的洪水也一次次地淹没过很多藏书楼。比水灾更严重的是火灾,宋代崇文院的火灾,明代文渊阁的火灾,把皇家藏书烧成灰烬。至于私家藏书毁于火灾的,更是数不胜数。除水火之外,虫蛀、霉烂也是难于抵抗的自然因素,成为书的克星。

凡此种种,说明一本书要留存下来,非常不易。它是那样柔弱脆薄,而扑向它的灾难,一个个都是那么强大、那么凶猛、那么无可抵挡。

几百年的积存,可散之于一旦;几千里的搜聚,可焚之于一夕。在血火刀兵的历史主题面前,文明几乎没有地位。在大批难民和兵丁之间,书籍的功用常常被这样描写:"藉裂以为枕,爇火以为炊。"也就是说,书只是露宿时的垫枕、做饭时的柴火。要让它们保存于马蹄烽烟之间,几乎没有可能。

说起来,皇家藏书比较容易,规模也大,但是,这种藏书无法惠泽文人学士,几乎没有实际功能,又容易毁于改朝换代之际。因此,民间藏书就成了一种重要的文化传承方式。民间藏书,搜集十分艰难,又没有足够力量来抵挡各种灾祸,因此注定是一种悲剧行为。明知悲剧还勇往直前,这便是民间藏书家的人格力量。

天一阁,就是这种人格力量的体现。在现存的古代藏书楼中，论时间之长，它是中国第一，也是亚洲第一。由于意大利有两座文艺复兴时代的藏书楼也被保存下来了，比它早一些，因此它居于世界第三。

三

天一阁的创始人范钦，诞生于十六世纪初期。

他在年轻时通过一系列科举考试而做官，很快尝到了明代朝廷的诡谲风波。

他曾经被诬告而"廷杖"入狱。廷杖是一种极具羞辱性的刑罚。在堂堂宫廷的午门之外，在众多官员的参观之下，他被麻布缚曳，脱去裤子，按在地上，满嘴泥土，重打三十六棍。受过这种刑罚，再加上几度受诬、几度昭雪，他就磨炼出了一种沉默的毅力。

他的仕途，一直在频繁而远距离地滑动。在我的印象中，他做官的地方，至少有湖北、江西、广西、福建、云南、陕西等地，也曾到北京任职。大半个中国，被他摸了个遍。

在风尘仆仆的奔波中，他已开始搜集书籍，尤其是以地方志、政书、实录、历科试士录为主。当时的中国，经历过了文化繁荣的宋代，刻书、印书、藏书，在各地已经形成风气，无论是朝廷和地方府衙的藏书，书院、寺院的藏书，还是私人藏书，都相当丰富。这种整体气氛，使范钦有可能成为一个成熟的藏书家。

在藏书家中，范钦找到了自己的特殊地位。那就是，不必像别人藏书那样唯宋是瞻、唯古是拜，而是着眼社会资料，着眼散落各地而很快就会遗失的地方性文件。他的这种选择，使他在藏书家中变得不可替代。

官，还是认认真真地做。但是，作为一名文官，每到一地他不能不向当地缙绅询问这个地方的文物典章、历史沿革、风土习俗。当然，更会集中谈书。这一切，大抵是古代文官的寻常生态，不同的是，范钦把书的事情做认真了。

一天公务，也许是审问了一宗大案，也许是厘清了几笔财务，而他最感兴趣的，是差役悄悄递上的那个蓝布包袱，是袖中轻轻拈着的那份待购书目。他心里明白，这是公暇琐事、私人爱好，不能妨碍了朝廷正事。但是当他历尽宦海风浪终于产生了疑惑：做官和藏书，究竟哪一项更重要？

我们站在几百年后远远看去则已经毫无疑惑：对范钦来说，藏书是他的生平主业，做官则是业余。

四

范钦对书的兴趣，已到了痴迷的程度。

痴迷是个讲理由的。中国历史上痴迷书籍的人很多，哪怕忍饥挨冻，也要在雪夜昏暗的灯光下手不释卷。这中间，因为喜欢书中的诗文而痴迷，那还不算真正的痴迷；不问书中的内容而痴迷，那就又上了一个等级。

我觉得范钦对书的痴迷，属于后一种。他本人的诗文，我把能找到的都找来读了，甚觉一般，因此不认为他会对书中的诗文有特殊的敏感。他所敏感的，只是书本身。

于是，只有他，而不是才情比他高的文学家，才有这么一股粗拙强硬的劲头，把藏书的事业做得那么大、那么好、那么久。

他在仕途上的历练，尤其是在工部负责各种宫府、器杖、城隍、坛庙的营造和修理的实践，使他有能力把藏书当作一项工程，这又是其他藏书家做不到的了。

不讲理由的痴迷，再加上工程师般的精细，这就使范钦成了范钦，天一阁成了天一阁。

五

藏书家遇到的真正麻烦，大多是在身后。范钦面临的最大问题，是如何把自己的意志行为变成一种不可动摇的家族遗传。不妨说，天一阁真正堪称悲壮的历史，开始于范钦死后。我不知道保住这座楼的使命对范氏家族来说，算是一种光耀门庭的荣幸，还是一场绵延久远的苦役。

范钦在退休归里之后，一方面用更大的劲头搜集书籍，使藏书数量大大增加；一方面则冷静地观察着自己的儿子能不能继承这些藏书。

范钦有两个儿子：范大冲和范大潜。他对这两个儿子都不太满意，但比较之下还是觉得范大冲要好得多。他早就暗下决心，自己死后，什么财产都可以分，唯独这一楼的藏书却万万不可分。书一分，就不成气候，很快就会耗散。但是，如果把书全给一个儿子，另一个儿子会怎么想？

范钦决定由大儿子范大冲单独继承全部藏书，同时把万两白银给予小儿子范大潜，作为他无缘分享藏书的补偿。没想到，范大潜在父亲范钦去世前三个月先去世了。

范大冲得到一楼藏书，虽然是父亲的毕生心血，但实际上既不能变卖，又不能开放，这等于是把一项沉重的义务扛到了自己肩上。

一五八五年的秋天，范钦在过完自己八十大寿后的第九天离开人世。藏书家在弥留之际一再打量着范大冲的眼睛，不知道儿子能不能把藏书的事业坚持到最后，如果能，那么，孙子呢？孙子的后代呢？

他不敢想下去了。

六

就这样，一场没完没了的接力赛开始了。多少年后，范大冲也会有遗嘱，范大冲的儿子又会有遗嘱……

家族传代，是一个不断分裂、异化、自立的生命过程，让后代接受一个需要终生投入的强硬指令，十分违背生命的自在状态。让几百年之后的后裔不经自身体验就来沿袭几百年前某位祖先的生命冲动，也难免有许多憋气的地方。不难想象，天一阁藏书楼对于许多范氏后代来说几乎成了一个宗教式的朝拜对象，只知要诚惶诚恐地维护和保存，却不知是为什么。

我可以肯定，此间埋藏着许多难以言状的心理悲剧和家族纷争。这个在藏书楼下生活了几百年的家族，非常值得同情。

后代子孙免不了会产生一种好奇，楼上究竟是什么样的呢？到底有哪些书，能不能借来看看？亲戚朋友更会频频相问，这个藏书秘府，能不能让我们看上一眼呢？

范钦和他的继承者们早就预料到这种可能，而且预料藏书楼就会因为这种点滴可能而崩塌，因而已经预防在先。他们给家族制定了一个严格的处罚规则，最重要的处罚是不许参加祭祖大典，这就意味着在家族血统关系上亮出了"黄牌"。

处罚规则标明：子孙无故开门入阁者，罚不与祭三次；私领亲友入阁及擅开书橱者，罚不与祭一年；擅将藏书借出外房及他姓者，罚不与祭三年；典押藏书者，除追惩外，永行摈逐，不得与祭。

在这里，不得不提到那个我每次想起都感到难过的故事了。据谢堃《春草堂集》记载，范钦去世两百多年后，宁波知府丘铁卿家里发生了一件事情。他的内侄女是一个酷爱诗书的女子，听说天一阁藏书宏富，两百余年不蛀，全靠夹在书页中的芸草。她只想做一枚芸草，夹在书本之间。于是，她天天用丝线绣刺芸草，把自己的名字也改成了"绣芸"。

父母看她如此着迷，就请知府做媒，把她嫁给了范家后人。她原想做了范家的媳妇总可以登上天一阁了。但她哪里想到，范家有规矩，严格禁止妇女登楼。

由此，她悲怨成疾，抑郁而终。临死前，她连一个"书"字也不敢提，只对丈夫说："连一枚芸草也见不着，活着做甚？你如果心疼我，就把我葬在天一阁附近，我也可瞑目了！"

今天，当我抬起头来仰望天一阁这栋楼的时候，首先想到的是钱绣芸那抑郁的目光。一个女孩子想借着婚姻来多读一点儿书，其实是在以自己的脆弱生命与自己的文化渴求斡旋。她失败了，却让我非常感动。

七

从范氏家族的立场来看，不准登楼，不准看书，委实也出于无奈。只要开放一条小缝，终会裂成大缝。但是，永远地不准登楼、不准看书，这座藏书楼存在于世的意义又何在呢？这个问题，每每使范氏家族陷入困惑。

范氏家族规定，不管家族繁衍到何等程度，开阁门必得各房一致同意。阁门的钥匙和书橱的钥匙由各房分别掌管，组成了一个周密的连环。如果有一房不到，就无法接触到任何藏书。

就在这时，传来消息，大学者黄宗羲先生想要登楼看书！这对范家各房无疑是一个震撼。

黄宗羲是"吾乡"余姚人，与范氏家族没有任何血缘关系，照理是不能登楼的。但无论如何，他是靠自己的人品、气节、学问而受到全国思想学术界深深钦佩的巨人，范氏家族也早有所闻。他在治学过程中已经到绍兴钮氏"世学楼"和祁氏"澹生堂"去读过书，现在终于想来叩天一阁之门了。他深知范氏家族的森严规矩，但他还是来了，时间是康熙十二年，即一六七三年。

出乎意料，范氏家族竟一致同意黄宗羲登楼，而且允许他细细地阅读楼上的全部藏书。黄宗羲长衣布鞋，悄然登楼了。铜锁在一把把打开，一六七三年成为天一阁历史上特别有光彩的一年。

黄宗羲在天一阁翻阅了全部藏书，把其中流通未广者编为书目，并另撰《天一阁藏书记》留世。由此，这座藏书楼便与一位大学者的名字联结起来，广为传播。

从此以后，天一阁有了一条可以向真正的大学者开放的新规矩，但这条规矩的执行还是十分苛严。在此后近两百年的时间内，获准登楼的大学者也仅有十余名，其中有万斯同、全祖望、钱大昕、袁枚、阮元、薛福成等。他们的名字，都上得了中国文化史。

这样一来，天一阁终于显现了本身的存在意义，尽管显现的机会是那样小。

直到乾隆决定编纂《四库全书》，天一阁的命运发生了重大变化。

乾隆谕旨各省采访遗书，要全国藏书家，特别是江南的藏书家积极献书。天一阁进呈珍贵古籍六百余种，其中有九十六种被收录在《四库全书》中，有三百七十余种被列入存目。乾隆非常感谢天一阁的贡献，多次褒扬奖赐，并授意新建的南北主要藏书楼都仿照天一阁的格局营建。

天一阁因此而大出其名，尽管上献的书籍大多数没有发还，但在国家级的"百科全书"中，在钦定的藏书楼中，都有了它的生命。我曾看到好些著作文章中称乾隆下令为《四库全书》献书是天一阁的一大浩劫，颇觉言之有过。连堂堂皇家编书都不得不大幅度地动用天一阁的珍藏，家族性的收藏变成了一种行政性的播扬，这证明天一阁获得了大成功，范钦获得了大成功。

八

天一阁终于走到了近代，这座古老的藏书楼开始了自己新的历险。

先是太平军进攻宁波时当地小偷趁乱拆墙偷书，然后当作废纸论斤卖给造纸作坊。曾有一人高价从作坊买去一批，却又遭大火焚毁。

这就成了天一阁此后命运的先兆。它现在遇到的问题已不是让不让某位学者上楼的问题了，竟然是窃贼和偷儿成了它最大的对手。

一九一四年，一个叫薛继渭的偷儿奇迹般地潜入藏书楼，白天无声无息，晚上动手偷书，每日只以所带枣子充饥，东墙外的河上有小船接运所偷书籍。这一次几乎把天一阁的一半珍贵书籍给偷走了，它们渐渐出现在上海的书铺里。

薛继渭这次的偷窃与太平天国时的那些小偷不同，不仅数量巨大、操作系统，而且最终与上海的书铺挂上了钩。近代都市的书商用这种办法来侵吞一个古老的藏书楼，我总觉得其中蕴涵着某种象征意义。

一架架书橱空了，钱绣芸小姐哀怨地仰望终身而未能上的楼板、黄宗羲先生小心翼翼地踩踏过的楼板，现在，只留下偷儿吐出的一大堆枣核在上面。

当时主持商务印书馆的张元济先生听说天一阁遭此浩劫，并得知有些书商正准备把天一阁藏本卖给外国人，便立即拨巨资抢救。他所购得的天一阁藏书，保存于东方图书馆的涵芬楼里。涵芬楼因有天一阁藏书的润泽而享誉文化界，当代不少文化大家都在那里汲取过营养。但是，众所周知，它最终竟又全部焚毁于日本侵略军的炸弹之下。

没有焚毁的，是天一阁本身。这幢楼像一位见过世面的老人，再大的灾难也承受得住。它又以哲思的目光注视着一切后人，姓范的和不是姓范的，看他们一次次低下头去，又仰起头来。

只要自认是中华文化的后裔，总想对这幢老楼做点儿什么，而不忍让它全然沦为废墟。因此，二十世纪三十年代、五十年代、六十年代、八十年代，天一阁被一次次大规模地修缮和完善着。它，已经成为现代文化良知的见证。

登天一阁的楼梯时，我的脚步非常缓慢。我不断地问自己：你来了吗？你是哪一代的中国书生？

世纪日记

今天是二十世纪的最后一天,我在尼泊尔。

我是昨天晚上到达的。天已经很冷,这家旅馆有木炭烧的火炉。我在火炉边又点上了一支蜡烛,一下子回到了没有年代的古老冬天。实在太累,我一口吹熄了蜡烛入睡,也就一口吹熄了一个世纪。

整整十年前,我还是全中国最年轻的高校校长,却在上上下下的一片惊讶中,辞职远行,要去寻找千年前的脚步。于是,不久后,甘肃高原出现了一个穿着灰色薄棉衣的孤独步行者。

当时交通极其落后,这个孤独步行者浑身泥沙,极度疲惫,方圆百十里见不到第二个人影。

几年后,有几本书受到海内外华文读者的热烈关注。这几本书告诉大家,千年前的脚步找到了。但是,这脚步不属于哪几个人,而是属于一种文化,因此可以叫"文化苦旅"。

但是,我和我的读者,真的已经理解了这些脚步、这些苦旅吗?疑惑越来越深。我知道,必须进行一场超越时空的大规模对比，才能真正认识中国数千年的文化苦旅。

然而谁都知道，那些足以与中华文化构成对比的伟大路途，现在大半都笼罩在恐怖主义的阴云之下。在我之前，世界上还没有一个人文学者，敢于全部穿越。

我敢吗？如果敢，能活着回来吗？

妻子知道拉不住我，却又非常担心，尽量陪在我身边。要进入两伊战争战场的时候，她未被准许，于是在约旦沙漠，有了一次生死诀别。我们两人都故作镇静，但心里想的是同一句话：但愿这辈子还能见面。

今天一早醒来，我感到屋子里有一种奇特的光亮。光亮来自一个小小的木窗，我在床上就能看到窗口，一眼就惊呆了。一道从未见过的宏伟山脉，正在窗外。清晨的阳光照着高耸入云的山壁，无比寒冷又无比灿烂。

我赶紧穿衣来到屋外，一点不错，喜马拉雅！

我知道，喜马拉雅背后，就是我的父母之邦。今天，我终于活着回来了。现在只想对喜马拉雅山说一句话：对于你背后的中华文化，我在远离她的地方才读懂了她。

"在远离她的地方才读懂了她"，这句话，包含着深深的自责。就像一个不懂事的儿子有一天看着母亲疲惫的背影，突然产生了巨大的愧疚。

是的，我们一直偎依着她，吮吸着她，却又埋怨着她，轻视着她。她好不容易避过很多岔道走出了一条路，我们却常常指责她,为什么不走别的路。她好不容易在几千年的兵荒马乱中保住了一份家业,我们却在嘟囔,保住这些干什么。我们一会儿嫌她皱纹太多,一会儿嫌她脸色不好,一会儿嫌她缺少风度……

这次,离开她走了几万公里,看遍了那些与她同龄的显赫文明所留下的一个个破败的墓地,以及墓地边的一片片荒丘、一片片战壕,我终于在长久的惊讶中重新认识了她。

我们生得太晚,没有在她最劳累的时候,为她捶捶背、揉揉腰。但毕竟还来得及,新世纪刚刚来临,今天,我总算及时赶到。

前些日子,在恒河岸边遇到一位专门来对我"拦截采访"的国际传媒专家。他建议我,回国稍事休息后就应该立即投入另一项环球行程,那就是巡回演讲。演讲的内容,是长寿的中华文化对于世界的深深叹息,可以叫"千年一叹"。

但是,我内心的想法与这位国际传媒专家稍有不同。巡回演讲是可以进行的,但千万不要变成对中华文化的炫耀。中华文化千好万好,却也存在一大堆根子上的毛病。如果想更加健康、更有尊严地往前迈进,必须在进一步的国际性的对比中做出深切思考。

因此,我决定再度花费漫长的时间,系统地考察欧洲文化。

哪一个国家、哪一座城市都不能放过,轻轻地走,细细地看。仍然是对比,但主要是为了对比出中华文化的一系列弊端。这种对比,在目前会遭遇一定风险。但是,我既然已经开步行走,也就没有任何障碍能够成为我继续前进的疆界。这就是我自己创造的四字铭言,叫"行者无疆"。

我想,只有把呈现中华文化生命力的"千年一叹",和呈现中华文化欠缺面的"行者无疆"加在一起,才是"文化苦旅"的完整版。

这两件事,都非常紧迫。我要快快回国,又快快离开。永远在陌生的天地中赶路,是我的宿命。

那么,喜马拉雅,谢谢你,请为我让出一条道。

一九九九年十二月三十一日

辑二 —— 文脉

天地元气

把笔丢弃吧。把自以为是的言词和概念,都驱逐吧。

中国文脉概述

一

我所说的文脉，是"天地元气"通过文字所呈现的审美范本，是中国文学几千年发展中最高等级的生命潜流。

因为太重要，又处于隐潜状态，就特别容易产生误会。所以，我们必须从一开始就指出那些最常见的理论岔道——

一、这股潜流，在绝大多数情况下，不是官方主流；

二、这股潜流，在绝大多数情况下，不是民间主流；

三、这股潜流，虽然决定了漫长文学史的品质，但自身体量不大；

四、这股潜流，并不一以贯之，而是时断时续，断多续少；

五、这股潜流，对周围的其他文学现象既具有吸附力，也具有排斥力。

寻得这股潜流，是做减法的结果。我一向主张，研究文化和文学，减法比加法更为重要，也更为艰难。

减而见筋，减而显神，减而得脉。

减法难做，首先是因为千百年来人们一直处于文化匮乏状态，见字而敬，见文而信，见书而畏，缺少敢于大胆取舍的心理高度；其次，即使有了心理高度，往往也缺少品鉴高度。

等级，是文脉的生命。

人世间，仕途的等级由官阶来定，财富的等级由金额来定，医生的等级由疗效来定，明星的等级由传播来定，而文学的等级则完全不同，由品位决定。

其他行业也讲品位，但那只是附加，而不像文学，是唯一。

总之，品位决定等级，等级构成文脉。但是，这中间的所有流程，都没有清晰路标。这一来，事情就麻烦了。

环顾四周，那么多学者不断在显摆那些早就应该退出公共记忆的无聊残屑；不少当代"名士"更是染上了"嗜痂之癖"，如鲁迅所言，把远年的红肿溃烂，赞为"艳若桃花"。

面对这种情况，我曾深深一叹："文脉既隐，小丘称峰；健翅已远，残羽充鹏。"

有人说，对文学，应让人们自由取用，不要划分高低。这是典型的"文学民粹主义"。就个人而言，鼠目寸光、井蛙观天，恰恰自贬了"自由"的空间；就整体而言，如果在精神文化上不分高低,那就会失去民族的尊严、人类的理想,一切都将在众声喧哗中不可收拾。

如果不分高低,只让不同时期的民众根据自己的兴趣"海选",那么,中国文学,能选得到那位流浪草泽、即将投水的屈原吗?能选得到那位受过酷刑、怀耻握笔的司马迁吗?能选得到那位僻居荒村、艰苦躬耕的陶渊明吗?他们后来为民众知道,并非民众自己的行为。而且,知道了,也并不能体会他们的内涵。因此我敢断言,任何民粹主义的自由海选,即便再有人数,再有资金,也与优秀文学基本无关。

这不是文学的悲哀,而是文学的高贵。

我主张,在目前必然寂寞的文化良知领域,应该重启文脉之思,重开严选之风,重立古今坐标,重建普世范本。由此,中华文化的复兴,才有可能。

二

文脉的原始材料,是文字。

汉字大约起源于五千年前。较系统的运用,大约在四千年前。不断出现的考古成果既证明着这个年份,又质疑着这个年份。据我的估计,大差不差吧,除非有了新的惊人发现。

甲骨文和金文的文句,还构不成文学意义上的"文脉之始"。文学,必须由"意指"走向"意味"。这与现代西方美学家所说的"有意味的形式",有点儿关系。既是"意味"又是"形式",才能构成完整的审美。这种完整,只有后来的《诗经》,才能充分满足。《诗经》产生的时间,离现在二千六百年到三千年。

甲骨文和金文虽然在文句上还没有构成"文脉之始",但在书法上却已构成了。如果我们把"文脉"扩大到书法,那么,它就以"形式领先"的方式开始于商代。

终于听到声音了,那是《诗经》。

《诗经》使中国文学从一开始就充满了稻麦香和虫鸟声。这种香气和声音,至今还能闻到、听到。

十余年前在巴格达的巴比伦遗址,我读到了从楔形文字破译的古代诗歌。那些诗歌是悲哀的、慌张的、绝望的,好像强敌刚刚离去,很快就会回来。因此,歌唱者只能抬头盼望神祇,苦苦哀求。这种神情,与那片土地有关。血腥的侵略一次次横扫,人们除了奔逃还是奔逃,因此诗句中有一些生命边缘的吟咏,弥足珍贵。但是,那些吟咏过于匆忙和粗糙,尚未进入成熟的文学形态,又因为楔形文字很早中断,没有构成下传之脉。

同样古老的埃及文明,至今没见到古代留下的诗歌和其他文学样式。卢克索太阳神庙大柱上的象形文字,已有部分被破译,却并无文学意义。过于封闭、保守的一个个王朝,曾经留下了帝脉,而不是文脉。即便有气脉,却也不见相应的诗脉。

印度在古代有灿烂的诗歌、梵剧和艺术奥论,但大多围绕着"大梵天"的超验世界。与中国文化一比，同样是农耕文明，却缺少土地的气息和世俗的表情。

《诗经》的吟唱者们当然不知道存在以上种种对比，但我们今天一对比，也就对它有了新的认知。

《诗经》中，有祭祀，有抱怨，有牢骚，但最主要、最拿手的，是在世俗生活中抒情。其中抒得最出色的，是爱情。这种爱情那么"无邪"，既大胆又羞怯，既温柔又敦厚，足以陶冶风尚。

在艺术上，那些充满力度又不失典雅的四字句，一句句排下来，成了中国文学起跑点的砖砌路基。那些叠章反复，让人立即想到，这不仅仅是文学，还是音乐，还是舞蹈。一切动作感涨满其间，却又毫不鲁莽，优雅地引发乡间村乐，咏之于江边白露，舞之于月下乔木。终于由时间定格，凝为经典。

没有巴比伦的残忍，没有卢克索的神威，没有恒河畔的玄幻。《诗经》展示了黄河流域的平和、安详、寻常、世俗，以及有节制的谴责和愉悦。

但是，写到这里必须赶快说明，在《诗经》的这种平实风格后面，又有着一系列宏大的传说背景。传说分两种：第一种是"祖王传说"，有关黄帝、炎帝和蚩尤；第二种是"神话传说"，有关补天、填海、追日、奔月。

按照文化人类学的观念，传说和神话虽然虚无缥缈，却对一个民族非常重要，甚至可以成为一种历久不衰的"文化基因"。这一点，在中华民族身上尤其明显。谁都知道，有关黄帝、炎帝、蚩尤的传说，决定了我们的身份；有关补天、填海、追日、奔月的传说，则决定了我们的气质。这两种传说，就文化而言，更重要的是后一种神话传说，因为它们为一个庞大的人种提供了鸿蒙的诗意。即便是离得最近的《诗经》，也在平实中熔铸着伟大和奇丽。

于是，我们看到了，背靠着一大批神话传说，刻写着一行行甲骨文、金文，吟唱着一首首《诗经》，中国文化隆重上路。

其实，这也就是以老子、孔子为代表的先秦诸子出场前的精神背景。

三

先秦诸子，都是思想家、哲学家、教育家、社会活动家，但是，他们要让自己的思想说服人、感染人，就不能不运用文学手段。而且，有一些思维方式，从产生到完成都必须仰赖自然、譬引鸟兽、倾注情感、形成寓言，这也就构成了文学形态。

思想家和哲学家在运用文学手段的时候，有人永远把它当作手段，有人则不小心暴露了自己也是一个文学家。

先秦诸子由于社会影响巨大，历史贡献卓著，因此对中国文脉的形成有特殊贡献。但是，这种贡献与他们在思想和哲学上的贡献，并不一致。

我将先秦诸子的文学品相，分为三个等级：

第一等级：庄子、孟子；

第二等级：老子、孔子；

第三等级：韩非子、墨子。

在这三个等级中，处于第一等级的庄子和孟子已经是文学家，而庄子则是一位大文学家。

把老子和孔子放在第二等级，实在有点儿委屈这两位精神巨匠了。他们本人都无心于自身的文学建树，但是，虽无心却有大建树。这便是大才，这便是伟大。

在文脉上，老子和孔子谁应领先？这个排序有点儿难。相比之下，孔子的声音，是恂恂教言，浑厚恳切，有人间炊烟气，令听者感动，令读者萦怀；相比之下，老子的声音，是铿锵断语，刀切斧劈，又如上天颁下律令，使听者惊悚，读者铭记。

孔子开创了中国语录式的散文体裁，使散文成为一种有可能承载厚重责任、端庄思维的文体。孔子的厚重和端庄并不堵眼堵心，而是仍然保持着一个健康君子的斯文潇洒。更重要的是，由于他的思想后来成了千年正统，因此他的文风也就成了永久的楷模。他的文风给予中国历史的，是一种朴实的正气，这就直接成了中国文脉的一种基调。中国文脉，蜿蜒曲折，支流繁多，但是那种朴实的正气却颠扑不灭。因此，孔子于文，功劳赫赫。

本来，孔子有太多的理由在文学上站在老子面前，谁知老子另辟蹊径，别创独例，以极少之语，蕴极深之意，使每个汉字重似千钧，不容外借。在老子面前，语言已成为无可辩驳的天道，甚至无须任何解释、过渡、调和、沟通。这让中国语文，进入了一个几乎空前绝后的圣哲高台。

我听不止一位西方哲学家说："仅从语言方式而言，老子就是最高哲学。孔子不如老子果断，因此在外人看来，更像一个教育家、社会评论家。"

外国人即使不懂中文，也能从译文感知"最高哲学"的所在，可见老子的表达有一种"骨子里"的高度。有一段时间，德国人曾骄傲地说："全世界的哲学都是用德文写的。"这当然是故意的自我夸耀，但平心而论，回顾之前几百年，德国人也确实有说这种"大话"的底气。然而，当他们读到老子就开始不说这种话了。据统计，现在几乎每个德国家庭都有一本老子的书，普及程度远远超过老子的家乡中国。

说完第二等级，我顺便说一下第三等级。韩非子和墨子，都不在乎文学，有时甚至明确排斥。但是，他们的论述也具有了文学素质，主要是雄辩的逻辑所造成的简洁明快，让人产生了一种阅读上的愉悦。当然，他们那种风风火火的实干家形象，也会帮助我们产生文字之外的动人想象。

更重要的是要留出时间来看看第一等级，庄子和孟子。孟子是孔子的继承者，比孔子晚了一百八十年。在人生格调上，他与孔子很不一样，显得有点儿骄傲自恃，甚至盛气凌人。这在人际关系上好像是缺点，但在文学上就不一样了。

他的文辞，大气磅礴，浪卷潮涌，畅然无遮，情感浓烈，具有难以阻挡的感染力。他让中国语文，摆脱了左顾右盼的过度礼让，连接成一种马奔车驰的畅朗通道。文脉到他，气血健旺，精神抖擞，注入了一种"大丈夫"的生命格调。

但是，与他同一时期，一个几乎与他同年的庄子出现了。庄子从社会底层审察万物，把什么都看穿了，既看穿了礼法制度，也看穿了试图改革的宏谋远虑，因此对孟子这样的浩荡语气也投之以怀疑。岂止对孟子，他对人生都很怀疑。真假的区分在何处？生死的界线在哪里？他陷入了困惑，又继之以嘲讽。这就使他从礼义辩论中撤退，回到对生存意义的探寻，成了一个由思想家到文学家的大步跃升。

他的人生调子，远远低于孟子，甚至也低于孔子、墨子、荀子或其他别的"子"。但是这种低，使他有了孩子般的目光，从世界和人生的底部窥探，问出一串串最重要的"傻"问题。

但仅仅是这样，他还未必能成为先秦诸子中的文学冠军。他最杰出之处，是用极富想象力的寓言，讲述了一个又一个令人难忘的故事，而在这些寓言故事中，都有一系列鲜明的艺术形象。这一下，他就成了那个思想巨人时代的异类、一个充满哲思的文学家。《逍遥游》、《秋水》、《人间世》、《德充符》、《齐物论》、《养生主》、《大宗师》……这些篇章，就成了中国哲学史，也是中国文学史的第一流佳作。

此后历史上一切有文学才华的学人，都不会不黏上庄子。这个现象很奇怪，对于其他"子"，都因为思想观念的差异而有明显的取舍，但庄子却例外。没有人会不喜欢他讲的那些寓言故事，没有人会不喜欢他与南天北海融为一体的自由精神，没有人会不喜欢他时而巨鸟、时而大鱼、时而飞蝶的想象空间。

在这个意义上，形象大于思维，文学大于哲学，活泼大于庄严。

四

我把庄子说成是"先秦诸子中的文学冠军"，但请注意，这只是在"诸子"中的比较。如果把范围扩大，那么，他在那个时代就不能夺冠了。因为在南方，出现了一位比他小三十岁左右的年轻人，那就是屈原。

屈原，是整个先秦时期的文学冠军。

不仅如此，作为中国第一个大诗人，他以《离骚》和其他作品，为中国文脉输入了强健的诗魂。对于这种输入，连李白、杜甫也顶礼膜拜。因此，戴在他头上的，已不应该仅仅是先秦的桂冠。

前面说到，中国文脉是从《诗经》开始的，所以对诗已不陌生。然而，对诗人还深感陌生，何况是这么伟岸的诗人。

《诗经》中也署了一些作者的名字，但那些诗大多是朝野礼仪风俗中的集体创作，那些名字很可能只是采集者、整理者。从内容看，《诗经》还不具备强烈而孤独的主体性。按照我给北京大学学生讲述中国文化史时的说法，《诗经》是"平原小合唱",《离骚》是"悬崖独吟曲"。

这个悬崖独吟者,出身贵族,但在文化姿态上,比庄子还要"傻"。诸子百家都在大声地宣讲各种问题,连庄子也在用寓言启迪世人,屈原却不。他不回答,不宣讲,也不启迪他人,只是提问,没完没了地提问,而且似乎永远无解。

从宣讲到提问,从解答到无解,这就是诸子与屈原的区别。说大了,也是学者和诗人的区别、教师和诗人的区别、谋士和诗人的区别。划出了这么多区别,也就有了诗人。

从此,中国文脉出现了重大变化。不再合唱,不再聚众,不再宣讲。在主脉的地位,出现了行吟在江风草泽边那个衣饰奇特的身影,孤傲而天真,凄楚而高贵,离群而悯人。他不太像执掌文脉的人,但他执掌了;他被官场放逐,却被文学请回;他似乎无处可去,却终于无处不在。

屈原自己没有想到,他跟两千多年的中国历史开了一个大玩笑。玩笑的项目有这样两个方面:

一、大家都习惯于称他"爱国诗人",但他明明把"离"国作为他的主题。他曾经为楚抗秦,但正是这个秦国,在他身后统一了中国,成了后世"爱国主义"概念中真正的"国"。

二、他写的楚辞,艰深而华赡,民众几乎都不能读懂,但他却具备了最高的普及性,每年端午节出现的全民欢庆,不分秦楚,不分雅俗。

这玩笑也可以说是两大误会,却对文脉意义重大。第一个误会说明,中国官场的政治权脉试图拉拢文脉,为自己加持；第二个误会说明，世俗的神祇崇拜也试图借文脉来自我提升。总之，到了屈原，文脉已经健壮，被"政脉"和"世脉"深深觊觎，并频频拉扯。说"绑架"太重，就说"强邀"吧。

雅静的文脉，从此经常会被"政脉"、"世脉"频频强邀，衍生出一个个庞大的政治仪式和世俗仪式。这种"静脉扩张"，对文脉而言有利有弊，弊大利小；但在屈原身上发生的事，对文脉尚无大害，因为再扩大、再热闹，屈原的作品并无损伤。在围绕着他的繁多"政脉"、"世脉"中间，文脉仍然能够清晰找到，并保持着主干地位。

记得几年前有台湾大学学生问我，大陆民众在端午节以非常热闹的世俗方式进行划龙舟、吃粽子的游戏，是否肢解了寂寞的屈原？我回答：没有。屈原本人就重视民俗巫风中的祭祀仪式，后来，民众也把他当作了祭祀对象。屈原确实不仅仅是你们书房里的那个屈原。但是如果你们要找书房里的屈原也不难，《离骚》、《九章》、《九歌》、《招魂》、《天问》自可细细去读。一动一静，一祭一读，都是屈原。

如此文脉，出入于文字内外，游弋于山河之间，已经很成气象。

五

屈原不想看到的事情终于发生了，秦国纵横宇内，终于完成了统一大业。

几乎所有的文学史都在谴责秦始皇为了极权统治而"焚书坑儒"的暴行，严重斫伤了中国文化。马蹄烟尘中的秦国，所留文迹也不多，除了《吕氏春秋》，就是那位游士政治家李斯的了。他写的《谏逐客书》不错，而我更佩服的是他书写的那些石刻。字并不多，但一想起，就如直面泰山。

对秦始皇的谴责是应该的，但从更宏观的视角来看，应该有另一番见解。

秦始皇有意做了两件对不起文化的事，却又无意做了两件对得起文化的事，而且那是真正的大事。

他统一中国，当然不是为了文学，却为文学灌注了一种天下一统的宏伟气概。此后中国文学，不管什么题材，都或多或少地隐含着这种气概。李白写道："秦王扫六合，虎视何雄哉！"可见这种气概在几百年后仍把诗人们笼罩。王昌龄写道："秦时明月汉时关，万里长征人未还。"秦人为后人开拓了情怀。

不仅如此，秦始皇还统一了文字，使中国文脉可以顺畅地流泻于九州大地。这种顺畅，尤其是在极大空间中的顺畅，反过来又增添了中国文学对于三山五岳、五湖四海的视野和责任。这就使工具意义和精神意义，产生了相辅相成的互哺关系。我在世界上各个古文明的废墟间考察时，总会一次次想到秦始皇。因为那些文明的割裂、分散、小化，都与文字语言的不统一有关。如果当年秦始皇不及时以强权统一文字，那么，中国文脉早就流逸不存了。

由于秦始皇既统一了中国，又统一了文字，此后两千多年，只要是中国文人，不管生长在如何偏僻的角落，一旦为文，便是天下兴亡、炎黄子孙；而且，不管面对着多么繁密的方言壁障，一旦落笔，皆是汉字汉文，千里相通。总之，统一中国和统一文字，为中国文脉提供了不可比拟的空间力量和技术力量。秦代匆匆，无心文事，却为中国文明的格局进行了重大奠基。

六

很快就到汉代了。

历来对中国文脉有一种最表面、最通俗的文体概括，叫作：楚辞、汉赋、唐诗、宋词、元曲、明清小说。在这个概括中，最弱的是汉赋，原因是缺少第一流的人物和作品。

是枚乘？是司马相如？还是早一点的贾谊？是《七发》、《子虚》、《上林》？这无论如何有点儿拿不出手，因为前前后后一看，远远站着的，是屈原、李白、杜甫、苏东坡、关汉卿、曹雪芹啊。

就我本人而言，对汉赋，整体上不喜欢。不喜欢它的铺张，不喜欢它的富丽，不喜欢它的雕琢，不喜欢它的堆砌，当然，更不喜欢它的腻颂阿谀、不见风骨。我的不喜欢，还有一个长久的心结，那就是从汉代以后两千年间，中国社会时时泛起的奉承文学，都以它为范本。

汉赋的产生是有原因的。一个强大而富裕的王朝建立起来了，确实处处让人惊叹，而"罢黜百家，独尊儒术"的思想文化统治使很多文人渐渐都成了"润饰鸿业"的驯臣。再加上汉武帝自己的爱好，那些辞赋也就成了朝廷的主流文本，可称为"盛世宏文"。几重因素加在一起，那么，汉赋也就志得意满、恣肆挥洒。文句间那层层渲染的排比、对偶、连词，就怎么也挡不住了。如果说还有正面意义，那么，如此抑扬顿挫、涌金叠银、流光溢彩，确实也使汉语增添了不少辞藻功能和节奏功能。

汉赋在我心中黯然失色，还有一个尴尬的因素，那就是，离它不远，出现了司马迁的《史记》。

司马迁和《史记》，是我心中永远的太阳。

大家可能看到，坊间有一本叫《北大授课》的书，这是我为北京大学中文系、历史系、哲学系、艺术学院的部分学生讲授"中国文化史"的课堂记录，在大陆和台湾地区都成了畅销书。四十八堂课，每堂都历时半天，每星期一堂，因此是一整年的课程。用一年来讲述四千年，无论怎么说还是太匆忙，然而，我却为一个人讲了四堂课（第二十一、二十二、二十三、二十四堂课）。这个人就是司马迁。看似荒唐的比例，表现出他在我心中的特殊重量。

司马迁在历史学上的至高地位，我们在这里暂且不说，只说他的文学贡献。是他第一次，通过对一个个重要人物的生动刻画，写出了中国历史的魂魄。因此也可以说，他将中国历史拟人化、生命化了。更惊人的是,他在汉赋的包围中,居然不用整齐的形容、排比、对仗,更不用辞藻的铺陈,而只以从容真切的朴素笔触、错落有致的自然文句,做到了这一切。于是,他也就告诉人们:能把千钧历史撬动起来而又滋润万民,只有最本色的文学力量才能做到。

大家说,他借用文学写好了历史;我补充,他又借用历史印证了文学。除了虚构之外,其他文学要素他都酣畅地运用到了极致。但他又不露痕迹,高明得好像没有运用。不要说他同时代的汉赋,即使是此后两千年的文学一旦陷入奢靡,不必训斥,只须一提司马迁,大多就会从梦魇中惊醒,吓出一身冷汗。除非,那些人没读过司马迁。

我曾一再论述,就散文而言,司马迁是中国古代第一支笔。他超过"唐宋八大家",更不要说其他什么派了。"唐宋八大家"中,也有几个不错,但与司马迁一比,格局小了,又有点儿"做作"。这放到后面再说吧。

七

不要快速地跳到唐代去。由汉至唐,世情纷乱,而文脉健旺。

我对于魏晋文脉的梳理,大致分为"三段论"。

首先,不管大家是否乐见,第一个在战火硝烟中接续文脉的,是曹操。我曾在一篇文章中写道:"曹操一心想做军事巨人和政治巨人而十分辛苦，却不太辛苦地成了文化巨人。"我还以同是那个时代写了感人散文《出师表》的诸葛亮和曹操相比，结论是："任何一部《中国文学史》，遗漏了曹操都是难以想象的，而加入了诸葛亮也是难以想象的。"

曹操的权谋形象在中国民间早就凝固，却缺少他在文学中的身份。然而，当大家知道那些早已成为中国熟语的诗句居然都出自他的手笔，常常会大吃一惊。哪些熟语？例如："老骥伏枥，志在千里"；"烈士暮年，壮心不已"；"对酒当歌，人生几何"；"何以解忧，唯有杜康"；"月明星稀，乌鹊南飞"；"山不厌高，海不厌深"；"东临碣石，以观沧海"；"秋风萧瑟，洪波涌起"；"日月之行，若出其中；星汉灿烂，若出其里"……

在漫长的历史上，还有哪几个文学家，能让自己的文句变成千年通用？可能举得出三四个，不多，而且渗入程度似乎也不如他广泛。

更重要的是等级。我在对比后曾说，诸葛亮的文句所写，是君臣之情；曹操的文句所写，是宇宙人生。不必说诸葛亮，即便在文学史上，能用那么开阔的气势来写宇宙人生的，还有几个？而且从我特别看重的文学本体来说，能够提供那么干净、朴素、凝练的笔墨的，又有几个？

曹操还有两个真正称得上文学家的儿子：曹丕、曹植。父子三人中，即便是文学地位最低而终于做了皇帝的曹丕，就文笔论，在数千年中国帝王中也能排到第二。第一是李煜，那是以后的事了。

在三国时代，哪一个军阀都少不了血腥谋略。中国文人历来对曹操的恶评，主要出于一个基点，那就是他要"断绝刘汉正统"。但是我们如果从宏观文化上看，在兵荒马乱的危局中把"正统"的中国文脉强悍地接续下来的，是谁呢？

这是"三段论"的第一段。

第二段，曹操的书记官阮瑀生了一个儿子叫阮籍，接过了文脉。这说起来还算直接，却已有了悬崖峭壁般的"代沟"。比阮籍小十余岁的嵇康，再加上一些文士，通称为"魏晋名士"。其实，真正得脉者，只有阮籍、嵇康两人。

这是一个"后英雄时代"的文脉旋涡。史诗传奇结束，代之以恐怖腐败，文士们由离经之议、忧生之嗟而走向虚无避世。生命边缘的挣扎和探询，使文化感悟告别正统，向着更危险、更神秘的角落释放。奇人奇事，奇行奇癖，随处可见。中国文化，看似主脉已散，却四方奔溢，气貌繁盛。当然，繁盛的是气貌，而不是作品。那时留下的重大作品不多，却为中国文人在血泊间的人格自信，提供了诸多模式。

阮籍、嵇康死后两年西晋王朝建立，然后内忧外患，又是东晋，又是南北朝，说起来很费事。只是远远看去，阮籍、嵇康的风骨是找不到了，在士族门阀的社会结构中，文人们玄风颇盛。

玄谈，一向被诟病。其实中国文学历来虽有写意、传神等风尚，却一直缺少形而上的超验感悟、终极冥思。倘若借助于哲学，中国哲学也过于实在。而且在汉代，道家、儒家又轮番被朝廷征用，那就不能指望了。因此，我们的这些玄谈文士把哲学拉到自己身上，出入佛道之间，每个人都弄得像是从空而降的思辨家似的，我总觉得是补了空缺，利多于弊。故弄玄虚的当然也有不少，但毕竟有几个是在玄思之中找到了自己，获得了个体文化的自立。

王羲之的《兰亭序》是著名的书法作品，而内容就是一篇玄谈，算是其中比较简短、干净的。我把它翻译成了当代文字，大家如有兴趣可找来一读。

王羲之写《兰亭序》是在公元三五三年，地点在浙江绍兴，那年他正好五十岁。在写完《兰亭序》十二年之后，江西九江有一个孩子出生，他将开启魏晋南北朝文学"三段论"的第三段。

这就是第三段的主角，陶渊明。

就文脉而言，陶渊明又是一座时代最高峰了。自秦汉至魏晋，时代最高峰有三座：司马迁、曹操、陶渊明。若要对这三座高峰做排序，那么，司马迁第一，陶渊明第二，曹操第三。曹操可能会气不过，但只能让他息怒了。理由有三：

其一，如果说，曹操们着迷功业，名士们着迷自己，而陶渊明则着迷自然。更高是谁，一目了然。在陶渊明看来，不要说曹操，连名士们也把自己折腾得太过分了。

其二，陶渊明以自己的诗句展示了鲜明的文学主张，那就是戒色彩，戒夸饰，戒繁复，戒深奥，戒典故，戒精巧，戒黏滞。几乎，把他前前后后一切看上去"最文学"的架势全都推翻了，呈现出一种完整的审美系统。态度非常平静，效果非常强烈。

其三，陶渊明创造了一种以"回归田园"为标志的人生境界，成了一种千年不移的文化理想。不仅如此，他还在这种"此岸理想"之外提供了一个"彼岸理想"——桃花源，在中华文化圈内可能无人不知。桃花源因为脱离历史、脱离纷争、脱离荣辱而成了种宁静生态的憧憬，成了中国文化的真正"彼岸"。陶渊明的笔，把一个如此缥缈的理想渲染得极有吸引力，这种心力、笔力谁能及得？

就凭这三点，曹操在文学上只能老老实实地让陶渊明几步了，让给这位不识刀戟、不知谋术的穷苦男人。

陶渊明为中国文脉增添了前所未有的自然之气、洁净之气、淡远之气，而且，又让中国文脉跳开了非凡人物，变得更普世了。

讲了陶渊明，也省得我再去笑骂那个时代很嚣张的骈体文了。

八

眼前就是南北朝。

那就请允许我宕开笔去，说一段闲话。

上次去台北，文友蒋勋特意从宜兰山居中赶到台北看我，有一次长谈。有趣的是，他刚出了一本谈南朝的书，而我则花几年时间一直在流连北朝,因此虽然没有预约,却一南一北地畅谈起来了。台湾《联合报》记者得知我们两人见面,就来报道,结果出了一大版有关南北朝的文章,在今天的闹市中显得非常奇特。

蒋兄写南朝的书我还没有看,但由他来写,一定很好。南朝比较富裕,又重视文化,文人也还自由,可谈的话题当然很多。蒋兄写了,我就不多啰唆了,还是抬头朝北,说北朝吧。

蒋兄沉迷南朝,我沉迷北朝,这与我们不同的气质有关,虽老友也"和而不同"。我经过初步考证,怀疑自己的身世可能是由古羌而入西夏,与古代凉州脱不了干系,因此本能地亲近北朝。北朝文化,至少有一半来自凉州。

当然,我沉迷北朝,还有更宏观的原因,而且与此刻正在梳理的宏观文脉相关。

文脉一路下来,变化那么大,但基本上在一个近似的文明生态版图内转悠。或者说,就在黄河和长江这两条河之间轮换。例如:《诗经》和诸子是黄河流域,屈原是长江流域;司马迁是黄河流域,陶渊明是长江流域。这么一个格局,在幅员广阔的中国也不见得局促。但是那么多年过去,人们不禁要问,作为一种大文化,能不能把生命场地放得再开一些?

于是,公元五世纪,大机缘来了。由鲜卑族建立的北魏王朝,由于文明背景的重大差异,本该对汉文化带来沉重劫难，谁料想，统治者中有一些杰出人物，尤其是孝文帝拓跋宏（元宏），以及为他打基础的冯太后，居然虔诚地拜汉文化为师，快速提升统治集团的文明等级，情况就发生了惊人的变化。他们既然善待汉文化，随之也就善待佛教文化，以及佛教文化背后的印度文化、希腊文化、波斯文化、巴比伦文化，于是，中国北方出现了前所未有的世界文明大汇聚。

从此，中国文化不再只是流转于黄河、长江之间了。经由大兴安岭出发的浩荡胡风，茫茫北漠，千里西域，都被裹卷，连恒河、印度河、幼发拉底河、底格里斯河的波涛也隐约可见，显然，它因包容而更加强盛。山西大同的云冈石窟可以作为这种文明大汇聚的最好见证，因此我应邀在那里题了一方石碑，上刻八字："中国由此迈向大唐。"

在差不多同时，公元四七六年，欧洲的西罗马帝国被"北方蛮族"毁灭，苏格拉底、亚里士多德的文脉被阻断，而且会阻断近千年。中国文脉正好相反，却被"北方蛮族"大幅提振，并即将要为人类文明进程开辟一个"制高点"。

阿基米德说："给我一个支点，我能撬起整个地球。"我觉得，北魏就是一个历史支点，它撬起了唐朝。

当然，我所说的唐朝，是文化的唐朝。

为此，我长久地心仪北魏，寄情北魏。

即使不从"历史支点"的重大贡献着眼，当时北方的文化，也值得好好观赏。它们为中华文化提供了一种力度、一种陌生，让人惊喜。

例如，那首民歌："敕勒川，阴山下。天似穹庐，笼盖四野。天苍苍，野茫茫，风吹草低见牛羊。"

这里出现了中国文学中未曾见过的辽阔和平静，平静得让人不好意思再发什么感叹。它不动声色地闯入了中国文学的话语结构，不再离开。

当然，直接撼动文脉的是那首北朝民歌《木兰诗》。"唧唧复唧唧，木兰当户织"，这么轻快、愉悦的语言节奏，以及前面站着的这位健康、可爱的女英雄，带着北方大漠明丽的蓝天，带着战火离乱中的伦理情感，大踏步走进了中国文学的主体部位。直到当代，国际电影界要找中国题材，首先找到的也还是花木兰。

在文人圈子里，南朝文人才思翩翩，有一些理论作品为北方所不及，如刘勰的《文心雕龙》、钟嵘的《诗品》。而且，他们还在忙着定音律、编文选、写宫体。相比之下，北朝文人没那么多才思。但是，他们拿出来的作品却别有一番重量，例如郦道元的《水经注》和杨衒之的《洛阳伽蓝记》。这些作品的纪实性、学术性，使一代散文走向厚实，也使一代学术亲近散文。郦道元和杨衒之，都是河北人。

九

唐代是一场文化大爆发，按照我在本文开头的说法，其实也就是"天地元气"在文化意义上的审美大爆发。

有没有唐代的这次大爆发，对中国文化大不一样。试看天下万象：一切准备，如果没有展现，那就等于没有准备；一切贮存，如果没有启用，那就等于没有贮存；一切内涵，如果没有表达，那就等于没有内涵；一切灿烂，如果没有迸发，那就等于没有灿烂；一切壮丽，如果没有汇聚，那就等于没有壮丽。

更重要的是，所有的展现、迸发、汇聚，都因群体效应产生了新质，与各自原先的形态已经完全不同。因此，大唐既是中国文化的平台，又是中国文化的熔炉。既是一种集合，又是一种冶炼。

唐代还有一个好处，它的文化太强了，因此成了中国历史上唯一不以政治取代文化的朝代。说唐朝，就很难以宫廷争斗掩盖李白、杜甫。而李白、杜甫，也很难被曲解成政治人物，就像屈原所蒙受的那样。即使是真正的政治人物如颜真卿，主导了一系列响亮的政治行动，但人们对他的认知，仍然是书法家。

可见，唐代是文化可以充分自立的时代，而且历史也承认这种自立。鲁迅说，魏晋时代是文学自觉的时代。这从文化创造者的角度来说还勉强可以，只是有点儿夸张，因为没有"自立"的"自觉"，很难长久。只有到了唐代，文化才因自立而自觉。

文学的自立，不仅是对于政治，还对于哲学。现代有研究者说，唐代缺少像样的哲学家和思想家。这种说法虽然大致不错,却不必抱怨。既然发生了强大而壮丽的审美大爆发,那么,哲学的油灯只能黯淡了。

文学不必贯穿一种稳定而明确的哲学理念。文学就是文学,只从人格出发,不从理念出发;只以形式为终点,不以教化为目的。请问唐代那些大诗人各自信奉什么学说?实在很难说得清楚,而且一生多有转换,甚至同时几种杂糅。但是,这一点儿也不影响他们写出千古佳作。

一个时代,为什么不能经由文学和艺术而走向深刻呢?

唐代文学,说起来太冗长。我多年前在为北大学生讲授中国文化史的时候,曾鼓励他们用投票的方式为唐代诗人排一个次序。标准有两个:一是诗人们真正抵达的文学高度;二是诗人们在后世被民众喜爱的广度。

北大学生投票的结果是这样十名——

第一名:李白;

第二名:杜甫;

第三名:王维;

第四名:白居易;

第五名:李商隐;

第六名:杜牧;

第七名:王之涣;

第八名:刘禹锡;

第九名:王昌龄;

第十名:孟浩然。

有意思的是，投票的那么多学生，居然没有两个人的排序完全一样。

这个排序，可能与我自己心中的排序还有一些出入。但高兴的是，大家没有多大犹豫，就投出了前四名：李白、杜甫、王维、白居易。这前四名，合我心意。

在一个琳琅满目的世界，学会排序是一种本事，不至于迷路。有的诗文，初读也很好，但通过排序比较，就会感知上下之别。日积月累，也就有可能深入文学最微妙的堂奥。例如，很多人都会以最高的评价来推崇初唐诗人王勃所写的《滕王阁序》，把其中"落霞与孤鹜齐飞，秋水共长天一色"说成是"全唐第一佳对"，这就是没有排序的结果。一排，发现这样的骈体文在唐代文学中的地位不应该太高。可理解的是，王勃比李白、王维早了整整半个世纪，与唐代文学的黄金时代相比，是一种"隔代"存在。又如，人们也常常对张若虚的《春江花月夜》赞之有过，连闻一多先生也曾说它是"诗中的诗，顶峰上的顶峰"。但我坚持认为，当李白、杜甫他们还远远没有出生的时候，唐诗的"顶峰"根本谈不上，更不要说"顶峰上的顶峰"了。

但是，无论王勃还是张若虚，已经表现出让人眼睛一亮的初唐气象。在他们之后，会有盛唐、中唐、晚唐，每一个时期各不相同，却都天才喷涌、名家不绝。唐代，把文学的各个最佳可能，都轮番演绎了一遍。

与中国文脉以前的峰峦相比，唐诗具有全民性。唐诗让中国语文具有了普遍的附着力、诱惑力、渗透力,并让它们笼罩九州、镌刻山河、朗朗上口。有过了唐诗,中国大地已经不大有耐心来仔细倾听别的诗句了。

十

再说一说唐代的文章。

唐代的文章,首推韩愈、柳宗元。

他们两位,是后世所称"唐宋八大家"的领头者。我在前面说过,"唐宋八大家"的文学成就,在整体上还比不过司马迁一人,这当然也包括他们两位在内。但是,他们两位,做了一件力挽狂澜的大事,改变了一代文风,清理了中国文脉。

他们再也不能容忍从魏晋以来越来越盛炽的骈体文了。自南朝的宋、齐、梁、陈到唐初,这种文风就像是藻荇藤蔓,已经缠得中国文学步履蹒跚。但是,文坛和民众却不知其害,还以为堆锦积绣的文字都是文学之胜,还在竞相趋附。

面对这种风气,韩愈和柳宗元当然坐不住了,他们只想重新接通从先秦诸子到屈原、司马迁的气脉,为古人和古文"招魂"。因此,他们发起了一个"古文运动"。按照韩愈的说法,汉代以后的文章,他已经不敢看了。(《答李翊书》:"非三代两汉之书不敢观。")这种主张,初一看似乎是在"向后退",但懂得维护文脉的人都知道,这是让中国文化有能力继续向前走的基本条件。

他们两人,特别是韩愈,显然遇到了一个矛盾。他崇尚古文,又讨厌因袭;那么,对古人就能因袭了吗? 他几经深思,得出明确结论:对古文,"师其意而不师其辞",学习者必须"自树立,不因循"。甚至,他更透彻地说:"惟陈言之务去。"只要是套话、老话、讲过的话,必须删除。因此,他的"古文运动",其实不是模仿古文,而是寻找朴实"古意"。他的"古意",要求本真、个性、创新,即所谓"词必己出"、"文必求新"。

他与柳宗元在这件事上有一个强项,那就是不停留于空论,而是拿出了自己的示范作品。韩愈的散文,气魄很大,从句式到词汇都充满了新鲜活力。但是相比之下,柳宗元的文章写得更加清雅、诚恳、隽永。韩愈在崇尚古文时,也崇尚古文里所包含的"道",这使他的文章难免有一些说教气。柳宗元就没有这种毛病,他被贬于柳州、永州时,离文坛很远,在偏僻而美丽的山水间把文章写得更加情感化、寓言化、哲理化,因此也达到了更高的文学等级。与他一比,韩愈那几篇名文,像《原道》、《原毁》、《师说》、《争臣论》等,道理盖过了审美,已经模糊了论文和文学的界限。

总之,韩愈、柳宗元他们既有观念,又有实践,"古文运动"展开得颇有声势。骈体文的地位很快被压下去了,但是,随之也带来了一些消极的后果。在骈体文盛行的魏晋南北朝,文学的内质已经逐渐自觉,虽触目秾丽,也是文学里边的事。现在"古文运动"让文章重新载道,迎来了太多观念性因素。

这些因素，与文学不亲。

因此，一个历史的悖论就出现了。由于韩愈他们的努力，"文起八代之衰"，即阻止了骈体之祸，但唐代在散文领域还来不及真正大"起"。唐文远不及唐诗，唐文也比不过宋文。

十一

唐朝灭亡后，由藩镇割据而形成了五代十国的分裂局面。一度诗情充溢的北方已经很难寻到诗句，而南方却把诗文留存了。特别是，那个南唐的李后主李煜，本来从政远不及吟咏，当他终于成了俘虏被押解到汴京之后，一些重要的诗句穿过亡国之痛而飘向天际，使他成了一种新的文学形式的里程碑人物。

李煜又一次证明了"政脉"与"文脉"完全是两件事。在那个受尽屈辱的俘居小楼，在他时时受到死亡威胁的生命余晖之中，明月夜风知道：此刻的中国文脉，正在这里。

从此，"春花秋月"、"一江春水"、"不堪回首"、"流水落花"、"天上人间"、"仓皇辞庙"等意绪，以及承载它们的"长短句"节奏，将深深嵌入中国文化；而这个亡国之帝所奠定的那种文学样式"词"，将成为俘虏他的王朝的第一文学标志。

人类很多文化大事，都在俘虏营里发生。这一事实，在希腊、罗马、波斯、巴比伦、埃及的互相征战中屡屡出现。这次，在李煜和宋词之间，又一次充分演绎。

十二

那就紧接着讲宋代。

在唐代，政文俱旺。在宋代，虽非"俱旺"，却政文贴近。这有两个原因。

第一个原因，宋代重视文官当政，比较防范武将。结果，不仅科举制度大为强化，有效地吸引了全国文人，而且让一些真正的文化大师如范仲淹、欧阳修、王安石、司马光等居于行政高位。这种景象，使文化和政治出现了一种特殊的"高端联姻"，文化感悟和政治使命混为一体。表面上，既使文化增重，又使政治增色。其实，并不完全如此，有时反而各有损伤。

第二个原因，宋代由于文人当政，又由于对手是游牧民族的浩荡铁骑，在军事上屡屡失利，致使朝廷危殆、中原告急。这就激发了一批杰出的文学家心中的英雄气概、抗敌意志，并在笔下流泻成豪迈诗文。陆游、辛弃疾就是其中最让人难忘的代表，还要包括最后写下《过零丁洋》和《正气歌》的文天祥。

这确实也是中国文脉中最为慷慨激昂的正气所在，具有长久的感染力。但是，我们在钦佩之余也应该明白，一个历时三百余年的重要朝代的文脉，必然是一种多音部的交响。与政治风云和军事征战相比，文化的范围要广泛得多、深厚得多、丰富得多。

因此，宋代文脉的首席，让给了苏东坡。苏东坡也曾经与政治有较密切关系，但终于在"乌台诗案"后两相放逐了：政治放逐了他，他也放逐了政治。他的这个转变，使他一下子远远地高过了王安石、司马光，当然也高过了比他晚得多的陆游、辛弃疾。他的这个转变，我曾在《黄州突围》中有详细描述。说他"突围"，不仅仅是指他突破文坛小人的围攻，更重要的是，突破了他自己沉溺已久的官场价值体系。因此，他的突围，也是文化本体的突围。有了他，宋代文化提升了好几个等级。所以我写到，在他被一再贬谪和流放，在无人理会的彻底寂寞中，中国文脉聚集到了那里。

苏东坡是一位文化全才，诗、词、文、书法、音乐、佛理，都很精通，尤其是词作、散文、书法三项，皆可雄视千年。苏东坡更重要的贡献，是为中国文脉留下了一个快乐而可爱的人格形象。

回顾我们前面说过的文化巨匠，大多可敬有余，可爱不足。从屈原、司马迁到陶渊明，都是如此。他们的可敬毋庸置疑，但他们可爱吗？没有足够的资料可以证明。曹操太有威慑力，当然挨不到可爱的边儿。魏晋名士中有不少人应该是可爱的，但又过于固执和孤傲，我们可以欣赏他们的背影，却很难与他们随和地交朋友。到唐代，以李白为首的很多诗人名气太大，在那诗风浩荡、从者如云的社会风潮中，不容易让周围的人感到亲近。

谁知到宋代，出了一个那么有体温、有表情的苏东坡。他的笔下永远有一种诚恳的生命元气，让读到的每个人都能产生感应。他不仅可爱，而且可亲，成了人人心中的兄长、老友。这种情况，在中国文学史上几乎绝无仅有。

把苏东坡首屈一指的地位安顿妥当之后，宋代文学的排序，第二名是辛弃疾，第三名是陆游，第四名是李清照。

辛弃疾和陆游，除了前面所说的英雄主义气概，还表现出了一种品德高尚、怀才不遇、热爱生活的完整生命。这种生命，使兵荒马乱中的"天地元气"不至于下坠。在孟子之后，他们又一次用自己的一生创建了"大丈夫"的造型。

李清照，则把东方女性在晚风细雨中的高雅憔悴写到了极致，而且已成为中国文脉中一种特殊格调，无人能敌。因她，中国文学有了一种贵族女性的气息。以前蔡琰曾写出过让人动容的女性呼号，但李清照不是呼号，只是气息，因此更有普遍价值。

十三

在宋代几位一流的文学家中，辛弃疾是一个压阵之人。他在晚年曾勇敢地赶不少路去吊唁当时受贬后去世的朱熹。朱熹比他大十岁，也算是同辈人。他在朱熹走后七年去世，一个时代的高层文化，就此垂暮。

朱熹并不是严格意义上的文学家，我也不喜欢他重道轻文的观念。但是，观念归观念，这位杰出的哲学家对文学的审美感觉却是不错的。哲学讲究梳理脉络，他在无意之中也对文脉做了点化，让人印象深刻。

朱熹说，学诗要从《诗经》和《离骚》开始。宋玉、司马相如等人"以浮华为尚，而无实之可言矣"。相比之下，汉魏之诗很好，但到了南朝的齐梁，就不对了。"齐梁间之诗，读之使人四肢皆懒慢不收拾。"这种论断，在宏观的历史视野中切中了文学的要害。

朱熹对古代乐府、陶渊明、李白、杜甫都有很好的评价。他认为陶渊明平淡中含豪放，而李白则有"清水出芙蓉，天然去雕饰"的自然美。对他自己所处的宋代，则肯定陆游的"诗人风致"。这些评价，都很到位。但是，他从理学家的思维出发，对韩愈、柳宗元、苏东坡、欧阳修的文学指责，显然是不太公平。他认为他们道之不纯，又有太多文人习气。

在他之后几十年，一个叫严羽的福建人写了一部《沧浪诗话》，正好与朱熹的观念完全对立。严羽认为诗歌的教化功能、才学功能、批判功能都不重要，重要的是吟咏性情、达到妙悟。他揭示的，其实就是文学超越理性和逻辑的特殊本质，非常重要。由于他，中国文学在今后谈创作时，就会频频用到"不涉理路，不落言筌"、"羚羊挂角，无迹可求"、"透彻玲珑，不可凑泊"、"水中之月，镜中之象"等词语，这是文学理论水准的一大提升。但是，他对同代文学家的评论，却有失度之弊。

谈及朱熹和严羽，不能不追溯到前面提过的《文心雕龙》、《诗品》等理论著作。那是七百多年前的事了，我之所以在前面没有认真介绍，是因为那是中国文论的起始状态，还在忙着为文学定位、分类、通论。当然这一切都是需要的，而《文心雕龙》在这方面确实也做得不错，但要建立一种需要对大量感性作品进行概括的理论，在唐朝开国之前八十多年就去世了的刘勰，毕竟还缺少足够范例。何况，南朝文风也给种种概念的裁定带来局限，影响了他的理论力度。这只要比一比七百多年后那位娴熟一切复杂概念却用明白口语讲文学的顶级哲学家朱熹，就会发现。真正高水准的理论表述，反倒是朴实而干净。

十四

李清照、陆游、辛弃疾、文天祥他们都认为，中国文脉将会随着大宋灭亡而断绝，蒙古马队的铁骑是中华文明覆灭的丧葬鼓点。但是，实际情况并非如此。

元代的诗歌、散文，确实不值一提。但是，中国文脉在元代却突然超常发达。那就是，中华文明几千年的一个重大缺漏，在元代这个不到百年的短暂朝代获得了完满弥补。这个被弥补的重大缺漏，就是戏剧。

古希腊悲剧在两千五百多年前已经充分成熟，印度梵剧也年岁久远。而中国，不仅孔子没看到过戏剧，连屈原、司马迁、曹操、李白、杜甫、苏东坡都没有看到过,这实在有点说不过去了。为什么会产生这种情况,而元代又为什么会改变,这是很复杂的课题,我在《中国戏剧史》一书中有系统探讨。

简单说来,中国文化长期产生不了戏剧,有两个原因:一是由于礼仪太重,处处扮演,中国人在生活上早已"泛戏剧化";二是由于儒家教化,反对冲突,中国人在精神上一直"非戏剧化"。

有趣的是,既然中国错过了两千多年,照理追赶起来会非常困难。岂能料,入主中原的蒙古民族完全不在意千年禁锢,却有自己对表演艺术的爱好,于是,随之冒出来关汉卿、王实甫、马致远、纪君祥等文化天才,合力创作出了一批非常精彩的元杂剧。结果,正如后来王国维先生所说,中国可以立即在戏剧上与其他文明并肩而"毫无愧色"。

此时的中国文脉,在《窦娥冤》,在《望江亭》,在《救风尘》,在《西厢记》,在《赵氏孤儿》,在《汉宫秋》……

在这里,我和王国维先生一样,并不是从表演、唱腔着眼,而只是从文学上评价元杂剧。那些形象,那些故事,那些冲突,那些语言,以前也有可能出现,但是它们在整体格局上的有机组合状态,却是空前的。

是不是绝后呢?还不好说。如果与明代相比,昆曲虽然也出现了汤显祖这样的作家,写出了《牡丹亭》这样的作品,但放在元杂剧面前,却会在整体张力上略逊一筹。多数昆曲作品过于冗长、秾丽、滞缓、入套，缺少元杂剧那种活泼而爽利的悲欢。比《牡丹亭》低一等级的《桃花扇》、《长生殿》又过于拘泥历史，减损了作为一种民间艺术的生命力。

至于清代后期勃发的京剧，唱腔很好，表演虽然没有戏迷们幻想的那么精彩，也算可以，而文学剧作，则完全不能细问。没有文学就只能展示演唱技能了，在整体上当然不能与元杂剧相提并论。

由于元代的统治者是少数民族，不会去支撑汉文化中那些陈旧部位，这也使文化整体比较彻底地挣脱了道统气、宫廷气、阿谀气、头巾气、腐儒气，为贴近自然的天籁式创造留出了空间。这种空间看似边缘，却很辽阔，足以伸展手脚。由此联想到，同样产生于元代的那幅具有划时代意义的《富春山居图》。作者黄公望只是一个居无定所的流浪卜者，但是，即使把宋代所有宫廷画师的最好作品加在一起，也无法与他的相比。

元杂剧的情况也是如此，我们哪怕是把后来京剧从慈禧太后开始给予的全部最高权力的扶持加在一起，也无法追赶元杂剧的依稀踪影。元杂剧即使衰落也像一个英雄，完成了生命过程便轰然倒下，拒绝后人以"振兴"的说法来做人工呼吸、打强心针。

一切需要刻意"振兴"的文化，都已经与文脉无关。而且，极有可能扰乱了文脉的自然进程。现在社会上经常有人忙着要把那些该由博物馆保护的文化遗产折腾到现实生活中来，而且动静很大，我就很想让他们听听元杂剧轰然倒地的壮美声响。

十五

明清两代五百四十余年，中国文脉严重衰弱。

我在给北京大学学生讲授中国文化史的时候指出，这五百多年，如果想要找出能够与屈原、司马迁、陶渊明、李白、杜甫、苏东坡、关汉卿并肩站立的文化巨人，那么，答案只有两人：一是明代的哲学家王阳明，二是清代的小说家曹雪芹。我们今天所说的文脉，范围要比我在北大讲的文化更小，王阳明不应列入其中，因此只剩下曹雪芹。

这真要顺着他说过的话，感叹一句：白茫茫一片大地真干净。

为什么会产生这么惊人的情况？

原因之一，是明清两代统治者实行的文化专制主义已发展到了文化恐怖主义（如"文字狱"）。这就必然会毁灭文化创新，培养出大量的文化侍从、文化鹰犬、文化侏儒。当然也产生了一些出色的文化叛逆者和思考者，例如黄宗羲、顾炎武、王夫之，但囿于时间和空间，他们指出了社会的痼疾，却开不出治疗的药方。有人把他们当作"启蒙主义者"，可能言之有过，因为并没有形成"被启蒙群体"。真正可称得上启蒙的，要等到近代的严复。

原因之二，是中国文脉的各个条块，都已在风华耗尽之后自然老化，进入萧瑟晚景。这是人类一切文化壮举由盛而衰的必然规律，无可奈何。文脉，从来不是一马平川的直线，而是由一组组抛物线组成。要想继续往前，必须大力改革，重整重组，从另一条抛物线的起点开始。这也是"天地元气"对于文脉的要求。但是明清两代，除了个别特例之外，已经很难提供这种契机。

除了这两个原因外，从今天的宏观视野看去，还有一个对比上的原因。那就是在中国明代，欧洲终于从中世纪的漫长梦魇中苏醒了。而且由于睡得太久，因此苏醒得特别深刻。苏醒之后，他们重新打量自己，然后精力充沛地开始奔跑。而中国文化，却因创建过太久的辉煌而自以为是。欧洲文艺复兴发生在中国的什么时候？我只需提供一个年岁上的概念：米开朗琪罗只比王阳明小三岁。

明清两代五百年衰微中，在文学上只剩下两个光点：一是小说，二是戏剧。明清戏剧我在前面已经作为元杂剧的对比者约略提过，因此能说的只有小说了。

小说，习惯说"四大名著"，即《三国演义》、《水浒传》、《西游记》、《红楼梦》。我们中国人喜欢集体打包，其实这四部小说完全没有理由以相同的等级放在一起。

真正的杰作只有一部：《红楼梦》。其他三部，完全不能望其项背。

《三国演义》气势恢宏，故事密集。但是，按照陈旧的正统观念来划分人物正邪，有脸谱化倾向，又过于粘贴于历史，遮蔽了文学的主体。《水浒传》好得多，有背叛，有正义，有性格，白话文生动漂亮，叙事能力强，可惜众好汉上得梁山后故事便无法推进，成了一部无论在文学上还是精神上都有头无尾的作品，甚为可惜。《西游记》是一部具有宏大精神格局的寓言小说，整体文学品质高于以上两部，可惜重复过多、套路过多，影响了精神力度。如果要把这三部小说排序，那么第一当是《西游记》，第二当是《水浒传》，第三当是《三国演义》。

这些小说，因为有民间传闻垫底，又有说书人的描述辅佐，流传极广。在流传过程中，《三国演义》的权谋哲学和《水浒传》的暴力哲学对民间有严重的负面影响，于今尤烈。

《红楼梦》则完全是另外一个天域的存在了。这部小说的高度也是世界性的，那就是：全方位地探寻人性美的存在状态和幻灭过程。

它为天地人生设置了一系列宏大而又残酷的悖论，最后都归之于具有哲思的巨大诗情。虽然达到了如此高度，但它的极具质感的白话叙事，竟能把一切不同水准、不同感悟的读者深深吸引。这是世界上寥寥几部千古杰作的共同特性，但它又中国得不能再中国。

于是，一部《红楼梦》，慰抚了几百年的荒凉。

也许，辽阔的荒凉，正是为它开辟的仰望空间？

因此，中国文脉悚然一惊，然后就在这片辽阔的空地上站住了。

明清两代,也有人在关注千年文脉。关注文脉之人,也就是被周围的荒凉吓坏了的人。

例如,明代李梦阳、何景明等"前七子"提出过"文必秦汉、诗必盛唐"的口号。他们还认为"今真诗乃在民间",例如《西厢记》能与《离骚》相提并论。他们得出结论:各种文学的创建之初虽不精致但元气弥满,可谓"高格",必须追寻、固守。这种观点,十分可喜。

清代的金圣叹则睥睨历史,把他喜欢的戏剧、小说,如《西厢记》、《水浒传》,与《庄子》、《离骚》、《史记》和杜甫拉成一条线,构成了强烈的文脉意识。

明清两代在文脉旁侧稍可一提的,是"晚明小品"。在刻板中追求个性舒展,在道统下寻找性灵自由,虽是小东西,却开发了中国散文的韵致和情趣。这种散文,对后来"五四"新文化运动中白话美文的建立,起到了正面的滋养作用。当时的文学改革者们不会喜欢清代桐城派的正统,更不会喜欢乾嘉骈文的回潮,为了展示日常文笔之美,便找到了隔代老师。当然,在精神上并非如此,闲情逸致无法对应大时代的风云。

与明代相比,清代倒有两位不错的诗人:一是前期的纳兰性德,以真切性灵写出很多佳句,让人想到即使李煜处于太平时期也还会是一个伤感诗人;二是后期的龚自珍,让人惊讶一个破败时代的思想家居然还能写出这么多诗歌精品。

他们的天分本该可以进入文脉,但文脉本身却在那个年月仓皇停步了。

十六

既然已经说到现代,那就顺着再多讲几句吧。

中国近现代文学,成就较低。我前面刚说明清两代五百多年只出了两个一流文人,哲学家王阳明和小说家曹雪芹,那么,我必须紧接着说一句伤心话了:从近代到现代,偌大中国,没出过一个近似于王阳明的哲学家,也没有出过一个近似于曹雪芹的小说家。

一位友人对我说:感冒无药可治,因此世上感冒药最多。同样,中国近现代文学成果寥落,因此研究队伍最大。这可能与所谓"研究"不需要外文和古文的技术性门槛有关,居然还折腾成了大学中文系里一个不小的专业。人一多,就必然出现糊弄、夸张、伪饰的风尚,结果只能在社会上大幅度贬损文学的形象。现在一般正常的读者,已经不愿意去理会所谓"中国近现代文学研究"这个喧闹不已的大杂院了。

说起来,中国现代文学的起点倒是可喜,那就是顺应中国文脉已经不能不转型的时代指令,成功地示范并普及了白话文。由于几个主事者气格不俗,有效抵拒了中国文学中最能闻风而动的骈俪、虚靡、炫学、装扮等可厌旧习,选了朴实、通达一路,诚恳与国际接轨、与当代对话,一时文脉大振。但是，由于兵荒马乱、国运危殆，改革思维很快又被救亡思维替代，精神哲学让位给现实血火，文学和文化都很难拓展自身的主体性。结果，虽然大概念上的中国文化有幸免于崩溃，而文脉则散佚难寻了。

已经显出一些小说实力的鲁迅、沈从文和张爱玲都过早地结束了文学生涯，至于其他各种外来流派的匆忙试验，包括现实主义在内，即便流行，一时也没有抵达真正的"高格"。

现代作家之中，真正懂得一点历史文脉的，好像也是鲁迅。这倒不是从他的那册小说史，而是从他对魏晋人物的评价中可以窥探。郭沫若应该也懂，但天生的诗人气质常常使他轻重失度、投情偏仄，影响了整体平正。此外，林语堂凭借着灵性的概念也探摸过文脉，涉及虽广，却流于浮泛感受，较为肤浅。钱锺书以密点探测，入之颇深，却未握示其脉。

说早一点，在近代重要学者中，对中国文脉的梳理作出明显贡献的，有梁启超、王国维和陈寅恪三人。梁启超具有宏观的感悟能力，又留下了大量提纲挈领的表述；王国维对甲骨文、戏曲史、《红楼梦》的研究和《人间词话》的写作，处处高标独立；陈寅恪文史互证，对唐代和明清之际文学以及佛教文学的研究颇为精到。我对陈先生评价最高的，在他将唐中期的转折划定为中国全部古代史的分界。这三位中，对于梳理文脉成就最大的是王国维。

在"五四"时期的现代学者中，系统梳理过中国文脉的是胡适。记得"文革"后期周恩来领导编写复课教材，当时文科的主角是鲁迅，胡适是对立面，我趁机通读了胡适的著作，发现他对中国文化的整体联结和现代化改革，贡献不小。当时有一份大学学报根据惯常的批判观念连载他的生平，一位编辑人员因与我相识便随意地用了我的署名，我颇为恼火，因此他们只发了一段就中止了。这也算是我与这位学者的一种特殊缘分吧。但是，我又不能不说，胡适虽有宏观的文学史识，却缺少艺术的感悟能力。例如他那么认真地考证了《红楼梦》，却不知道这部小说的真正艺术魅力在何处。他的同乡学者刘文典教授说："适之什么都好，就是不太懂文学。"我深以为然。因此，由他来梳理文脉，总是隔了一层。

其他人文学者，即使学贯中西、记忆惊人，也都没有能够对中国文脉做出实质性的推动。须知，记忆性学问和创造性学问，毕竟是两回事。

现代既是如此荒瘠，那就不要在那里流浪太久了。

如果有年轻学生问我如何重新推进中国文脉，我的回答是：首先领略两种伟大——古代的伟大和国际的伟大，然后重建自己的人格，创造未来。

他们的共性

梳理中国文脉这件事，我已经做了整整二十年。

我在《中国文脉概述》的开头就说明，文脉是"天地元气"在文学上呈现的审美范本，是最高等级的生命潜流。

堂堂文脉，居然是潜流？

一点不错，是潜流。民间有一个惯常思维，以为凡是重要的东西总是热闹的、显耀的、群集的。这种现象当然比比皆是，但是，如果要在重要里边寻找更重要、最重要的元素，那就对不起，一切都反了过来，是冷清的、内敛的、孤独的了。正是这些元素，默默地贯通了千年，构成了一种内在生命。

在最高等级上，留下了为数不多的一些寂寞灵魂。他们，正是中国文脉的维系环扣，却都维系在安静中。

他们，就是庄子、屈原、司马迁、陶渊明、李白、杜甫、王维、苏东坡、陆游、李清照、关汉卿、王实甫、汤显祖、曹雪芹。

我们把他们称为得脉者、执脉者。

他们后来都很出名，而出名必然带来误解。为了消除误解，我想再写一篇短文，谈谈这些得脉者、执脉者的共性。

第一个共性，他们都是创造者。

这好像是废话，但针对性很明确，因为不少研究者总喜欢把他们说成是继承者。那些研究者认为，脉，就是前后贯通，因此"继往开来"是得脉者的使命。

真实情况并非如此。文脉的每一个得脉者，都是一种"自立存在"，而不是"粘连存在"。他们只埋首于自己的创造，力求创造的精彩。因此，他们必须摆脱因袭的重担。

他们当然有很好的文化素养，熟悉前辈杰作，但一定不会把很多精力花在蒙尘的陈迹之间。这有三个原因——

第一，前辈杰作再好，也是一种"异体纹样"。创造者的着力点，只能在本体，而本体的自我觉醒和深入开掘，都非常艰难。

第二，执着前辈杰作，容易产生一种不自觉的"近似化暗示"，这是创造的敌人。哪怕在自己的创作间有淡淡的沿袭印痕，也会遭到他人的嘲笑。因此，创造者不会在自己的道路上留下一个个颓老的陷阱。

第二，创造的最好时机，应在生命力勃发的青春年月，但是，这年月远比想象的更短暂、更易逝，因此也更珍贵。创造者哪里舍得把这种无限珍贵，抛掷在死记硬背的低智游戏中？他们，实在没有时间。

正是出于以上这三个原因,所有的得脉者都不会让古人的髯须来缚羁自己的脚步,而只会抢出分分秒秒的时间开发自己,开发当下,开发未来。

这中间,司马迁作为一个历史学家,专讲过去的事,但是,即便是这样,在历史专业上,他也不是传统的附庸,而是中国历史思维的开创者。在宏大的叙事文学的创建上,他更有开天辟地之功。

事实反复证明,历史上最精彩的段落,总是由创造者的脚步踩出的。文脉,本应处于一切创造之先。捡拾脚边残屑的那些人,虽然辛劳可嘉,却永远不可能是文脉的创造者。

中国文脉的曲线告诉我们,任何一个时代,如果以"捡拾"和"缅怀"为主轴,不管用什么堂皇而漂亮的借口,文脉必然衰滞。

第二个共性,他们都是流放者。

这儿所说的"流放",有被动的,也有主动的。得脉者即使处于"被动流放"状态,迟早也会进入"主动流放"境界。

主动流放,就是离群索居,无羁漂泊,长为异乡人,永远在路上,处处无家处处家。

这种流放,从表层看,能让他们感受陌生的自然空间。但是,从深层看,比自然空间更重要的是生命空间。流放,使他们发现了一个与以前不同的自己。生命因不同而变异,而提升。

这里所说的流放,很可能是离乡、入仕,也可能是被贬、入罪;很可能是戍边、投荒,也可能是求生、等死。总之,完全没有"安居乐业"可言。

流放的最大门槛,是对体制而言。

年纪轻轻就逃出冠缨之门、诗礼之家,就是放弃体制的佑护而独立闯荡。当然,更令人瞩目的是背离官僚体制而飘然远行。这一关,对于得脉之人是生死大关。出之者生,入之者死,可谓"出生入死"。这与官场思维,恰恰相反。

诚然,官场未必是罪恶之地,历来总有一些好官为民造福,而且少数高官也是不错的文人。但是,若要成为文脉中的得脉者,却迟早必须脱离那个地方。也就是说,不管是撤职还是辞职,都应该流放。

这是因为,即便是世间最明智的官场,它所需要的功绩、指令、关系、场面、服从,也与最高等级的文化创造格格不入。

我这么说,并不是冀求以最高文化标准来营造官场。其实这是两个完全不同的领域,有着各自不同的逻辑。如果让前面列举的这些得脉者成了官场调度者,情况可能更糟。

顺着这个思路,人们也无法接受以官场逻辑来设计文脉、勾画文脉、建造文脉。这种现象,古已有之,皆成笑柄。

还是让杰出的文化创造者们流放在外吧。流放在传承之外，流放在定位之外，流放在体制之外，流放在重重名号和尊荣之外。只有当他们"失踪"了，文脉才有可能回来。

第三个共性，他们都是无助者。

这是流放的结果，说起来有点不忍，却也无可奈何。

请再看一遍我列出的得脉者名单，当他们遇到巨大困苦乃至生命威胁的时候，有谁帮助过他们？没有，总是没有。

这很奇怪，但粗粗一想，就知道原因了。

原因之一，当巨大困苦降临的时候，能够有效帮助他们的，只能是体制，其中包括官方体制、财富体制、家族体制，但前面已经说过，他们早就远离体制之外；

原因之二，由于他们的精神等级太高，一般民众其实并不了解他们，因此很少伸出援手；

原因之三，他们都很出名，因此易遭嫉妒，即便有难，也会被幸灾乐祸者观赏。

回想一下，这些得脉者的履历，不都是这样吗？

我知道这是必然，已经硬了心肠。但是，想到屈原不得不沉江，想到司马迁哽咽着写《报任安书》，想到李白受屈时"世人皆欲杀"，想到苏东坡被捕后试图跳水自沉，想到曹雪芹在"蓬牖茅椽，绳床瓦灶"中只活了四十几岁，还是一次次鼻酸。

即便是好心人想帮助他们，也很难，因为不知道他们在哪里。为此，当我知道苏东坡在监狱里天天遭受诟辱逼拷时，居然有一个狱卒为他准备了洗脚热水，感动得热泪盈眶。我还特地查到了这个狱卒的名字，叫梁成。

我这么写，容易让人产生一种误会，以为不懂得保护文化天才，是中国特有的民族劣根性。其实，这里触及的是人类通病。我曾长期研究欧洲文化史，写过很多文章告诉读者，塞万提斯、莎士比亚、伦勃朗、莫扎特、凡·高的遭遇也相当不好，他们显然都是欧洲文明的得脉者。

那么，怎么办呢？

没有满意的答案。

我想，对于杰出的文化创造者而言，应该接受这种孤独无助的境界。既然已经决定脱离，决定流放，那么，无助是必然的。抱怨，就该回去，但回去就不是你了。那就不如把自己磨炼得强健蛮犷，争取在无助的状态下存活得比较长久。

对于热爱文化的民众而言，虽然不要求你们及时找到那些急需帮助的文化创造者，却希望你们随时做好发现和帮助的准备。尽管，这未必有用。因为在司马迁、李白、苏东坡他们受苦受难的时候，当时何尝无人试图施以援手？但必然地，总是失之交臂，两相脱空。

也许今天我们会认为，现在好了，最优秀的文化创造者都被很多协会、大学、剧团照顾着呢。但是，如果我们的目光能够延伸到百年之后，再反观现在，一定会惊奇地发现，情况完全不是如此。

那么,我们只能用民间的善良,悉心打量了。未必能发现旷世大才,但能帮助一个普通的创造者也好;未必能提供多大帮助,但能像狱卒梁成那样,倒一盆洗脚热水也好。

当然也不妨建立一个戒律:永远不要去伤害一个你并不了解、并不熟悉的文化创造者。任何政治斗争、传媒风潮、社会纠纷,一旦涉及他们,都不要起哄。他们也可能做了傻事,说了错话,情绪怪异,不擅辩解,大家都应该尽量宽容。千万不要再度出现大家都在诵读着李白的诗,但他一旦有事便"世人皆欲杀"的可怕情景。

加害者们很可能指着被害者说:"他不可能是李白!"当然不是,但数千年来,有多少个"疑似李白"被伤害了。这种伤害,未必是真的屠杀,还包括群贬、冷冻、闲置、喧哗、谣诼、分隔、暗驱。伤害这样的人非常轻便,遇不到任何反抗,但是中国文脉极有可能维系在这些软弱的生命之上。

古道西风

一

中华文化的精神始祖,首先是老子和孔子。

在公元前六世纪到公元前二世纪的人类文明"轴心时代",世界上第一流开天辟地的巨人群落几乎同时出现。从年龄排列看,老子与释迦牟尼几乎同龄,孔子比释迦牟尼小十几岁,孔子去世十年后苏格拉底出生,墨子比苏格拉底小一岁,孟子比亚里士多德小十二岁……

由此,人类获得高度的精神自主。在华夏土地上,老子、孔子走在最前面。但是,对这两位,我们大多只知其书,不知其路。

其实,他们对中华文化的精神奠基,不仅表现在思想文词上,更是表现在生命方式上。因此,我们今天要谈谈《道德经》之外的老子,《论语》之外的孔子。

相比之下,老子年长,应该让他先出场。但是他比较矜持寡言,倒是孔子平和得多。那就让孔子开头吧,再让他带出老子。

先从孔子的一次西行谈起。

二

孔子平生最用心的,是维护周王朝礼乐制度。他知道周王朝的历史枢纽一直在自己家乡的西边,因此从年轻时候开始就一再地深情西望。三十四岁那年,他终于向西方出发,去"问礼"。

他的这次西行,很有一点派头。鲁国的君主鲁昭公为他提供了车马仆役。于是,沿着滔滔黄河,一路向西。

孔子一路上想得最多的,就是洛阳城里的那位前辈学者老子。

老子熟悉周礼,是周王朝的国家图书馆馆长。当然,也可以说是档案馆馆长,也可以说是管理员,史书上记载他的身份是"周守藏室之史"。这里所说的"史",也就是"吏"。

老子这个人太神秘了,连司马迁写到他的时候也是扑朔迷离,结果,对于他究竟比孔子大还是比孔子小,孔子到底有没有向他问过礼的问题,历来在学术界颇多争议。我的判断很明确,老子比孔子大,孔子极有可能向他问过礼。做出这种判断的学术程序很复杂,不便在一篇散文中详细推演。

记得去年在美国休斯敦中央银行大礼堂里讲中国文化

史，有一位华裔历史学家递纸条给我，说他看到有资料证明，老子比孔子晚了一百多年，请我帮助他做一点解释。我说，你一定是看到有的史书里把老子和太史儋当作同一人。老子曾经西出函谷关，太史儋也曾经西出函谷关去找秦献公，而太史儋出关的时间是在孔子去世一百多年之后，事情就这样搞混了。此外，也有一些学者根据《老子》一书中的某些语言习惯，断定此书修编于孔子之后。我的观点是，更可信的资料证明，把老子和太史儋搞混是汉代初年的事，按照老子的出世思想，他怎么可能出关去投奔秦献公呢？至于书中的语言习惯，则与后世学派门徒的不断发挥、补充有关，先秦不少古籍都有这种情况。

我相信孔子极有可能向老子问过礼，有《礼记》、《庄子》、《孔子家语》、《吕氏春秋》等古籍互证。

接下来的问题是，孔子向老子问了什么，老子又是怎么回答的？

这就有很多说法了，不宜轻易采信。其实，各种说法都是在猜测最大的可能。

我觉得有两种说法比较有意思。一种说法是，孔子问老子周礼，老子说天下一切都在变，不应该再固守周礼了。另一种说法是，老子以长辈的身份开导孔子，君子要深藏不露，避免骄傲和贪欲。

如果真有第二种说法，那就不大客气了。但在我想来，却很正常。当时，孔子才三十多岁，名声主要在故乡鲁国，远在洛阳的老子对他并不太了解。见到他来访时带有车马仆役,又听说是鲁昭公提供的,老子因此要他避免显耀、骄傲和贪欲,是完全有可能的。

按照老子的想法,周王朝没救了,也不必去救。一切都应该顺其自然,那才是天下大道。过于急切地治国平天下,一定会误国乱天下。因此,最好的归宿,是长途跋涉,消失在谁也不知道的旷野。

孔子当然不赞成。他要对世间苍生负责,他要本着君子的仁爱之心,重建一个有秩序、有诚信、有宽恕的礼乐之邦。

他们都非常高贵,却一定谈不到一起,因为基本观念差别太大。但是,凭着老子的超脱和孔子的恭敬,他们也不会闹得不愉快。

鲁迅后来在小说《出关》中构想他们谈得很僵,而且责任在孔子,这是出于"五四"这代人对孔子的某种成见,当然更出于小说家的幽默和调侃。

认真说起来,这是两位真正站在思维巅峰之上的伟大圣哲的见面,这是中华民族两个精神原创者的会合。两千五百多年前这一天的洛阳,应有凤鸾长鸣。不管那天是晴是阴,是风是雨,都是"天地元气"的集中迸发。

他们长揖作别。

稀世天才是很难遇到另一位稀世天才的,他们平日遇到的总是追随者、崇拜者、嫉妒者、诽谤者。这些人不管多么热烈或歹毒,都无法左右自己的思想。只有真正遇到同样品级的对话者，最好是对手，才会产生着了魔一般的精神淬砺。淬砺的结果，很可能改变自己，但更有可能是强化自己。这不是固执，而是因为获得了最高层次的反证而达到新的自觉。这就像长天和秋水蓦然相映，长天更明白了自己是长天，秋水也更明白了自己是秋水。

今天在这里，老子更明白自己是老子，孔子也更明白自己是孔子了。

他们会更明确地走一条相反的路。什么都不一样，只有两点相同：一，他们都是百代君子；二，他们都会长途跋涉。

他们都要把自己伟大的学说变成长长的脚印。

三

老子否认自己有伟大的学说，甚至不赞成世间有伟大的学说。

他觉得最伟大的学说就是自然。自然是什么？说清楚了又不自然了。所以他说"道可道，非常道，名可名，非常名"。

本来，他连这几个字也不愿意写下来。因为一写，就必须框范道，限定道，而道是不可框范和限定的，一写，又必须为了某种名而进入归类，但一归类就不再是它本身。那么，如果完全不碰道，不碰名，你还能写什么呢？

把笔丢弃吧。把自以为是的言词和概念，都驱逐吧。

年岁已经不小。他觉得，盼望已久的日子已经来到。

他活到今天，没有给世间留下一篇短文、一句教诲。现在，可以到关外的大漠荒烟中，去隐居终老了。

他觉得这是生命的自然状态，无悲可言，也无喜可言。归于自然之道，才是最好的终结，又终结得像没有终结一样。

在他看来，人就像水，柔柔地、悄悄地向卑下之处流淌，也许滋润了什么，灌溉了什么，却无迹可寻。终于渗漏了，蒸发了，汽化了，变成了云阴，或者连云阴也没有，这便是自然之道。人也该这样，把生命渗漏于沙漠，蒸发于旷野，这就谁也无法侵凌了，"以其终不自为大，故能成其大"。

"大"，在老子看来就是"道"。

他出发了，骑着青牛，向函谷关出发。

向西。还是古道西风，西风古道。

洛阳到函谷关也不近，再往西就要到潼关了，已是今天的陕西地界。老子骑在青牛背上，慢慢地走着。要走多久？不知道。好在，他什么也不急。

按照鲁迅的写法，到了函谷关，守关的官吏关尹喜是个文化爱好者，看到未曾给世间留下过文字的国家图书馆馆长要出关隐居，便提出一个要求：能否留下一篇著作，作为批准出关的条件？

这个要求，对老子来说有些过分，有些为难。好在老子总是遇事不争的，写就写吧，居然写下了五千字。那就是我们现在看到的《道德经》，也就是《老子》。

写完，他就出关了。

鲁迅《出关》中的这一段，写得很有味道：

> 老子再三称谢，收了口袋，和大家走下城楼，到得关口，还要牵着青牛走路；关尹喜竭力劝他上牛，逊让一番后，终于也骑上去了。作过别，拨转牛头，便向峻坂的大路上慢慢的走去。
>
> 不多久，牛就放开了脚步。大家在关口目送着，走了两三丈远，还辨得出白发、黄袍、青牛、白口袋，接着就尘头逐步而起，罩着人和牛，一律变成灰色，再一会，已只有黄尘滚滚，什么也看不见了。

老子会怎么样，很让人担忧了。

司马迁说："不知其所终。"

关尹喜是怎么处理那五千个中国字的，我们不清楚，只知道它们是留下来了。两千五百多年后，据联合国教科文组织统计，世界上几千年来被翻译成外文而广泛传播的著作，第一是《圣经》，第二是《老子》。《纽约时报》公布，人类古往今来最有影响的十大写作者，老子排名第一。全世界哲学素养最高的德国，据调查，《老子》几乎每家一册。

四

老子出关的时间，我们并不清楚，只知道孔子在拜别老子的二十年后,也开始了长途跋涉。

其实这二十年间孔子也一直在走路,教育、考察、游说、做官,也到过泰山东北边的齐国,只是走得不太远。五十五岁那年,他终于离开故乡鲁国,带着学生开始周游列国。

当时所谓的"列国",都是一些地方性的诸侯邦国,虽然与秦汉帝国之后的国家概念不太一样,却也是一个个独立的政治实体和军事实体。除了征服或结盟,谁也管不了谁。

孔子的这次上路,有点匆忙,也有点惆怅。他一心想在鲁国做一个施行仁政的实验,自己也曾掌握过一部分权力,但最后还是拗不过那里由来已久的"以众相凌,以兵相暴"的政治传统,他被鲁国的贵族抛弃了。

他以前也曾对邻近的齐国怀抱过希望,但齐国另有一番浩大开阔的政治理念,与他的礼乐思维并不合拍。例如那位小个子的杰出宰相晏婴,虽然也讲"礼"却又觉得孔子的"礼"过于繁琐和倒退。更何况,孔子还曾为了鲁国的外交利益得罪过齐国。因此,别无选择,他还是沿着黄河向西,去卫国。

向西,总是向西,仍然是古道西风,西风古道。

二十年前到洛邑向老子问礼,也是朝西走,当时走南路,这次走北路。老子已经去了更西的西方,孔子怎么也不会走得像老子那么远。老子的"道",止于流沙黄尘;孔子的"道",止于宫邑红尘。

是啊,红尘。眼前该是卫国的地面了吧?孔子仔细地看着路边的景象,高兴地说:"这儿人不少啊!"

他身边的学生问:"一个地方有了足够的人口,接下来应该对他们做什么呢?"

孔子只回答两个字:"富之。"

"富了以后呢?"学生又问。

还是两个字:"教之。"

孔子用最简单的回答方式表明,他对如何治国,早就考虑成熟。

学生们早已习惯于一路捡拾老师随口吐出的精彩言语。就这样,师生一行有问有答,信心满满地抵达了卫国的首都帝丘。这地方,在今天河南濮阳的西南部。

孔子住在学生颜浊聚家里。很快,卫国的君主卫灵公接见了孔子。

卫灵公一开始就打听孔子在鲁国的俸禄,孔子做了回答,卫灵公立即答应按同样的数字给予。这听起来很爽快,但接下来的事情就让人郁闷了。孔子一路风尘仆仆,并不是来领取俸禄,而是来问政的,卫国宫廷没有给他这方面的机会。后来,卫国的一个名人牵涉到某个政治事件,孔子曾经与他有交往,因此也受到怀疑并被监视,只能仓皇离去。

这个开头,在以后孔子周游列国十四年间不断重复。

五

这十四年,是他从五十五岁到六十八岁。这个年龄,即便放在普遍寿命大大延长的今天，也不适合流浪在外了。而孔子，这么一位大学者，却把垂暮晚年付之于无休无止的长途，实在让人震撼。

更让人震撼的是，这十四年，他遇到的，有冷眼，有嘲讽，有摇头，有威胁，有推拒，有轰逐，却一点儿也没有让他犹豫停步。

他不是无处停步。任何地方都愿意欢迎一个光有名声和学问却没有政治主张的他。任何地方都愿意赡养他、供奉他、崇拜他，只要他只是一个话语不多的偶像。但是，他绝不愿意这样。

因此，他总在路上。

"在路上"，曾是二十世纪西方现代派文学的一个时髦命题，东方华人世界也出现过"不要问我从哪里来，我的故乡在远方"的流浪潮流。不管是西方还是东方的青年流浪者们，大多玩过几年就结束流浪，开始读一点书。他们有可能读到孔子，一读，他们就不能不嘲笑自己了：原来早在两千五百年前，有一位人类精神巨匠直到六旬高龄还在一年年流浪！

在路上，总有一种鸿蒙的力量支撑着他。一天孔子经过匡地（今河南长垣），被匡人误认为是残害过本地的阳虎，被拘禁了整整五天。刚刚逃出，才几十里地，又遇到蒲地的一场叛乱，被蒲人扣留，幸亏学生们又打斗又讲和，才勉强脱身。在最危险的时候，孔子安慰学生说：

文王既没，文不在兹乎？天之将丧斯文也，后死者不得与于斯文也。天之未丧斯文也，匡人其如予何！

意思是说，周文王不在了，文明事业不就落到我们身上了吗？如果天意不想再留斯文，那么从一开始就不会让我们这些后辈如此投入斯文了。如果天意还想留住斯文，那么这些匡人能把我怎么样！

那次从陈国到蔡国，半道上不小心陷入战场，大家近七天没有吃饭了，孔子还用琴声安慰着学生。

孔子看了大家一眼，说："我们不是犀牛，也不是老虎，为什么总是徘徊在旷野？"

学生子路说："恐怕是我们的仁德不够，人家不相信我们；也许是我们的智慧不够，人家难于实行我们的主张。"

孔子不赞成，说："如果仁德就能使人相信，为什么伯夷、叔齐会饿死？如果智慧一定行得通，为什么比干会被杀害？"

学生子贡说："可能老师的理想太高了，所以到处不能相容。老师能不能把理想降低一点？"

孔子回答说："最好的农民不一定有最好的收成，最好的工匠也不一定能让人满意。一个人即使能把自己的学说有序地传播，也不一定能被别人接受。你如果不完善自己的学说，只追求世人的接受，志向就太低了。"

学生颜回说："老师理想高，别人不相容，这才显出君子本色。如果我们的学说不完善，那是我们的耻辱；如果我们的学说完善了却仍然不能被别人接受,那是别人的耻辱。"

孔子对颜回的回答最满意。他笑了,逗趣地说:"你这个颜家后生啊,什么时候赚了钱,我给你管账!"

说笑完了,还是饥肠辘辘。

六

路上的孔子,一直承担着一个矛盾:一方面,觉得凡是君子都应该让世间充分接受自己;另一方面,又觉得凡是君子不可能被世间充分接受。

这个矛盾,高明如他,也无法解决,中庸如他,也无法调和。

在我看来,这不是君子的不幸,反而是君子的大幸,因为"君子"这个概念的主要创立者从一开始就把"二律背反"输入其间,使君子立即变得深刻。

是真君子,就必须承担这个矛盾。用现在的话说,一头是广泛的社会责任,一头是自我的精神固守,看似完全对立、水火不容,却在互相抵牾和撞合中构成了一个近似于周易八卦的互补涡旋。在互补中仍然互斥,虽互斥又仍然互补,就这样紧紧咬在一起,难分彼此,永远旋动。

这便是大器之成,这便是大匠之门。

单向的动机和结果,直线的行动和回报,虽然也能做成一些事,却永远形不成云谲波诡的大气象。后代总有不少文人喜欢幸灾乐祸地嘲笑孔子到处游说而被拒、到处求官而不成的狼狈，这真是以小人之心度君子之腹了。孔子要做官，要隐居，要出名，要埋名，都易如反掌，但那样的孔子就不会垂范百世了。垂范百世的必定是一个强大的张力结构，而任何张力结构必须有相反方向的撑持和制衡。

在我看来，连后人批评孔子保守、倒退都是多余的，这就像批评泰山，为什么南坡承受了那么多阳光，还要让北坡去承受那么多风雪。

可期待的回答只有一个："因为我是泰山。"

伟大的孔子自知伟大，因此从来没有对南坡的阳光感到得意，也没有对北坡的风雪感到耻辱。

那次是在郑国的新郑吧，孔子与学生走散了，独个儿恓恓惶惶地站在城门口。有人告诉还在寻找他的学生："有一个高个儿老头气喘吁吁的像一条丧家犬，站在东门外。"学生找到他后告诉他，他高兴地说："说我像一条丧家犬？真像！真像！"他的这种高兴，让人着迷。

我同意有些学者的说法，孔子对我们最大的吸引力，是一种迷人的"生命情调"——至善、宽厚、优雅、快乐，而且健康。他以自己的苦旅，让君子充满魅力。

君子之道在中国历史上难于实行，基于君子之道的治国之道更是坎坷重重，但是，远远望去，就在这个道、那个道的起点上，那个高个儿的真君子，却让我们永远地感到温暖和真切。

七

然而,太阳总要西沉,黄昏时刻的西风有点凄凉。

孔子回到故乡时已经六十八岁,回家一看,妻子已经在一年前去世。孔子自从五十五岁那年开始远行,再也没有见到过妻子。这位在世间不断宣讲伦理之道的男子,此刻颤颤巍巍地肃立在妻子墓前。老夫不知何言,吾妻!

七十岁时,独生子孔鲤又去世了。白发人送黑发人,老人悚然惊悸。他让中国人真正懂得了家,而他的家,却在他自己脚下,碎了。

此时老人的亲人,只剩下了学生。

但是,学生啊学生,也是很难拉住。七十一岁时,他最喜爱的学生颜回去世了。他终于老泪纵横,连声呼喊:"天丧予!天丧予!"(老天要我的命啊!老天要我的命啊!)

七十二岁时,对他忠心耿耿的学生子路也去世了。子路死得很英勇,很惨烈。几乎同时,另一位他很看重的学生冉耕也去世了。

孔子在这不断的死讯中,一直在拼命般地忙碌。前来求学的学生越来越多,他还在大规模地整理"六经"(即《诗》、《书》、《礼》、《乐》、《易》、《春秋》)。尤其是《春秋》,他耗力最多。这是一部编年史,从此确定了后代中国史学的一种重要编写模式。他在这部书中表达了正名分、大一统、天命论、尊王攘夷等一系列社会历史观念，深刻地塑造了千年中国精神。

一天，正在编《春秋》，听说有人在西边猎到了仁兽麒麟，他立刻怦然心动，觉得似乎包含着一种"天命"的信息，叹道："吾道穷矣！"随即在《春秋》中记下"西狩获麟"四字，罢笔，不再修《春秋》。他的编年史就此结束，以后的《春秋》文本出自他弟子之手。

"西狩获麟"，又是西方！他又一次抬起头来，看着西边。大命仍然从那里过来，从盘庚远去的地方，从老子消失的地方。古道西风，西风古道。

渐渐地，高高的躯体一天比一天疲软，疾病接踵而来，他知道大限已近。

那天他想唱几句。开口一试，声音有点颤抖，但仍然浑厚。他拖着长长的尾音唱出三句：

泰山其颓乎！
梁木其坏乎！
哲人其萎乎！

唱过之后七天，这座泰山真的倒了。连同南坡的阳光、北坡的风雪，一起倒了。

千里古道，万丈西风，顷刻凝缩到了他卧榻前那双麻履之下。

黑色光亮

一

诸子百家,其实就是中国人不同的心理色调。

我觉得,孔子是堂皇的棕黄色,近似于我们的皮肤和大地;老子是缥缈的灰白色,近似于天际的雪峰和老者的须发;庄子是飘逸的银褐色;韩非子是沉郁的金铜色……

我还期待着一种颜色。它使其他颜色更加鲜明,又使它们获得定力。它甚至有可能不被认为是颜色,却是宇宙天地的始源之色。它,就是黑色。

它对我来说有点儿陌生,因此正是我缺少的。既然是缺少,我就没有理由躲避它,而应该恭敬地向它靠近。

二

是他,墨子。墨,黑也。

据说,他原姓墨胎("胎"在此处读作"怡"),省略成墨,名叫墨翟。诸子百家中，除了他，再也没有用自己的名号来称呼自己的学派的。你看，儒家、道家、法家、名家、阴阳家，每个学派的名称都表达了理念和责任，只有他，干脆利落，大大咧咧地叫墨家。

设想一个图景吧，诸子百家大集会，每派都在滔滔发言，只有他，一身黑色入场，就连脸色也是黝黑的，就连露在衣服外面的手臂和脚踝也是黝黑的，他只用颜色发言。

为什么他那么执着于黑色呢？

这引起了近代不少学者的讨论。有人说，他固守黑色，是不想掩盖自己作为社会底层劳动者的立场。有人说，他想代表的范围可能还要更大，包括比底层劳动者更低的奴役刑徒，因为"墨"是古代的刑罚。钱穆先生说，他要代表"苦似刑徒"的贱民阶层。

有的学者因为这个黑色，断言墨子是印度人。这件事现在知道的人不多了，而我则曾经产生过很大的好奇。胡怀琛先生在一九二八年说，古文字中，"翟"和"狄"通，墨翟就是"墨狄"，一个黑色的外国人，似乎是印度人；不仅如此，墨子学说的很多观点，与佛学相通，而且他主张的"摩顶放踵"，就是光头赤足的僧侣形象。太虚法师则撰文说，墨子的学说不像是佛教，更像是婆罗门教。这又成了墨子是印度人的证据。在这场讨论中，有的学者如卫聚贤先生，把老子也一并说成是印度人。有的学者如金祖同先生，则认为墨子是阿拉伯的伊斯兰教信徒。

非常热闹,但谁也没有像样的证据。说来说去还都是一个色彩印象:黑色。

不同意"墨子是印度人"这一观点的学者,常常用孟子的态度来反驳。孟子在时间和空间上都离墨子很近,他非常在乎地域观念,连有人学了一点儿南方口音都会当作一件大事严厉批评;他又很排斥墨子的学说,如果墨子是外国人,真不知会做多少文章。但显然,孟子没有提出过一丝一毫有关墨子的国籍疑点。

我在仔细读过所有的争论文章后笑了,更加坚信:这当然是中国的黑色。

中国,有过一种黑色的哲学。

黑色,关及宇宙的起源。所谓"玄之又玄,众妙之门"。于是,这又成了"天地元气"的底色。

三

那天,他听到一个消息,楚国要攻打宋国,正请了鲁班（也就是公输般）在为他们制造攻城用的云梯。

他立即出发,急速步行,到楚国去。这条路实在很长,用今天的政区概念,他是从山东的泰山脚下出发,到河南,横穿河南全境,也可能穿过安徽,到达湖北,再赶到湖北的荆州。他日夜不停地走,走了整整十天十夜。脚底磨起了老茧,还受伤了,他撕破衣服来包扎伤口,再走。

就凭这十天十夜的步行,就让他与其他诸子划出了明显的界限。其他诸子也走长路,但大多骑马、骑牛或坐车,而且到了晚上总得找地方睡觉。哪像他,光靠自己的脚,一路走去,一次次从白天走入黑夜。

黑夜、黑衣、黑脸,从黑衣上撕下的黑布条去包扎早已满是黑泥的脚。

终于走到了楚国首都,找到了他的同乡鲁班。

接下来他们两人的对话,是我们都知道的了。但是为了不辜负他十天十夜的辛劳,我还要讲述几句。

鲁班问他:步行这么远的路过来,究竟有什么急事?

墨子在路上早就想好了讲话策略,就说:北方有人侮辱我,我想请你帮忙,去杀了他。酬劳是二百两黄金。

鲁班一听就不高兴,沉下了脸,说:我讲仁义,绝不杀人!

墨子立即站起身来,深深作揖,顺势说出了主题。大意是:你帮楚国造云梯攻打宋国,楚国本来就地广人稀,一打仗,必然要牺牲本国稀缺的人口,去争夺完全不需要的土地,这明智吗?再从宋国来讲,它有什么罪?却平白无故地去攻打它,这算是你的仁义吗?你说你不会为重金去杀一个人,这很好,但现在你明明要去杀很多很多的人!

鲁班一听有理,便说:此事我已经答应了楚王,该怎么办?

墨子说:你带我去见他。

墨子见到楚王后,用的也是远譬近喻的方法。他说:有人不要自己的好车,去偷别人的破车;不要自己的锦衣,去偷别人的粗服;不要自己的美食,去偷别人的糟糠,这是什么人?

楚王说:这人一定有病,患了偷盗癖。

接下来可想而知,墨子通过层层比喻,说明楚国打宋国也是有病。

楚王说:那我已经让鲁班造好云梯啦!

墨子与鲁班一样,也是一名能工巧匠。他就与鲁班进行了一场模型攻守演练。结果,一次次都是鲁班输了。

鲁班最后说:要赢还有一个办法,但我不说。

墨子说:我知道,我也不说。

楚王问:你们说的是什么办法啊?

墨子说:鲁班以为天下只有我一个人能赢过他,如果把我除掉了,也就好办了。但我要告诉你们,我的三百个学生已经在宋国城头等候你们多时了。

楚王一听,就下令不再攻打宋国。

这就是墨子对于他的"非攻"理念的著名实践,同样的事情还有很多。原来,这个长途跋涉者只为一个目的在奔忙:阻止战争,捍卫和平。

一心想攻打别人的,只是上层统治者。社会底层的民众有可能受了奴役去攻打别人,但从根本上说,却不可能为了权势者的利益而接受战争。这是黑色哲学的一个重大原理。

这件事情就这样化解了,却有一个幽默的结尾。

为宋国立下了大功的墨子,十分疲惫地踏上了归途,仍然是步行。在宋国时,下起了大雨,他就到一个门檐下躲雨,但看门的人连门檐底下也不让他进。

我想,这一定与他的黑衣烂衫、黑脸黑脚有关。这位淋在雨中的男人自嘲了一下,暗想:"运用大智慧救苦救难的,谁也不认;摆弄小聪明争执不休的,人人皆知。"

四

在大雨中被看门人驱逐的墨子,有没有去找他派在宋国守城的三百名学生?我们不清楚,因为古代文本中没有提及。

清楚的是,他确实有一批绝对服从命令的学生。整个墨家弟子组成了一个带有秘密结社性质的团体,组织严密,纪律严明。

这又让墨家罩上了一层神秘的黑色。

诸子百家中的其他学派,也有亲密的师徒关系,例如孔子和他的学生。但是,不管再亲密,也构不成严格的人身约束。在这一点上,墨子又显现出了极大的不同。他立足于底层社会,不能依赖文人与文人之间的心领神会。君子之交淡如水,而墨子要的是浓烈,要的是黑色黏土般的成团成块。历来底层社会要想凝聚力量,只能如此。

在墨家团体内有三项分工：一是"从事"，即从事技艺劳作，或守城卫护；二是"说书"，即听课、读书、讨论；三是"谈辩"，即游说诸侯，或做官从政。所有的弟子中，墨子认为最能干、最忠诚的有一百八十人，这些人一听到墨子的指令都能"赴汤蹈火，死不旋踵"。后来，墨学弟子的队伍越来越大，照《吕氏春秋》的记载，已经到了"从属弥众，弟子弥丰，充满天下"的程度。

墨子以极其艰苦的生活方式、彻底忘我的牺牲精神，承担着无比沉重的社会责任，这使他的人格具有一种巨大的感召力。他去世之后，这种感召力不仅没有消散，而且表现得更加强烈。

据记载，有一次墨家一百多名弟子受某君委托守城，后来此君因受国君追究而逃走，墨家所接受的守城之托很难再坚持，一百多名弟子全部自杀。

为什么集体自杀？为了一个"义"字。既被委托，就说话算话，一旦无法实行，宁肯以生命为代价保全信誉。

慷慨赴死，对墨家来说是一件很平常的事。

这不仅在当时的社会大众中，而且在以后的漫长历史上，都开启了一种感人至深的精神力量。司马迁所说的"其言必信，其行必果，已诺必诚，不爱其躯"的"任侠"精神，就从墨家渗透到中国民间。千年信诺，百代刚烈，不在朝廷兴废，不在书生空谈，而在这里。

五

这样的墨家,理所当然地震惊四方,成为显学。后来连法家的主要代表人物韩非子也说:"世之显学,儒墨也。"

但是,这两大显学,却不能长久共存。

墨子熟悉儒家,但终于否定了儒家。其中最重要的,是以无差别的"兼爱"否定了儒家有等级的"仁爱"。他认为,儒家的爱,有厚薄,有层次,集中表现在自己的家庭,家庭里又有亲疏差异,最后的标准是看与自己的远近。这样的爱,是自私之爱。他主张"兼爱",也就是祛除自私之心,爱他人就像爱自己。

《兼爱》篇说:

> 若使天下兼相爱,国与国不相攻,家与家不相乱,盗贼无有,君臣父子皆能孝慈,若此则天下治……故天下兼相爱则治,交相恶则乱。故墨子曰:不可以不劝爱人者,此也。

这话讲得很明白,而且已经接通了"兼爱"和"非攻"的逻辑关系。是啊,既然"天下兼相爱",为什么还要发动战争呢?

墨子的这种观念,确实碰撞到了儒家的要害。儒家"仁爱"的前提和目的都是礼,也就是重建周礼所铺陈的等级秩序。在儒家看来,社会没有等级,世界是平的了,何来尊严,何来敬畏,何来秩序? 在墨家看来,世界本来就应该是平的,只有公平才有一切人的尊严。在平的世界中,根本不必为了秩序来敬畏什么上层贵族。要敬畏,还不如敬畏鬼神,让人们感到冥冥之中有一种督察之力、报应手段,由此建立秩序。

由于碰撞到了要害,儒家急了。孟子挖苦说,兼爱,也就是把陌生人当作自己父亲一样来爱,那就是否定了父亲之为父亲,等于禽兽。

墨家也决不让步,说,如果像儒家一样把爱分成很多等级,一切都以自我为中心。凡是有等级的爱,最终的着眼点只能是等级而不是爱,一旦发生冲突,放弃爱是容易的,而爱的放弃又必然导致仇。

在这个问题上,墨家反复指出儒家之爱的不彻底。《非儒》篇说,在儒家看来,君子打了胜仗就不应该再追败逃之敌,敌人卸了甲就不应该再射杀,敌人败逃的车辆陷入了岔道还应该帮着去推。这看上去很仁爱,但在墨家看来,天下本来就不应该有战争。如果两方面都很仁义,打什么?

《耕柱》篇设计了一个对话情节。一开头,墨家告诉儒家,君子不应该斗来斗去。儒家说,猪狗还斗来斗去呢,何况人?墨家笑了,说,你们儒家怎么能这样,讲起道理来满口圣人,做起事情来却自比猪狗?

作为遥远的后人,我们可以对儒、墨之间的争论做几句评述。在爱的问题上,儒家比较实际,利用了人人都有的私心,层层扩大,向外类推,因此也较为可行;墨家比较理想,认为在爱的问题上不能玩弄自私的儒术,但他们的"兼爱"难以实行。

如果要问我,内心倾向何方,我会毫不犹豫地回答:墨家。虽然难以实行,却为天下展示了一种纯粹的爱的理想。儒家的仁爱,由于太讲究内外亲疏的差别,造成了人际关系的迷宫,直到今天仍难以走出。

六

除了"兼爱"问题上的分歧,墨家对儒家的整体生态都有批判。例如,儒家倡导的礼仪过于繁缛隆重。例如,丧葬之时的葬物,多到像死人搬家一样;居丧三年天天哭泣的规矩,也对子女太不公平,又太像表演;而且,儒家倡导的礼乐精神,过于追求琴瑟歌舞,耗费了太多的心力和时间。

从思维习惯上,墨家批评儒家一心复古,只传述古人的作品而不鼓励自己的创作,即所谓"述而不作,信而好古"。墨家认为,只有创造新道,才能增益世间之好。在这里,墨家指出了儒家的一个逻辑弊病。儒家认为"述而不作,信而好古"的人才是君子,而成天在折腾自我创新的则是小人。墨家说,你们所遵从的古,也是古人自我创新的成果呀,难道这些古人也是小人,那你们不就在遵从小人了?

墨家还批评儒家"不击则不鸣"的明哲保身之道,认为应该提倡为了天下兴利除弊的勇者责任,"击亦鸣,不击亦鸣"。

墨家在批评儒家的时候,对儒家常有误读,尤其是对"天命"中的"命"、"礼乐"中的"乐",误读得更为明显。但是,在误读中,我们却更清晰地看到了墨家的自身形象。既然站在社会底层大众的立场上,那么,对于上层社会的理念,确实会有一种天然的隔阂。误读,并不奇怪。

更不奇怪的是,上层社会终于排斥了墨家。这种整体态度,倒不是出于误读。上层社会不会不知道,连早已看穿一切的庄子,也曾满怀钦佩地说"墨子真天下之好也,将求之不得也,虽枯槁不舍也";连被统治者视为圭臬的法家,也承认他们的学说中有不少是"墨者之法";公认为经典的《礼记》中的"大同"理想,也与墨家的理想最为接近。总之,墨家已成为当时极为重要的社会精神资源,但是由于墨家所代表的社会力量是上层社会十分防范的,又由于墨家曾经系统地抨击过儒家,上层社会也就很自然地把它从主流意识形态中区隔出来了。

秦汉之后,墨家衰落,历代文人学士虽然也偶有提起,往往句子不多、评价不高,这种情景一直延续到清后期。俞樾在为孙诒让《墨子间诂》写的序言中说:

> 乃唐以来,韩昌黎外无一人能知墨子者,传诵既少,

注释亦稀,乐台旧本,久绝流传,阙文错简,无可校正,古言古字,更不可晓,而墨学尘霾终古矣。

这种历史命运实在让人一叹。但是,情况很快就改变了。一些急欲挽救中国的社会改革家发现,旧时代的主流意识形态必须改变,而那些深入民间的精神活力则应该调动起来。因此,大家又惊喜地重新发现了墨子。

孙中山先生在《三民主义》中,故意不理会孔子、孟子、老子、庄子,而独独把墨子推崇为"平等"、"博爱"的中国宗师。后来他又经常提到墨子,例如:

> 仁爱也是中国的好道德,古时最讲"爱"字的,莫过于墨子。墨子所讲的"兼爱",与耶稣所讲的"博爱"是一样的。

梁启超先生更是在《新民丛报》上断言:"今欲救亡,厥唯学墨。"他在《墨子学案》中甚至把墨子与西方的思想家亚里士多德、培根、穆勒做对比,认为一比较就会知道孰轻孰重。他伤感地说:

> 只可惜我们做子孙的没出息,把祖宗遗下的无价之宝,埋在地窖里二千年。今日我们在世界文化民族中,算是最缺乏论理精神、缺乏科学精神的民族,我们还有

面目见祖宗吗？如何才能够一雪此耻？诸君努力啊！

孙中山和梁启超，是最懂得中国的人。他们的深长感慨中，包含着历史本身的呼喊声。

墨子，墨家，黑色的珍宝，黑色的担当，中国亏待了你们，因此历史也亏待了中国。

七

我读《墨子》，总是能产生一种由衷的感动。虽然是那么遥远的话语，却能激励自己当下的行动。

我的集中阅读，是在"十年动乱"的灾难年代。往往是在深夜，每读一段我都会站起身来，走到窗口。我想着两千多年前那个黑衣壮士在黑夜里急速穿行在中原大地的身影。然后，我又返回书桌，再读一段。

记得是《公孟》篇里的一段对话吧，儒者公孟子对墨子说，行善就行善吧，何必忙于宣讲？

墨子回答说：你错了。现在是乱世，人们失去了正常的是非标准，求美者多，求善者少，我们如果不站起来勉力引导，辛苦传扬，人们就不会知道什么是善了。

对于那些劝他不要到各地游说的人，墨子又在《鲁问》篇里进一步做了回答。他说：到了一个不事耕作的地方，你是应该独自埋头耕作，还是应该热心地教当地人耕作？独自耕作何益于民？当然应该教更多的人懂得耕作。我们墨家到各地游说，也是这个道理。

《贵义》篇中写，一位齐国的老朋友对墨子说，现在普天下的人都不肯行义，只有你还在忙碌，何苦呢？适可而止吧。

墨子又用了耕作的例子，说：一个家庭有十个儿子，其中九个都不肯劳动，剩下的那一个就只能更加努力耕作了，否则这个家庭怎么撑得下去？

在《鲁问》篇中，墨子对鲁国乡下一个叫吴虑的人做了一番诚恳表白。他说：为了不使天下人挨饿，我曾想去种地，但一年劳作下来又能帮助几个人？为了不使天下人挨冻，我曾想去纺织，但我的织物还不如一个妇女，能给别人带来多少温暖？为了不使天下人受欺，我曾想去帮助他们作战，但区区一个士兵，又怎么抵御侵略者？既然这些作为都收效不大，我就明白，不如以历史上最好的思想去晓示王侯贵族和平民百姓。这样，国家的秩序、民众的品德一定都能获得改善。

对于自己的长期努力一直受到别人诽谤的现象，墨子在《贵义》篇里也只好叹息一声。他说，一个长途背米的人坐在路边休息，站起再想把米袋扛到肩膀上的时候却没有力气了，看到这个情景的过路人不管老少贵贱都会帮他一把，将米袋托到他肩上。现在，很多号称君子的人看到肩负道义辛苦行路的义士，不仅不去帮一把，反而加以毁谤和攻击。你看，当今义士的遭遇还不如那个背米的人。

尽管如此,他在《尚贤》篇里还是勉励自己和弟子们:有力量就要尽量帮助别人,有钱财就要尽量援助别人,有道义就要尽量教诲别人。

那么,千说万说,墨子四处传播的道义中,有哪一些特别重要,感动过千年民间社会,并一直感动到孙中山、梁启超他们的呢?

我想,就是那简单的八个字吧:

兼爱,非攻,尚贤,尚同。

"兼爱"、"非攻"我已经在上文做过解释,"尚贤"、"尚同"还没有,但这四个中国字在字面上已经表明了它们的基本含义:崇尚贤者,一同天下。所谓一同天下,也就是以真正的公平来构筑一个不讲等级的和谐社会。

我希望,人们在概括中国文化的传统精华时,不要遗落了这八个字,因为这是我们的精神主脉。

那个黑衣壮士背着这八个字的精神食粮已经走了很久很久。他累了,粮食口袋搁在地上也已经很久很久。我们来背吧,请帮帮忙,托一把,扛到我的肩上。

魏晋绝响

一

乱世的文脉，往往会以一种更深刻的方式一步步延续。

出现过了一批名副其实的铁血英雄，播扬过了一种烈烈扬扬的生命意志，普及过了"成者为王，败者为寇"的政治逻辑，即便是再冷僻的陋巷荒陌，也因震慑、崇拜而变得炯炯有神。

突然，英雄们相继谢世了。英雄和英雄之间龙争虎斗了大半辈子，他们的年龄大致相仿，因此也总是在差不多的时间离开人间。像骤然挣脱了条条绷紧的绳索，历史一下子变得轻松，却又剧烈摇晃起来。

过去被英雄们的伟力所掩盖着的各种社会力量猛然涌起，为自己争夺权力和地位。这种力量冲撞，与过去英雄们的争斗相比，低了好几个等级。于是，宏谋远图不见了，壮丽的鏖战不见了，历史的诗情不见了，代之以权术、策反、谋害。

魏晋，就是这样一个无序和黑暗的"后英雄时期"。

这中间，最可怜的是那些或多或少有点政治热情的文人名士。每当政治斗争一激烈，这些文人名士便纷纷成了刀下鬼，比政治家死得更多更惨。

我一直在想，为什么在魏晋乱世，文人名士的生命会如此不值钱，思考的结果是：看似不值钱恰恰是因为太值钱。当时的文人名士，有很大一部分承袭了春秋战国和秦汉以来的精神财富，在智能水平、社会声望上，都能辅佐各个政治集团。因此，争取他们，往往关及自身的品位和成败；杀戮他们，则是因为害怕他们的社会影响，提防他们为别人效力。

相比之下，当初被秦始皇所坑的儒生，作为知识分子的个体人格形象还比较模糊，而到了魏晋时期被杀的知识分子，无论在哪一个方面都不一样了。他们早已是真正的名人，姓氏、事迹、品格、声誉，都随着他们的鲜血，渗入中华大地，渗入文明史册。文化的惨痛，莫过于此；历史的恐怖，莫过于此。

何晏，玄学的创始人、哲学家、诗人、谋士，被杀；

张华，政治家、诗人、《博物志》的作者，被杀；

潘岳，与陆机齐名的诗人，中国古代最著名的美男子，被杀；

谢灵运，中国古代山水诗的鼻祖，直到今天还有很多名句活在人们口边，被杀；

范晔，写成了皇皇史学巨著《后汉书》的杰出历史学家，被杀；

……

这个名单可以开得很长，置他们于死地的罪名很多，而能够解救他们、为他们辩护的人，却一个也找不到。对他们的死，大家都十分漠然。也许有几天会成为谈资，但浓重的杀气压在四周，谁也不敢多谈。待到时过境迁，新的纷乱又杂陈在人们眼前，翻旧账的兴趣早已索然。文化名人的成批被杀居然引不起太大的社会波澜，后代史册写到这些事情时，笔调也平静得如古井死水。

真正无法平静的，是血泊边上那些侥幸存活的名士。吓坏了一批，吓得庸俗了、胆怯了、圆滑了、变节了、噤口了，这是自然的，人很脆弱，从肢体结构到神经系统都是这样，不能深责；但毕竟还有一些人从惊吓中回过神来，重新思考生命的存在方式，于是，一种独特的人生风范，便飘然而出。

二

当年曹操身边曾有一个文才很好、深受重用的书记官叫阮瑀，生了个儿子叫阮籍。曹操去世时阮籍正好十岁，因此他注定要面对"后英雄时期"的乱世，不幸他心中又充满了历史感和文化感，内心会承受多大的磨难，我们可以想象。

阮籍喜欢一个人驾木车游荡，木车上载着酒，没有方向地向前行驶。泥路高低不平，木车颠簸着，酒缸摇晃着，他的双手则抖抖索索地握着缰绳。突然马停了,他定睛一看,路走到了尽头。真的没路了? 他哑着嗓子自问,眼泪已夺眶而出。终于,声声抽泣变成了号啕大哭。哭够了,持缰驱车向后转,另外找路。另外那条路走着走着也到了尽头,他又大哭,走一路哭一路。荒草野地间谁也没有听见,他只哭给自己听。

一天,他就这样信马由缰地来到了河南荥阳的广武山,他知道这是楚汉相争最激烈的地方。山上还有古城遗迹,东城屯过项羽,西城屯过刘邦,中间相隔二百步,还流淌着一条广武涧,涧水汨汨,城基废弛,天风浩荡,落叶满山。阮籍徘徊良久,叹一声:"时无英雄,使竖子成名!"

他这声叹息,不知怎么被传到了世间。也许那天出行因路途遥远,他破例带了个同行者? 或是他自己在何处记录了这句感叹? 反正这声叹息成了今后千余年许多既有英雄梦又有寂寞感的历史人物的共同心声。

遇到的问题是,阮籍的这声叹息,究竟指向着谁?

可能是指刘邦。刘邦在楚汉相争中胜利了,原因是他的对手项羽并非真英雄。在一个没有真英雄的时代,只能让区区小子成名。

也可能是同时指刘邦、项羽。因为他叹息的是"成名"而不是"得胜"。刘、项无论胜负都成名了,在他看来,他们都不值得成名,都不是英雄。

甚至还可能是反过来,他承认刘邦、项羽都是英雄,但他们早已远去,剩下眼前这些小人徒享虚名。面对着刘、项遗迹,他悲叹着现世的寥落。好像苏东坡就是这样理解的,曾有一个朋友问他,阮籍说"时无英雄,使竖子成名",其中"竖子"是指刘邦吗? 苏东坡回答说:"非也,伤时无刘、项也。竖子指魏晋间人耳。"

既然完全相反的理解也能说得通,那么我们也只能用比较超拔的态度来对待这句话了。茫茫九州大地,到处都是为了争做英雄而留下的斑斑疮痍,但究竟有哪几个时代出现了真正的英雄呢? 既然没有英雄,世间又为什么如此热闹? 也许,正因为没有英雄,世间才如此热闹的吧?

我相信,广武山之行使阮籍更厌烦尘嚣了。在中国古代,凭吊古迹是文人一生中的一件大事,在历史和地理的交错中,雷击般的生命感悟甚至会使一个人脱胎换骨。

那应是黄昏时分吧,离开广武山之后,阮籍的木车在夕阳衰草间越走越慢,这次他不哭了,但仍有一种沉重的气流涌向喉头。他长长一吐,音调浑厚而悠扬,喉音、鼻音翻卷了几圈,最后把音收在唇齿间。这种声音并不尖厉,却婉转而高亢。

这也算是一种歌吟方式吧,阮籍以前也从别人嘴里听到过,好像称之为"啸"。啸不包含切实的内容,不遵循既定的格式,只随心所欲地吐露出一派风致、一腔心曲,因此特别适合乱世名士。尽情一啸,什么也抓不住,但什么都在里边了。这天阮籍在木车中真正体会到了啸的厚味,美丽而孤寂的心声在夜气中回翔。

对阮籍来说,更重要的一座山是苏门山。苏门山在河南辉县,当时有一位有名的隐士孙登隐居其间。苏门山因孙登而著名,而孙登也常被人称为"苏门先生"。阮籍上山之后,蹲在孙登面前,询问他一系列重大的历史问题和哲学问题,但孙登好像什么也没有听见,一声不吭,甚至连眼珠也不转一转。

阮籍傻傻地看着泥塑木雕般的孙登,突然领悟到自己的重大问题是多么没有意思,那就快速斩断吧。能与眼前这位大师交流的,或许是另外一个语汇系统?好像被一种神奇的力量催动着,他缓缓地啸了起来。啸完一段,再看孙登,孙登竟笑眯眯地注视着他,说:"再来一遍!"

阮籍一听,连忙站起身来,对着群山云天,啸了好久。啸完回身,孙登又已平静入定。阮籍知道自己已经完成了与这位大师的一次交流,此行没有白来。

阮籍下山了,有点儿高兴又有点儿茫然。刚走到半山腰,一种奇迹发生了,如天乐开奏,如梵琴拨响,一种难以想象的音乐突然充溢于山野林谷之间。阮籍震惊片刻后立即领悟了,这是孙登大师的啸声,把自己的啸声不知比到哪里去了。但孙登大师显然不是要与他争胜,而是在回答他的全部历史问题和哲学问题。阮籍仰头聆听,直到啸声结束。然后疾步回家,写下了一篇《大人先生传》。

他从孙登身上知道了什么叫作"大人"。他在文章中说,"大人"是一种与造物同体、与天地并生、逍遥浮世、与道俱成的存在，相比之下，天下那些束身修行、足履绳墨的君子是多么可笑。天地在不断变化，君子们究竟能固守住什么礼法呢？说穿了，躬行礼数而又自以为是的君子，就像寄生在裤裆缝里的虱子，爬来爬去都爬不出裤裆缝，还标榜说是循规蹈矩；饿了咬人一口，还自以为找到了什么风水吉宅。

文章辛辣到如此地步，我们就可知道他自己要如何来处世行事了。

三

平心而论，阮籍本人一生的政治遭遇并不险恶，因此，他的奇特举止也不能算是直接的政治反抗。直接的政治反抗再英勇、再激烈也只属于政治范畴，而阮籍似乎执意要在生命形态和生活方式上闹出一番新气象。

政治斗争的残酷性他早已亲眼看到了，但在他看来，既然没有一方是英雄的行为，他也不想去认真地评判谁是谁非。鲜血的教训，难道一定要用新的鲜血来记述吗？不，他在一批批认识的和不认识的文人、名士的新坟丛中，猛烈地憬悟到生命的极度卑微和极度珍贵。他横下心来伸出双手，要以生命的名义索回一点儿自主和自由。他到过广武山和苏门山，看到过废墟，听到过啸声，已是一个独特的人，正在向自己心中的"大人"靠近。

人们都会说他怪异，但在他眼里，明明生就了一个大活人却像虱子一样活着，才叫真正的怪异。

他让人感到怪异的，首先是对官场的态度。对于历代中国文人来说，垂涎官场、躲避官场、整治官场、对抗官场，这些都能理解，而阮籍给予官场的却是一种游戏般的洒脱，这就使大家感到十分陌生了。

有一次阮籍漫不经心地对司马昭说："我曾经到东平游玩过，很喜欢那儿的风土人情。"司马昭一听，就让他到东平去做官了。阮籍骑着驴到东平之后，察看了官衙的办公方式，东张西望了不多久便立即下令，把府舍衙门重重叠叠的墙壁拆掉，让原来关在各自屋子里单独办公的官员们一下子置于互相可以监视、内外可以沟通的敞亮环境之中，办公效率立即发生了重大变化。这一招，即便在一千多年后的今天也奏效，国际上许多现代化企业的办公场所都在追求着一种高透明度的集体气氛，但我们的阮籍只是骑在驴背上稍稍一想便想到了。除此之外，他还大刀阔斧地精简了法令，大家心悦诚服，完全照办。他觉得东平的事已经做完，仍然骑上那头驴子，回到洛阳来了。一算，他在东平总共逗留了十余天。

后人说，阮籍一生正儿八经地上班，也就是这十余天。

唐代诗人李白对阮籍做官的这种潇洒劲头钦佩万分，曾写诗道：

> 阮籍为太守，
> 乘驴上东平。

剖竹十日间,

一朝风化清。

他还想用这种办法来整治其他行政机构吗？在人们的这种疑问中，他突然提出愿意担任北军的步兵校尉。但是，他要求担任这一职务的唯一原因，是那个地方的厨师特别善于酿酒，而且打听到还有三百斛酒存在仓库里。到任后，除了喝酒，阮籍一件事也没有管过。

更让人感到怪异的，是他对于礼教的轻慢。

众所周知，礼教对于男女间的接触防范极严，叔嫂之间不能对话，男子不能面对朋友的女眷，更不能直视邻里的女子，如此等等。对于这一切，阮籍断然拒绝。有一次嫂子要回娘家，他大大方方地与她告别，说了好些话，完全不理叔嫂不能对话的礼教。隔壁酒坊里的小媳妇长得很漂亮，阮籍经常去喝酒，喝醉了就在人家脚边睡着了，他不避嫌，小媳妇的丈夫也不怀疑。

一位兵家女孩，极有才华又非常美丽，不幸还没有出嫁就死了。阮籍根本不认识这家的任何人，也不认识这个女孩，听到消息后却莽撞赶去吊唁，在灵堂里大哭一场。

阮籍不会装假，毫无表演意识，他那天的滂沱泪雨，全是真诚的。这眼泪，不是为亲情而洒，不是为冤案而流，只是献给一具美好而又速逝的生命。荒唐在于此，高贵也在于此。

有了阮籍那一天的哭声，中国数千年来其他许多死去活来的哭声就显得太具体、太实在，也太自私了。终于有一个真正的男子汉像模像样地哭过了，没有其他任何理由，只为美丽，只为青春，只为异性，只为生命，哭得那么抽象又那么淋漓尽致。依我看，男人之哭，至此尽矣。

礼教的又一个强项是"孝"。孝的名目和方式叠床架屋，已经与子女对父母的实际感情没有太大关系。最惊人的是父母去世后的繁复礼仪，三年服丧、三年素食、三年寡欢，甚至三年守墓，一分真诚扩充成万分伪饰，在最不该虚假的地方大规模地虚假着。正是在这种空气中，阮籍的母亲去世了。

那天他正好和别人在下围棋，死讯传来，下棋的对方要停止，阮籍却铁青着脸不肯歇手，非要决出个输赢。下完棋，他在别人惊恐万状的目光中要过酒杯，饮酒两斗，然后才放声大哭，哭的时候，口吐大量鲜血。几天后母亲下葬，他又吃肉喝酒，然后才与母亲遗体告别，此时他早已因悲伤过度而急剧消瘦，见了母亲遗体又放声痛哭，吐血数升，几乎死去。

守丧期间，朋友裴楷前去吊唁，在阮籍母亲的灵堂里哭拜，而阮籍却披散着头发坐着，既不起立也不哭拜，只是两眼发直，表情木然。裴楷吊唁出来后，立即有人对他说："按照礼法，吊唁时主人先哭拜，客人才跟着哭拜。这次阮籍根本没有哭拜，你为什么独自哭拜？"裴楷说："阮籍是超乎礼法的人，可以不讲礼法；我还在礼法之中，所以遵循礼法。"

阮籍厌烦身边虚情假意的来来往往，常常白眼相向。时间长了，他的白眼也就成了一道自我卫护的心理障壁。但是，当阮籍向外投以白眼的时候，自己内心也不痛快。他多么希望少翻白眼，能让自己深褐色的瞳仁去诚挚地面对另一对瞳仁！在母丧守灵期间，人们发现，连官位和名声都不低的嵇喜前来吊唁时，闪烁在阮籍眼角里的，也仍然是一片白色。

人家吊唁他母亲，他也白眼相向！这件事很不合情理，嵇喜和随员都有点儿不悦，回家一说，被嵇喜的弟弟听到了。这位弟弟听了不觉一惊，支颐一想，猛然憬悟，急速地备了酒，挟着琴来到灵堂。酒和琴，与吊唁灵堂多么矛盾，但阮籍却站起身来，迎了上去。你来了吗？与我一样不顾礼法的朋友，你是想用美酒和音乐来送别我操劳一生的母亲？阮籍心中一热，终于把深褐色的目光浓浓地投向这位青年。

这位青年叫嵇康，比阮籍小十三岁，今后他们将成为终生的朋友，而后代一切版本的中国文化史则把他们俩的名字永远地排列在一起，怎么也拆不开。

四

嵇康是曹操的曾孙女婿，与那个已经逝去的英雄时代的关系，比阮籍还要直接。

嵇康堪称中国文化史上第一等的可爱人物，他虽与阮籍并称于世，但对于自己反对什么追求什么，却比阮籍更明确、更透彻，因此他的生命乐章也就更清晰、更响亮。

他的人生主张让当时的人听了惊心动魄，"非汤武而薄周孔"、"越名教而任自然"。他完全不理会种种传世久远、名目堂皇的教条礼法，彻底厌恶官场仕途，因为他心中有一种人生境界。

这种人生境界的基本内容，是摆脱约束、回归自然、享受悠闲。他长期隐居山阳（在今河南焦作东南），后来到了洛阳城外，竟然开了个铁匠铺，每天在大树下打铁。他给别人打铁不收钱，如果有人以酒肴作为酬劳，他就会非常高兴，在铁匠铺里开怀痛饮。

嵇康长得非常帅气，这一点与阮籍堪称伯仲。魏晋时期的士人为什么都长得那么挺拔呢？你看严肃的《晋书》写到阮籍和嵇康等人时都要在他们的容貌上花不少笔墨，写嵇康更多，说他已达到了"龙章凤姿，天质自然"的地步。朋友山涛曾用如此美好的句子来形容嵇康（叔夜）：

> 嵇叔夜之为人也，岩岩若孤松之独立。其醉也，傀俄若玉山之将崩。

现在，这棵岩岩孤松、这座巍巍玉山正在打铁。强劲的肌肉，愉悦的吆喝，炉火熊熊，锤声铿锵。难道，这个打铁佬就是千秋相传的《声无哀乐论》、《太师箴》、《难自然好学论》、《管蔡论》、《明胆论》、《释私论》、《养生论》和许多美妙诗歌的作者？

嵇康打铁不想让很多人知道，更不愿意别人来参观。他的好朋友向秀知道他的脾气，悄悄地来到他身边，也不说什么，只是埋头帮他打铁。

说起来向秀也是个了不得的人物，文章写得好，精通《庄子》，但他更愿意做一个最忠实的朋友，赶到铁匠铺来当下手，安然自若。

向秀还曾到山阳帮另一位朋友吕安种菜灌园，吕安也是嵇康的好友。这些朋友，都信奉回归自然，因此都干着一些体力活。向秀奔东走西地多处照顾，怕朋友们太劳累，怕朋友们太寂寞。

嵇康与向秀在一起打铁的时候，不喜欢议论世人的是非曲直，因此话并不多。唯一的话题是谈几位朋友，除了阮籍和吕安，还有山涛。吕安的哥哥吕巽，和他关系也不错。称得上朋友的，也就是这么五六个人，他们都十分珍惜。

有一天嵇康正这么叮叮当当地打铁，忽然看到一支华贵的车队从洛阳城里驶来。为首的是当时朝廷宠信的一个官员，叫钟会。钟会是大书法家钟繇的儿子，钟繇做过魏国太傅，而钟会本身也博学多才。钟会对嵇康素来景仰，一度曾到敬畏的地步，例如当初他写完《四本论》后很想让嵇康看一看，又缺乏勇气，只敢远远地把文章扔到嵇康住处的门里，转身就走。现在他的地位已经不低，听说嵇康在洛阳城外打铁，决定隆重拜访。钟会的这次来访十分排场，照《魏氏春秋》的记述，是"乘肥衣轻、宾从如云"。

钟会的排场，可能是出于对嵇康的尊敬，也可能是为了向嵇康显示点儿什么。但是，嵇康一看却非常抵拒。这种突如其来的喧闹，严重地侵犯了他努力营造的安适境界。他扫了一眼钟会，连招呼也不打，便与向秀一起埋头打铁了。他抡锤，向秀拉风箱，旁若无人。

这一下可把钟会推到了尴尬的境地：出发前他向宾从们夸过海口，现在宾从们都疑惑地把目光投向他。他只能悻悻地注视着嵇康和向秀，看他们不紧不慢地干活。看了很久，嵇康仍然没有与之交谈的意思，钟会向宾从扬扬手，上车驱马，准备回去了。

刚走了几步，嵇康却开口了："何所闻而来？何所见而去？"

钟会一惊，立即回答："闻所闻而来，见所见而去。"

问句和答句都简洁而巧妙，但钟会心中实在不是味道。鞭声数响，庞大的车队回洛阳去了。

嵇康连头也没有抬，只有向秀怔怔地看了一会儿车队后面扬起的尘土，眼光中泛起一丝担忧。

五

对嵇康来说，真正能从心灵深处干扰他的，是朋友。友情之外的造访，他可以低头不语，挥之即去，但对于朋友就不一样了，哪怕是一丁点儿的心理隔阂，也会使他焦灼和痛苦。因此，友情有多深，干扰也有多深。

这种事情，不幸就在他和好朋友山涛之间发生了。

山涛也是一个很大气的名士，当时就有人称赞他的品格"如璞玉浑金"。他与阮籍、嵇康不同的是，有名士观念却不激烈，对朝廷礼教、前后左右、各色人等，他都能保持一种友好的关系。他当时担任尚书吏部郎，做着做着不想做了，要辞去，朝廷要他推荐一个合格的人继任，他真心诚意地推荐了嵇康。

嵇康知道此事后，立即写了一封绝交信给山涛。山涛字巨源，因此这封信名为《与山巨源绝交书》。我想，说它是中国文化史上最重要的一封绝交书也不过分吧，反正只要粗涉中国古典文学的人都躲不开它，直到千余年后的今天仍是这样。

这是一封很长的信，其中有些话说得有点儿伤心，我选了几段翻译成了当代语文——

听说你想让我去接替你的官职，这事虽没办成，从中却可知道你很不了解我。也许你这个厨师不好意思一个人屠宰下去了，拉一个祭师做垫背吧……

阮籍比我淳厚贤良，从不多嘴多舌，也还有礼法之士恨他；我这个人比不上他，惯于傲慢懒散，不懂人情物理，又喜欢快人快语，一旦做官，每天会招来多少麻烦事!……我如何立身处世,自己早已明确,即便是在走一条死路也咎由自取,你如果来勉强我,则非把我推入沟壑不可!

我的母亲和哥哥刚死,心中凄切,女儿才十三岁,儿子才八岁,尚未成人,又体弱多病,想到这些,真不知该说什么。现在我只想住在简陋的旧屋里教养孩子,常与亲友们叙叙离情,说说往事,浊酒一杯,弹琴一曲,也就够了。不是我故作清高,而是实在没有能力当官,就像我们不能把贞洁的美名加在阉人身上一样。你如果想与我共登仕途,一起欢乐,其实是在逼我发疯,我想你对我没有深仇大恨,不会这么做吧?

我说这些,是使你了解我,也与你诀别。

这封信很快在朝野传开,朝廷知道了嵇康的不合作态度,而山涛,满腔好意却换来绝交,当然也不好受。但他知道,一般的绝交信用不着写那么长。如果友谊真正死亡了,完全可以冷冰冰地三言两语,了断一切。总之,这两位昔日好友,诀别得断丝飘飘、不可名状。

嵇康还写过另外一封绝交书,绝交对象是吕巽,即上文提到过的向秀前去帮助种菜灌园的那位朋友吕安的哥哥。本来吕巽、吕安两兄弟都是嵇康的朋友,但这两兄弟突然间闹出了一场震惊远近的大官司。原来吕巽看上了弟弟吕安的妻子,偷偷地占有了她。为了掩饰,竟给弟弟安了一个"不孝"

的罪名上诉朝廷。

吕巽这么做，无疑是衣冠禽兽，但他却是原告！"不孝"在当时是一个很重的罪名，哥哥控告弟弟"不孝"，很能显现自己的道德形象，朝廷也乐于借以重申孝道；相反，作为被告的吕安虽被冤屈却难以自辩，一个文人怎么能把哥哥霸占自己妻子的丑事公诸士林呢？而且这样的事，证据何在？妻子何以自处？家族何以避羞？

面对最大的无耻和无赖，受害者往往一筹莫展，只能找最知心的朋友倾诉。有口难辩的吕安想到了他心目中最尊贵的朋友嵇康。嵇康果然是嵇康，立即拍案而起。吕安已因"不孝"而获罪，嵇康不知官场门路，唯一能做的是痛骂吕巽一顿，写信宣布绝交。

这封绝交信写得极其悲愤，怒斥吕巽诬陷无辜、包藏祸心，宣布除了决裂，无话可说。我们一眼就可看出，这与他写给山涛的绝交信完全是两回事。

但是，他因此被捕了。

理由很简单：他是"不孝者的同党"。

现在，轮到为嵇康判罪了。

一个"不孝者的同党"，该受何种处罚？

统治者司马昭在宫廷中犹豫。他内心对于孝不孝的罪名并不太在意，却记得嵇康写给山涛的那封绝交书。把官场仕途说得如此厌人，总要给他一点儿颜色看看。

就在这时，司马昭所宠信的一个年轻人求见，他就是钟会。钟会深知司马昭的心思，便悄声进言：

> 嵇康，卧龙也，千万不能让他起来。您现在统治天下已经没有什么担忧的了，我只想提醒您稍稍提防嵇康这样傲世的名士。您知道他为什么给他的好朋友山涛写那样一封绝交信吗？据我所知，他是想帮助别人谋反，山涛反对，因此没有成功，他恼羞成怒而与山涛绝交。过去姜太公、孔夫子都诛杀过那些危害社会、扰乱礼教的所谓名人，现在嵇康、吕安这些人言论放荡，诽谤圣人经典，任何统治者都是容不了的。您如果太仁慈，不除掉嵇康，可能无以匡正风俗、清洁王道。（参见《晋书·嵇康传》《世说新语·雅量》，注引《文士传》）

我特地把钟会的这番话大段地译出来，望读者能仔细一读。他避开了孝不孝的问题，几乎每一句话都打在司马昭的心坎上。在道义人格上，他是小人；在诽谤技巧上，他是大师。

钟会一走，司马昭便下令：判处嵇康、吕安死刑，立即执行。

六

这是中国文化史上最黑暗的日子之一，居然还有太阳。

嵇康身戴木枷，被一群兵丁从大狱押到刑场。

刑场在洛阳东市，路途不近。嵇康一路上神情木然而缥缈。他想起了一生中好些奇异的遭遇。

他想起，他也曾像阮籍一样，上山找过孙登大师，并且跟随大师不短的时间。大师平日几乎不讲话，直到嵇康临别，才深深一叹："你性情刚烈而才貌出众，能避免祸事吗？"

他又想起，早年曾在洛水之西游学，有一天夜宿华阳，独个儿在住所弹琴。夜半时分，突然有客来访，自称是古人，与嵇康共谈音律。来客谈着谈着来了兴致，向嵇康要过琴去，弹了一曲《广陵散》，声调绝伦。弹完便把这个曲子传授给了嵇康，并且反复叮嘱，千万不要再传给别人了。然后这个人飘然而去，没有留下姓名。

嵇康想到这里，满耳满脑都是《广陵散》的旋律。他遵照那个神秘来客的叮嘱，没有向任何人传授过。一个叫袁孝尼的人不知从哪儿打听到嵇康会弹奏这首曲子，多次请求传授，他也没有答应。

刑场已经不远，难道，这个曲子就永久地断绝了？——想到这里，他微微有点儿慌神。

突然，嵇康听到前面有喧闹声，而且闹声越来越响。原来，有三千名太学生正拥挤在刑场边上请愿，要求朝廷赦免嵇康，让嵇康担任太学的导师。显然，太学生们想以这样一个请愿向朝廷提示嵇康的社会声誉和学术地位。但这些年轻人不知道，他们这种聚集三千人的行为已经成为一种政治示威，司马昭怎么会让步呢？

嵇康望了望黑压压的年轻学子，有点儿感动。一个官员冲过人群，来到刑场高台上宣布：朝廷旨意，维持原判！

刑场上一片山呼海啸。

大家的目光都注视着已经押上高台的嵇康。

身材伟岸的嵇康抬起头来，眯着眼睛看了看太阳，便对身旁的官员说："行刑的时间还没到，我弹一首曲子吧。"不等官员回答，便对在旁送行的哥哥嵇喜说："哥哥，请把我的琴取来。"

琴很快取来了，在刑场高台上安放妥当，嵇康坐在琴前，对三千名太学生和围观的民众说："请让我弹一遍《广陵散》。过去袁孝尼多次要学，都被我拒绝。《广陵散》于今绝矣！"

刑场上一片寂静，神秘的琴声铺天盖地。

弹毕，嵇康从容赴死。

这是公元二六二年夏天，嵇康三十九岁。

七

有几件后事必须交代一下。

嵇康被司马昭杀害的第二年，阮籍被迫给司马昭写了一篇劝进表，语意进退含糊。几个月后阮籍去世，终年五十三岁。

帮着嵇康一起打铁的向秀，在嵇康被杀后心存畏惧，接受司马氏的召唤而做官。在赴任途中，绕道前往嵇康故居凭吊。当时正值黄昏，寒冷彻骨，从邻居房舍中传出呜咽的笛声。向秀追思过去几个朋友在这里欢聚饮宴的情景，不胜感慨，写了《思旧赋》。写得很短，刚刚开头就煞了尾。向秀后来做官做到散骑侍郎、黄门侍郎和散骑常侍，但据说他在官位上并不做实际事情，只是避祸而已。

山涛在嵇康被杀害后又活了二十年，大概是当时名士中寿命最长的一位了。嵇康虽然给他写了著名的绝交书，但临终前却对自己九岁的儿子嵇绍说："只要山涛伯伯活着，你就不会成为孤儿！"果然，后来对嵇绍照顾最多的就是山涛。等嵇绍长大后，由山涛出面推荐他入仕做官。

阮籍和嵇康的后代，完全不像他们的父亲。阮籍的儿子阮浑，是一个极本分的官员，平生竟然没有一次醉酒的记录。被山涛推荐而做官的嵇绍，成了一个为皇帝忠诚保驾的驯臣。有一次晋惠帝兵败被困，文武百官纷纷逃散，唯有嵇绍衣冠端正地以自己的身躯保护了皇帝，死得忠心耿耿。

……

八

还有一件后事。

那曲《广陵散》被嵇康临终弹奏之后，渺不可寻。但后来据说在隋朝的宫廷中发现了曲谱，到唐朝又流落民间，宋高宗时代又收入宫廷，由明代朱元璋的儿子朱权编入《神奇秘谱》。近人根据《神奇秘谱》重新整理，于今还能听到。然而，这难道真是嵇康在刑场高台上弹的那首曲子吗？相隔的时间那么长，所经历的朝代那么多，时而宫廷时而民间，其中还有不少空白的时间段落，居然还能传下来？而最本源的问题是，嵇康那天的弹奏，是如何进入隋朝宫廷的？

不管怎么说，我不会去聆听今人演奏的《广陵散》。在我心中，《广陵散》到嵇康手上就结束了，就像阮籍和孙登在山谷里的玄妙长啸，都是遥远的绝响，我们追不回来了。

然而，为什么这个时代、这批人物、这些绝响，老是让我们割舍不下？我想，这些在生命的边界线上艰难跋涉的人物，似乎为整部中国文化史做了某种悲剧性的人格奠基。他们追慕宁静而浑身焦灼，他们力求圆通而处处分裂，他们以昂贵的生命代价，第一次标志出一种自觉的文化人格。中国文脉，因他们开始屹然自立。

在嵇康、阮籍去世之后的百年间，书法家王羲之、画家顾恺之、诗人陶渊明相继出现；二百年后，文论家刘勰、钟嵘也相继诞生；如果把视野拓宽一点儿，这期间，化学家葛洪、天文学家兼数学家祖冲之、地理学家郦道元等大科学家也一一涌现。这些人在各自的领域几乎都称得上是开天辟地的巨匠。魏晋名士们的焦灼挣扎，开拓了中国知识分子自在而又自为的一方心灵秘土，文明的成果就是从这方心灵秘土中蓬勃地生长出来的，以后各个门类的千年传代也都与此有关。但是,当文明的成果逐代繁衍之后,当年精神开拓者们的奇异形象却难以复见。嵇康、阮籍他们在后代眼中越来越显得陌生和乖戾,陌生得像非人,乖戾得像神怪。

有过他们,是中国文脉的幸运;失落他们,是中国文脉的遗憾。

简说王阳明

王阳明的影响力之大，令人吃惊。

明代灭亡后，不止一个智者说过：如果王阳明还在，这个朝代就不会这样了。

日本著名将军东乡平八郎并不是学者，却写了一条终生崇拜王阳明的腰带，天天系在身上。

蒋介石败退台湾，前思后想，把原来的草山改名为阳明山。

王阳明是我家乡余姚人，当地恭敬地重修了故居，建立了纪念馆。但是，全国凡是他活动过的地方，都在隆重纪念，而且发起了一次次"联动纪念"。

……

——这种盛况，完全超出了人们的正常想象。前不久我在电视上看到贵州对他的纪念典礼，参加人数之多、延续时间之长、仪式规模之大，让我瞠目结舌。

当然，他是明代一位杰出的哲学家，但中国绝大多数民众历来对哲学家兴趣不大。事实上，除他之外也没有另外一位哲学家享此殊荣，包括远比他更经典、更重要的老子在内。

很多朋友出于好奇，去钻研一部部中国哲学史，仍然没有找到原因。

在哲学史上，他并不是横空出世的孤峰。他的一些基本观念，并非首创，例如比他早三百多年的陆九渊也曾有过深刻的论述。在宋明理学的整体序列中，还有周敦颐、张载、程颢、程颐、朱熹、薛瑄、胡居仁、陈献章等杰出人物。总之，如果纯粹以哲学家的方位来衡量王阳明，他就不会像现在这样耀眼。

有些历史学家认为，他善于打仗，江西平叛后又频遭冤屈，这个经历提高了他的知名度。

当然，这确实不容易。但细算起来，他打的仗并不太大，他受的冤屈也不算太重。而且，这些事情还不像歼灭外寇、勇抗巨奸那样容易让朝野激动。

我认为，王阳明的最大魅力，在于把自己的哲思和经历，变成了一个生命宣言。这个生命宣言的主旨很明确：是做一个有良知的行动者。

一般说来，多数君子并不是行动者，多数行动者不在乎良知。这两种偏侧，中国人早已看惯，却又无可奈何。突然有人断言，一个人的生命可以克服这两种偏侧，达到两相完满，这就不能不让大家精神一振了。

而且，他提出的行动是重大行动，他提出的良知是普遍良知，两方面都巍然挺拔。他自己，作为一个重量级的学者兼重量级的将军，使这种断言具有了"现身说法"的雄辩之力。

不仅如此，他还以一个哲学家的分析能力和概括能力，把这种断言付之于简洁明了的表达。于是，"断言"也就变成了"宣言"。

这既不是哲学宣言，也不是军事宣言，而是有关如何做人的宣言，也就是人生宣言。这样的人生宣言在历史上很少出现，当然会对天下君子产生巨大的吸引力。

在王阳明看来，一个有良知的行动者，已经不是一般的君子，而是叩开了圣人之门。因此，这个宣言也就成了"入圣"的宣言。这一点，对于一切成功或失败的大人物，也都形成了强大的磁铁效应。

至此，我可能已经实现了自己的一个心愿，那就是解析王阳明产生巨大影响的主要原因。

接下来，就要具体论述他的人生宣言了。

一共只有三条。

第一条："心即是理"。

不管哲学研究者们怎么分析，我从人生宣言的层面，对这四个字有更广泛的理解。

天下一切大道理，只有经过我们的心，发自我们的心，依凭我们的心，才站得住。那些无法由人心来感受、来意会、来接受的"理"，都不是真正的理，不应该存在。因此王阳明说，"心外无理"，"心即是理"，理是心的"条理"。

这一来，一切传统的、刻板的、空泛的、强加的大道理都失去了权威地位。它们之中若有一些片段要想存活，那就必须经过心的测验和认领。

王阳明并不反对人类社会需要普遍道德法则，但是这种普遍道德法则太容易被统治者和权势者歪曲、改写、裁切了。即使保持了一些经典话语，也容易因他们而僵化、衰老、朽残。因此，他把道德法则引向内心，成为内在法则，让心尺来衡量，让心筛来过滤，让心防来剔除，让心泉来灌溉。

他所说的"心"，既是个人之心，也是众人之心。他认为由天下之心所捧持的理，才是天理。

有人一定会说，把一切归于一心，是不是把世界缩小了？其实，这恰恰是把人心大大开拓了。把天理大道、万事万物都装进心里，这就出现了一个无所不能、无远弗届的伟大圣人的心襟。

试想，如果理在心外，人们要逐一领教物理、学理、地理、生理、兵理、文理，在短短一生中，那又怎么轮得过来？怎么能成为王阳明这样没有进过任何专业学校却能事事精通的全才？

在江西平叛时，那么多军情、地形、火器、补给、车马、船载等专业需求日夜涌来，而兵法、韬略、舆情、朝规、军令又必须时时取用，他只有把内心当作一个无限量的仓库，才能应付裕如。查什么书？问什么人？都来不及，也没有用，唯一的办法，是从心里找活路。

于是，像奇迹一般，百理皆通，全盘皆活。百理在何处相通？在心间。

由此可见，"心即是理"，是一个极为重要的人生宣言。

依凭着这样的人生宣言，我们看到，一批批"有心人"离开了空洞的教条，去从事一些让自己和他人都能"入心"的事情。

第二条："致良知"。

心，为什么能够成为百理万事的出发点？因为它埋藏着良知。

良知，是人之为人、与生俱来的道德意识，不学、不虑就已存在。良知主要表现为一种直觉的是非判断，以及由此产生的好恶之心。

王阳明还认为，他所说的良知很大，没有时空限制。他说——

> 自圣人以至凡人，自一人之心以达四海之远，自千古之前以至于万代之后，无有不同。是良知也者，是所谓天下之大本也。（《书朱守谐卷》）

把超越时空、超越不同人群的道德原则，看成是"天下之大本",这很符合康德和世界上很多高层思想家的论断。所不同的是,"良知"的学说包含着"与生俱来"的性质,因此也是对人性的最高肯定。

良知藏在心底,"天下之大本"藏在心底,而且藏在一切人的心底,藏在"自圣人以至凡人"的心底。这种思维高度,让我们产生三种乐观:一是对人类整体的乐观,二是对道德原则的乐观,三是对个人心力的乐观。

把这三种乐观连在一起,就能够以个人之心来普及天下良知。

把"致良知"作为目标的君子,遇到困难就不会怨天尤人,而只会觉得自己"致良知"的功夫尚未抵达。这样,他一定是一个因善良而乐观,为善良而负责的人。

在这个问题上,王阳明曾经在天泉桥上概括了四句话:

> 无善无恶心之体,
> 有善有恶意之动。
> 知善知恶是良知,
> 为善去恶是格物。

从浑然无染的本体出发,进入"有善有恶"、"知善知恶"的人生,然后就要凭着良知来规范事物(格物)了,这就必须让自己成为一个行动者。于是,有了人生宣言的第三条。

第三条:"知行合一"。

与一般君子不同,王阳明完全不讨论"知"和"行"谁先谁后、谁重谁轻、谁主谁次、谁本谁末的问题,而只是一个劲儿呼吁:行动,行动,行动!

他认为,"知"和"行"并不存在彼此独立的关系,而是两者本为一体,不可割裂。他说,"知是行之始,行是知之成","未有知而不能行者,知而不行只是未知"。

对这个判断,我需要略做解释。

"未有知而不能行者"。我们在日常工作中总是说:"我知道事情该那样办,但是行不通。"王阳明说,既然行不通,就证明你不知道事情该怎么办。因此,在王阳明那儿,能不能行得通,是判断"知否"的基本标准。

他本人在似乎完全办不到的情况下办成了那么多事,就是不受预定的"知"所束缚,只把眼睛盯住"行"的前沿,"行"的状态。他认为,"行"是唯一的发言者。

王阳明不仅没有给那些不准备付之于行的"知"留出空间,而且也没有给那些在"行"之前过于扬扬自得的"知"让出地位。这让我们颇感痛快,因为平日见到的大言不惭的策划、顾问、研讨、方案实在太多,见到的慷慨激昂的会议、报告、演讲、文件更多得无可计算。有的官员也在批评"文山会海"、"空谈误国",但批评仍然是以会议的方式进行的,会议中讨论空谈之过,使空谈又增加了一成。

其实大家也在心中暗想:既然你们"知"之甚多,为何不能"行"之一二？王阳明让大家明白，他们无行，只因为他们无知；他们未行，只因为他们未知。

为此，我曾明确地告诫学生：最好不要多听那些"文艺评论家"的长篇大论。转头我又会笑问那些"文艺评论家"：你们从来连一篇小说也没有写过，连一篇散文也没有写过，连一首诗也没有写过，何以多年来一遍又一遍地教导别人怎么创作？如果你们还想深入文艺，那就动手吧，先创作几句短诗也好。

一定有人怀疑：重在行动，那么由谁指引？前面说了，由内心指引，由良知指引。这内心，足以包罗世界；这良知，足以接通天下。因此，完全可以放手行动，不必有丝毫犹豫。

说了这三点，我们是否已经大致领悟一个有良知的行动者的生命宣言？

与一般的哲学观点不同，这三点，都有一个明确的主体：我的内心、我的良知、我的行动。这个稳定的主体，就组合成了一个中心课题：我该如何度过人生？这个课题，当然能吸引一切人。王阳明既提出了问题，又提供了答案，不能不让人心动。

因此，王阳明的影响力，还会延续百年、千年。

虽然意蕴丰厚，但王阳明的词句却是那么简洁——"心即是理"、"致良知"、"知行合一"，一共才十一个汉字。

探寻"小人"

一

何谓文化？我下的定义最为简短："文化，是一种成为习惯的精神价值和生活方式。它的最终成果，是集体人格。"

那么，中华文化对"集体人格"有什么追求呢？我对比了人类历史上多个重要的文明群落，认定中华民族在"集体人格"上的目标是君子。由此写了一本《君子之道》，在海内外华人中产生了不小的影响。

"君子之道"的建立者，是以孔子为代表的儒家。每次阅读他们在这个问题的论说，我总是一次次重新敬佩孔子他们的设计，那就是用小人从反面来定义君子。如果用一句通俗的话来表达，那就是：想知道君子是什么样的吗？看小人就知道了。

孔子用一系列对比句式，把君子和小人之间的界线划得清清楚楚。面对这种划分，小人的办法很简单，那就是把自己伪装成君子，再把君子推到小人一边。结果，孔子的那些名言，居然常常从小人口中吐出。这是孔子没有想到的。孔子也许想到了一点，但又觉得众人无可欺。但他不知道，众人太有可能受到欺骗了。

因此，在孔子之后，中国历史上永远活跃着大批奇特的人物，那就是小人群落。他们作用很大，却很难被辨识、被清除。

造成这样的结果，还有一个学术上的原因，那就是，小人虽然被一次次对比性提及，却几乎没有被系统地深入研究。因为这是一个捉摸不定的群体，研究起来很难。而且，很多君子也不愿意长时间地陷入这一个让人不愉快的泥潭。

今天，就让我壮着胆子，皱着眉头，来弥补这一历史缺漏。

这群人物固然不是坦荡君子，也未必是凶恶之徒。他们的社会地位可能极低，也可能很高。就文化程度论，他们可能是文盲，也可能是学者。很难说他们是好人坏人，但由于他们的存在，许多鲜明的历史形象渐渐变得瘫软、迷顿、暴躁，许多简单的历史事件一一变得混沌、暧昧、肮脏，许多祥和的人际关系慢慢变得紧张、尴尬、凶险，许多响亮的历史命题逐个变得黯淡、紊乱、荒唐。

他们起到了如此巨大的作用，但他们并没有明确的政治主张。他们的全部所作所为并没有留下清楚的行为印记，他们绝不想对什么负责，而且确实也无法让他们负责。

你终于愤怒了,聚集起万钧雷霆准备轰击,没想到他们也与你在一起愤怒。你想不予理会,掉过头去,却有一股气息袅袅不绝。

我相信,历史上许多钢铸铁浇般的政治家、军事家最终悲怆辞世的时候,最痛恨的不是自己明确的对手,而是曾经给过自己很多耳语和笑脸,却最终还说不清究竟是敌人还是朋友的那些人物。

处于弥留之际的老人颤动着嘴唇艰难地吐出一个词:"小人……"

——不错,小人。

在一本书上看到欧洲的一则往事。数百年来一直很和睦的一个村庄,突然产生了邻里关系的无穷麻烦。本来一见面都要真诚地道一声"早安"的村民们现在都怒目相向。没过多久,几乎家家户户都成了仇敌,挑衅、诅咒天天充斥其间,大家都在想方设法准备逃离这个恐怖的深渊。

可能是教堂的神甫产生了疑惑吧,他花了很多精力调查缘由。终于真相大白,原来不久前刚搬到村子里来的一位巡警的妻子是个喜欢搬弄是非的长舌妇,全部恶果都来自她不负责任的窃窃私语。村民知道上了当,不再理这个女人,她后来也很快搬走了。

但是万万没有想到,村民间的和睦关系再也无法修复。解除了一些误会,澄清了一些谣言,表层关系不再紧张,然而从此以后,人们的笑脸不再自然。大家很少往来,一到夜间便早早地关起门来，谁也不理谁。

我读到这个材料时，事情已过去了几十年。作者说，直到今天，这个村庄的人际关系还是又僵又涩、不冷不热。

对那个窃窃私语的女人，村民们已经忘记了她所讲的具体话语，甚至忘记了她的容貌和名字。说她是坏人吧，看重了她，但她实实在在地播下了永远也清除不净的罪恶的种子。说她是故意的吧，那也强化了她，她对这个村庄未必有什么企图。说她仅仅是言辞失当吧，那又过于宽恕了她，她在搬弄是非时带有一种近乎本能的冲动。对于这样的人，我们所能给予的还是那个词：小人。

小人的生存状态和社会后果，由此可见一斑。

这件欧洲往事因为有那位神甫的辛苦调查，居然还能寻找到一种答案。然而谁都明白，这在"小人事件"中属于罕例。绝大多数这类事件是找不到这样一位神甫的。我们只要稍稍闭目，想想古往今来、远近左右，有多少"村落"被小人糟蹋了而找不到事情的首尾？

由此不能不又一次佩服起孔老夫子和其他先秦哲学家来了，他们那么早就浓浓地划出了"君子"和"小人"的界线。诚然，这两个概念有点儿模糊，相互间的内涵和外延都有很大的弹性，但是，后世大量新创立的社会范畴，都未能完全地取代这种古典划分。

二

司马迁在《史记》中曾写到过发生在公元前五二七年的一件事。那年,楚平王要为自己的儿子娶一门媳妇,选中的姑娘在秦国,于是就派出一名叫费无忌的大夫前去迎娶。费无忌看到姑娘长得极其漂亮,眼睛一转,就开始在半道上动脑筋了。

——我想在这里稍稍打断,与读者一起猜测一下他动的是什么脑筋,这会有助于我们理解小人的行为特征。

看到姑娘漂亮,估计会在太子那里得宠,于是一路上百般奉承,以求留下个好印象。这种脑筋,虽不高尚却也不邪恶,属于寻常世俗心态,不足为奇,算不上我们所说的小人。

看到姑娘漂亮,想入非非,企图有所沾染,暗结某种私情。这种脑筋,竟敢把一国的太子当作情敌,简直胆大妄为。但如果付诸实施,倒也算是人生的大手笔。为了情欲无视生命,即便荒唐也不是小人作为。

费无忌动的脑筋完全不同,他认为如此漂亮的姑娘应该献给正当权的楚平王,也就是新郎的父亲。

尽管太子娶亲的事已经国人皆知,尽管迎娶的车队已经逼近国都,尽管楚宫里的仪式已经准备妥当,费无忌还是骑了一匹快马,抢先直奔王宫。他对楚平王描述了秦国姑娘的美貌,说反正太子此刻与这位姑娘尚未见面,大王何不先娶了她，以后再为太子找一门好的呢？

楚平王好色，被费无忌说动了心，但又觉得事关国家社稷的形象和承传，必须小心从事，就重重拜托费无忌一手操办。三下两下，这位原想来做太子妃的姑娘，转眼成了公公楚平王的妃子。

事情说到这儿，我们已经可以分析出小人的几条行为特征了——

其一，小人见不得美好。小人也能发现美好，有时甚至发现得比别人还要敏锐，但不可能对美好投以由衷的虔诚。他们总是眯缝着眼睛打量美好事物，眼光时而发红时而发绿，时而死盯时而躲闪，只要一有可能就忍不住要去扰乱、转嫁，竭力作为某种隐潜交易的筹码。

美好的事物可能遇到各种各样的灾难，但最消受不住的却是小人的作为。小人能够鬼鬼祟祟地把一切美事变成丑闻。因此，美好的事物可以埋没于荒草黑夜间，可以展露于江湖莽汉前，却断断不能让小人染指或过眼。

其二，小人见不得权力。不管在什么情况下，小人的注意力总会拐弯抹角地绕向权力的天平。在旁人看来根本绕不通的地方，他们也能飞檐走壁绕进去。他们敢于大胆损害的，一定是权力较小的人。他们表面上是历尽艰险为当权者着想，实际上只想着当权者手上的权力。但作为小人，他们对权力本身并不过于迷醉，只迷醉权力背后自己有可能得到的利益。

其三，小人不怕麻烦。上述这件事，按正常逻辑来考虑，即便想做也会被可怕的麻烦所吓退，但小人是不怕麻烦的。怕麻烦做不了小人，小人就在麻烦中成事。小人知道，越麻烦越容易把事情搞浑，只要自己不怕麻烦，总有怕麻烦的人。当太子终于感受到与秦国姑娘结婚的麻烦时，当大臣们也逐一意识到阻谏的麻烦时，这件事也就办妥了。

其四，小人办事效率高。小人急于事功又不讲规范，有明明暗暗的障眼法掩盖着，办起事来几乎遇不到阻力，能像游蛇般灵活地把事情迅速搞定。他们善于领会当权者难以启齿的隐忧和私欲，把一切化解在顷刻之间，所以在当权者眼里，他们的效率就更高了。费无忌能在半道上发起一个改变皇家婚姻的骇人行动而居然快速成功，便是例证。

暂且先讲这四条行为特征吧，司马迁对此事的叙述还没有完，让我们继续看下去——

费无忌办成了这件事，既兴奋又慌张。楚平王越来越宠信他了，这使他满足，但静心一想，在这件事上受伤害最深的是太子，而太子是迟早会掌大权的，那今后的日子怎么过呢？

他开始在楚平王耳边递送小话："那件事情之后，太子对我恨之入骨。我自己倒也算不得什么，问题是他对大王您也怨恨起来，万望大王戒备。太子已握兵权，外有诸侯支持，内有他的老师伍奢帮着谋划，说不定哪一天要兵变呢！"

楚平王本来就觉得自己对儿子做了亏心事，儿子一定会有所动作，现在听费无忌一说，心想果然不出所料。于是立即下令杀死太子的老师伍奢、伍奢的长子伍尚,进而又要捕杀太子。太子和伍奢的次子伍员,只得逃离楚国。

从此之后,连年的兵火就把楚国包围了。逃离出去的太子是一个拥有兵力的人,自然不会甘心;伍员则发誓要为父兄报仇,曾一再率吴兵伐楚。许多连最粗心的历史学家也不得不关注的著名军事征战,此起彼伏。

然而楚国人民记得,这场弥天大火的最初点燃者是小人费无忌。大家咬牙切齿地用极刑把这个小人处死了,但整个国土早已满目疮痍。

—— 在这儿我又要插话。顺着事件的发展,我们又可以把小人的行为特征延续几条了:

其五,小人不会放过被伤害者。小人在本质上是胆小的,他们的行动方式使他们不必害怕具体操作上的失败,但却不能不害怕报复。设想中的报复者当然是被他们伤害的人,于是他们的使命注定是要连续不断地伤害被伤害者。你如果被小人伤害了一次,那么等着吧,第二次、第三次更大的伤害在等着你。因为不这样做,小人缺少安全感。楚国这件事,受伤害的无疑是太子,费无忌深知这一点,因此就无以安生,必欲置之死地才放心。小人不会怜悯,不会忏悔,只会害怕,但越害怕越凶狠,一条道走到底。

其六,小人总是把自己打扮成弱者。明火执仗的强盗、杀人不眨眼的刽子手是恶人而不是小人,小人没有这份胆气,需要掩饰和躲藏。他们反复向别人解释,自己是天底下受损失最大的人,自己是弱者,弱得不能再弱了,似乎生来就是被别人欺侮的料。在他们企图吞噬别人产权、名誉乃至身家性命的时候,他们甚至会让低沉的喉音、含泪的双眼、颤抖的脸颊、欲说还休的语调一起上阵,逻辑说不圆通时便哽哽咽咽地糊弄过去,你还能不同情? 而费无忌式的小人则更进一步,努力把自己打扮成一心为他人、为上司着想而招致祸殃的人,那自然就更值得同情了。职位所致,无可奈何,一头是大王,一头是太子,我小小一个侍臣有什么办法? 苦心斡旋却两头受气,真是何苦来哉? —— 这样的话语,从古到今大家听到的还少吗?

其七,小人永远离不开造谣。小人要借权力者之手或起哄者之口来卫护自己,必须绘声绘色地谎报敌情。费无忌谎报太子和太子的老师企图谋反的情报,便是引起以后巨大灾祸的直接诱因。说谎和造谣是小人的生存本能,但小人多数是有智力的,他们编织的谎言要取信于权势和媒介,必须大体上合乎浅层逻辑,让不习惯实证考察的人一听就立即产生情绪反应。因此,小人能熟练地使谎言编织得合乎情理。他们是一群有本事诱使伟人和庸人全都沉陷进谎言迷宫而不知回返的能工巧匠。

其八,小人最终控制不了局势。小人精明而缺少远见,因此他们在制造一个个具体的恶果时,并没有想这些恶果的积累将会酿成什么结局。在他们不断调唆权势和媒介的初期,似乎一切都顺着他们的意志在发展，而事情终于显现出暴力的时候，连他们也骑虎难下了。平心而论，当楚国一下子陷于攻伐而以铁血为生的时候，费无忌也已经束手无策。但最终受极刑的是他，遗臭史册的也是他。小人的悲剧，正在于此。

三

解析一个费无忌，我们便约略触摸到了小人的一些行为特征，但他毕竟是君王身边的特殊人物，对我们了解整个小人世界还是远远不够的，因此还必须从更广阔的社会横断面上来观察。

为了获得极权专制的利益，比费无忌等级更低的大批官场小人，需要以掩饰真实、破坏规则、隐秘多变、投机取巧、挑拨离间来处理官场的权力纷争、部门矛盾。仅仅一句小话或一个眼神，就能挖下一个陷阱，或实行一个谋略。这就使他们成了另一种人。他们能够把人之为人的人格基座踩个粉碎，并由此获得一种轻松。人性、道德、信誉、承诺、盟誓可以一一丢弃，朋友之谊、骨肉之情、羞耻之感、恻隐之心也可以一一抛开，这便是极不自由的专制社会所哺育出来的"自由人"。严格说来，这是官场的需要。

与这种官场小人最能够产生呼应的，并不是广大百姓，而是社会低劣群落中的恶奴、乞丐、流氓、文痞。

恶奴、乞丐、流氓、文痞一旦窥知堂堂朝廷要员也与自己一般行事处世,也便获得了巨大的鼓舞,成了最有资格自称"朝中有人"的皇亲国戚。

那么,就让我们从恶奴型、乞丐型、流氓型、文痞型这几个群落类型,再来更仔细地看一看各种不同的小人。

恶奴型小人。

本来,在旧社会,为人奴仆也是一种社会构成,并没有可羞耻、可炫耀之处。但其中有些人,成了奴仆便依仗主子的声名欺侮别人,主子失势后却又对主子本人恶眼相报,甚至平日在对主子低眉顺眼之时也不时窥测着吞食主子的各种可能。这便是恶奴了,而恶奴则是官场小人在底层身份上的一种延伸。

谢国桢先生的《明季奴变考》详细叙述了明代末年江南仕宦缙绅家奴闹事的情景,其中涉及我们熟悉的张溥、钱谦益、顾炎武、董其昌等文化名人的家奴。这些家奴或是仗势欺人,或是到官府诬告主人,或是鼓噪生事席卷财物,使得已经够混乱的时代更加混乱。

为此,孟森先生曾写过一篇《读明季奴变考》的文章,说明这种奴变其实说不上阶级斗争。因为当时江南固然有不少做了奴仆而不甘心的人,却也有很多明明不必做奴仆而一定要做奴仆的人,因为当时流行一种找豪门投靠的风气。

本来生活已经不错,但是还想依仗豪门以逃避赋税、横行乡里，便成群结队地签订契约卖身为奴。"卖身投靠"这个词就是这样来的。孟森先生说，前一拨奴仆刚刚狠狠地闹过事，后一拨人又乐呵呵地前来投靠为奴，这算什么阶级斗争呢？

乞丐型小人。

因一时的灾荒行乞，是值得同情的，但是，把行乞当作一种习惯性职业，进而滋生出一种群体性的心理模式，则必然成为社会公害。

乞丐心理模式的基点，在于以自秽、自弱为手段，点滴而又快速地完成对他人财物的占有。他们认为世间的一切都不是自己的，又都是自己的。只要舍得牺牲自己的人格形象来获得人们的怜悯，不是自己的东西也可能转换成自己的东西。他们的脚永远踩踏在转换所有权的滑轮上，获得前，语调诚恳让人流泪；获得后，立即翻脸不认人。

乞丐一旦成群结帮，谁也不好对付。《清稗类钞·乞丐类》载："江苏之淮、徐、海等处，岁有以逃荒为业者，数百成群，行乞于各州县，且至邻近各省，光绪初为最多。"最古怪的是，这帮浩浩荡荡的乞丐还携带着盖有官印的"护照"，去一个地方行乞简直成了一种堂堂公务。

行完乞，他们又必然会到官府赖求，再盖一个官印，作为向下一站行乞的"签证"。官府虽然也皱眉，但经不住死缠，既是可怜人，行乞又不算犯法，也就一一盖了章。

由这个例证联想开去，生活中只要有人肯下决心用乞丐手法来获得什么，迟早总会达到目的。我在这里要重复一句，这里所说，主要是指那种行为模式：以自我贬低的方式完成所有权的转移。

流氓型小人。

当恶奴型小人终于被最后一位主子所驱逐，当乞丐型小人终于有一天不愿再扮可怜相，这就变成了流氓型小人。

《明史》中记述过一个叫曹钦程的人，已经做了吴江知县，还要托人认宦官魏忠贤做父亲，其献媚的态度最后连魏忠贤本人也看不下去了，说他是败类，撤了他的官职。他竟当场表示："君臣之义已绝，父子之恩难忘。"

不久，魏忠贤阴谋败露，曹钦程被算作同党关入死牢。他也没觉得什么，天天在狱中抢掠其他罪犯的伙食，吃得饱饱的。

这个曹钦程，起先无疑是恶奴型小人，但失去主子，到了死牢，便自然地转化为流氓型小人。他每天要说的是：我做过知县怎么着？照样敢把杀人犯嘴边的饭食抢过来塞进嘴里！你来打吗？我已经咽下肚去了，反正迟早要杀头，还怕打？——人到了这一步，说什么也是多余了。

流氓型小人比其他类型的小人显得活跃。他们像玩杂耍一样交替玩弄着争夺、诬陷、恫吓、欺诈、卖丑、作态等技法，别人被这一切搞得不知所措，他们却始终谈笑自若。

流氓型小人在外部形态上未必像流氓。很可能是高官，也可能有教授的职称。只要在心底里不存在人格底线，在行动上不存在常理控制，就已经进入这种模式。而且他们的年岁也不会太轻，和我们平日所想的"小流氓"有很大不同。谢国桢先生曾经记述明末江苏太仓沙溪一个叫顾慎卿的人，他做过家奴，贩过私盐，也在衙门里混过事，人生历练极为丰富，到老在乡间组织一批无赖子不断骚扰百姓。史书对他的评价是三个字"老而黠"，简洁地概括了一个真正到位的流氓型小人的典型。

文痞型小人。

当上述各种小人获得一种文化载体或文化面具时，那就成了文痞型小人。

明明是文人却被套上了一个"痞"字，是因为他们的行事方式与市井小痞子有很多共同之处。例如，他们都是以攻击他人作为第一特征；攻击的方式是制造谣言、掷秽泼污，即使谣言暴露也绝不道歉，立即转移一个话题永远纠缠下去，如此等等。

文痞型小人毕竟还算文人，懂得伪装自己的文化形象，因此一定把自己打扮得慷慨激昂、疾恶如仇。他们知道当权者最近的心思，也了解当下舆论的热点，总是抛出一个个最吸引众人注意力的话题作为攻击的突破口，顺便让自己成为公众人物。

在古代，血迹斑斑的文字狱的形成，最早的揭发批判者就是他们；在现代，"文革"中无数冤假错案的出现，最早的揭发批判者也是他们；在当代，借用媒体的不良权力一次次围剿文化创造者，致使文化严重滞后的，也是他们。他们不断地引导民众追恶寻恶，而世间最大的恶恰恰正是他们自己。

我曾经做过几次试验，让一些颇有见识的智者来排列古代、现代、当代的文痞型小人名单，结果居然高度一致，可见要识破他们并不难。但是，在当今中国，文痞型小人仍然特别具有欺骗性和破坏性，因为他们利用广大民众对于文化的茫然，对于公众媒体的迷信，对于所谓"战斗性"的误解，对于"揭露真相"的妄求，对于成功人士的嫉恨，加在一起，已经造成了驱之不散的社会污染。

文痞型小人，在中国古代主要体现为两种人，一种是文字狱的举报者，一种是玩弄官司的讼棍。他们的共同特征，是凭借文字能力，撬动权力之刀，来害人。到了近代社会，文痞型小人的主要活动场所，是传媒。因此，他们也就变成了"小报记者"、"版面达人"、"专栏匕首"、"文化毒舌"……由于媒体和网络越来越大的传播力，这些文痞型小人显得非常强大。

上海是近代以来中国传媒的集中地，因此也是这种人物的盛产地。上海文痞在日常生活中的主要功能，是让一切杰出的文化创造者永远不舒服，却又很难起诉他们，只能渐渐离开。唐振常先生说，上海本应集中更多的文化大才而终于流失，都与这批人有关。

这些人，如果把他们告上法庭，法官还没有开口，他们就已经频频地鞠躬道歉了。这就是典型的"上海特色文痞型小人"。

四

值得深思的是，有不少小人并没有什么权力背景、组织能力和敢死精神，为什么正常的社会群体对他们也失去了防御能力？

这是有原因的。

第一，观念上的缺陷

在社会生活中，我们痛恨极端的激进派或保守派，我们痛恨跋扈、妖冶、酸腐、固执，我们痛恨这痛恨那，却不会痛恨那些没有立场的游魂、转瞬即逝的笑脸、无法验证的美言、无可检收的许诺。

我们常常以某种观念立场决定自己的情感投向，而小人在这方面是无可无不可的，因此容易同时讨好两面，至少被两面都看成中间状态的友邻。

我们厌恶愚昧，小人智商不低；我们厌恶野蛮，小人在多数情况下不干打斗蠢事。结果，我们苛刻地警惕着各色人等，却独独把小人给放过了。

第二，情感上的牵扯

小人是善于做情感游戏的，这对很多劳于事功而深感寂寞的好人来说，正中下怀。

在这个问题上小人与正常人的区别是：正常人的情感交往是以袒示自我的内心开始的，小人的情感游戏是以揣摩对方的需要开始的。

小人往往揣摩得很准，人们一下就进入了他们的陷阱，误认他们为"知己"。小人就是那种没有一个真正的朋友却曾有很多人把他误认为"知己"的人。

到后来，人们也会渐渐识破他们的真面目，但既有旧情牵连，不好骤然翻脸。

我觉得中国历史上特别能在情感迷魂阵中识别小人的，是两大名相：管仲和王安石。

管仲辅佐齐桓公时，齐桓公很感动地对他说："我身边有三个对我最忠心的人，一个为了侍候我自愿做太监，把自己阉割了；一个来做我的臣子后整整十五年没有回家看过父母；另一个更厉害，为了给我滋补身体居然把自己儿子杀了做成羹给我吃！"

管仲听罢便说："这些人不可亲近，他们的作为全部违反人的正常感情，怎么还谈得上对你的忠诚？"齐桓公听了管仲的话，把这三个小人赶出了朝廷。

管仲死后，这三个小人卷土重来，果然闹得天翻地覆。

王安石一生更是遇到很多小人，难于尽举，给我印象最深的是谏议大夫程师孟。他有一天竟然对王安石说，他目前最恨的是自己身体越来越好，而自己的内心却想早死。王安石很奇怪，问他为什么，他说："我先死，您就会给我写墓志铭，好流传后世了。"

王安石一听，就掂出了这个人的人格重量，不再理会。

过于浓重的情感话术，总是隐藏着心术，必须防范。但对很多人来说，几句多情的话一听，心肠就软，随即成了小人的俘虏。

第三，心态上的恐惧

小人和好人往往有一段情谊上的"蜜月期"。当好人开始有所识破的时候，小人的撒泼期也就来到了。

对于小人的撒泼，多数人是害怕的。小人不管实际上胆子有多小，撒起泼来却有一种玩命的表象。好人未必都怕死，但与小人玩命，他先泼你一身脏水，再把你拉进一个泥潭，谁的面目也看不清了，这样的死法多窝囊！

在现代，这样的小人特别喜欢与名人对簿公堂。由于他们擅长在传媒间纵横捭阖，结果，总是在一片尘污恶臭中，他们与名人一起出名。

由此，小人摆开了一个比真正的战场都令人恐怖的混乱方阵，使再勇猛的斗士都只能退避三舍。

在很多情况下，小人不是与你格斗，而是与你死缠。他们知道你没有这般时间，这般耐心，他们知道你即使发火也有熄火的时候，只要继续缠下去，总会让你的意志崩溃。他们也许看到过古希腊的著名雕塑《拉奥孔》，那对强劲的父子被滑腻腻的长蛇终于缠到连呼号都发不出声音的地步。想想那尊雕塑吧，你能不怕？

有没有法律管小人？很难。小人基本上不犯法。这便是小人更让人感到可怕的地方。《水浒传》中的无赖小人牛二缠上了英雄杨志，杨志一躲再躲也躲不开，只能把他杀了，但犯法的是杨志，不是牛二。小人用卑微的生命粘贴住一个高贵的生命，高贵的生命之所以高贵就在于受不得污辱，然而高贵的生命不想受污辱就得付出生命的代价。付出代价后，人们才发现生命的天平严重失衡。

这种失衡又倒过来在社会上普及着新的恐惧：与小人较劲犯不着。中国社会流行的那句俗语"我惹不起，总躲得起吧"，实在充满了无数次失败后的无奈情绪。谁都明白，这句话所说的，不是躲盗贼，不是躲灾害，而是躲小人。好人都躲着小人，久而久之，小人就会被一些无知者羡慕，他们的队伍扩大了。

第四，策略上的失误

中国历史上很多人物在对待小人的问题上的失误，起点在"道"与"术"的关系上。他们虽然崇仰道，但因为整个体制的束缚，无法真正行道，最终都垂青于术，名为韬略，实为政治实用主义。政治实用主义的一大特征，就是用小人的手段来对付政敌。这样做初看颇有实效,其实后果严重。政敌未必是小人,利用小人对付政敌,往往是利用小人扑灭政见不同的君子。这在文明构建上,是一大损失。

如果是利用小人来对付小人,那就会使被利用的那拨小人得意洋洋。一旦成功,小人的思维方式和行为逻辑将邀功论赏、发扬光大。

中国历史上许多英明君主、贤达臣将,总是在此处失误。他们获得了具体的胜利,但在胜利果实上却充满了小人灌注的毒汁。他们只问果实归谁,而不计果实的性质。因此,无数次成功,也未必能构成文明的积累。

第五,灵魂上的对应

有不少人,就整体而言不能算是小人,但在特定的情势下,灵魂深处也会悄然渗透出一点儿小人情绪,这就与小人们的作为对应起来了,成为小人的帮手。

试想,小人们所编造的谣言,为什么总是有那么大的市场?按照正常的理性判断,大多数谣言是很容易识破的,但居然会被智力并不太低的人大规模传播,原因只能说,这些传播者对谣言有一种潜在的需要。事实上,社会上很多人对谣言都有一种潜在需要,除了满足好奇心,更想以他人的麻烦来填补自己内心的空缺。

谣言为传谣、信谣者而设。按接受美学的观点,谣言的生命,扎根于传谣、信谣者的心底。

一切正常人都会有失落的时候,失落中很容易滋长嫉妒情绪,一听到某个得意者有什么问题,心里立即获得了某种窃窃自喜的平衡,也不管起码的常识和逻辑,也不做任何调查和印证,立即一哄而起,形成围诼。

更有一些人,平日一直遗憾自己在名望和道义上的干瘪,一旦小人提供一个机会,能使自己在攻击别人过程中获得这种补偿,也会在犹豫再三之后探头探脑地出来,成为小人的同伙。

如果仅止于内心的满足,这样的陷落也是有限度的,良知的警觉会使他们拔身而走。但也有一些人,一旦与小人合伴成事后便自恃自傲,良知麻木,越沉越深,那他们也就成了地地道道的小人了。

从这层意义上说,小人最隐秘的土壤,其实在我们每个人的内心。即便是吃够了小人苦头的人,一不留神也会在自己的某个精神角落为小人挪出空地。

五

那么,到底应该怎么办呢?

显然没有消解小人的良方。在这个问题上,我们能做的事情很少。我认为,最根本的是要不断扩大君子的队伍,改变君子和小人的数量对比。

君子的古代标准,也就是他们与小人的原始区别,我们的祖先早有教导,例如"君子怀德"、"君子坦荡荡"、"君子求诸己"、"君子成人之美"、"君子和而不同"、"君子周而不比",等等。这些教导,对君子的应有行为做了经典描述。

君子的现代标准,就要在这个基础上增加一系列全人类公认的价值标准,诸如人权、人道、民主、自由、慈善、环保,等等,并由此展现出更加关爱苍生、奉献自我、温和坚毅、光明磊落的风范。

真正的君子行迹,是一种极其美好的人生体验。只要认真投入,很快就能发现,"天地元气"灌注全身,自己什么也不害怕了。过去想做君子而犹豫,不就是害怕小人吗?一旦成了真君子,自己就顶天立地,这种担忧也不再存在。

不再害怕我们害怕过的一切。不再害怕众口铄金,不再害怕招腥惹臭,不再害怕群蝇成阵,不再害怕阴沟暗道,不再害怕那种时时企盼着新的整人运动的饥渴眼光,不怕偷听,不怕恐吓,不怕狞笑,只以更明确、更响亮的方式,在人格、人品上昭示出高贵和低贱的界限。

此外,有一件具体的事可做。我主张大家一起来认真研究一下从历史到现实的小人问题,把这个问题集中谈下去,用多种方式来谈,用戏剧,用电影,用小说,用论文,用讲座,细细地分析,生动地展示,这对全社会认识小人,总有好处。

想起了写《吝啬鬼》的莫里哀。他从来没有想过要根治人类身上自古以来就存在的吝啬,但他在剧中把吝啬解剖得那么透彻、辛辣、具体，使人们以后再遇到吝啬，或者自己心底再产生吝啬的时候，猛然觉得在哪里见过，于是，剧场的笑声也会在他们耳边重新响起。那么多人的笑声使他们明白人类良知水平上的是非。他们在笑声中莞尔了，正常的人性也就悄悄地上升了一小格。

吝啬的毛病比我所说的小人问题轻微得多。鉴于小人对我们民族昨天和今天的严重荼毒，微薄如我们，能不能像莫里哀一样，把小人的行为举止、心理方式用最普及的方法袒示于世，然后让人们略有所悟呢？

研究小人是为了看清小人，给他们定位，以免他们继续以无序的方式出现在我们生活的各时各处，使人们难以招架。研究仅止于研究，尽量不要与他们争吵。争吵使他们加重，研究使他们失重。

虽然小人尚未定义，但我看到了一个与小人有关的定义。一位美国学者说：

> 所谓伟大的时代，也就是大家都不把小人放在眼里的时代。

这个定义十分精彩。小人总有，但他们的地位与时代的重量成反比。如果出现了一种强大的精神气压，使小人在社会上从中心退到旁侧、从高位降到低位、从主宰变成赘余，这个时代已经在问鼎伟大。

时间会不会总是与小人站在一起？未必。快速推进的时代节奏，无限开阔的全球视野，全然透明的网络空间，十分便捷的现场验证，渐渐使很多小人的行为越来越失去效用。前几年还在闹腾的事件，现在一看全变成了笑话。尤其是那些以折腾人著称的所谓"批判专家"、"揭秘高手"，连名字也完全被人们淡忘。

最后我必须补充一个观点才能结束本文，那就是：尽管小人在整体上祸害久远，但就他们的个体生命而言，大多也是可怜人。即便是其中最令人厌烦的文痞型小人，无非也就是一些喝了"狼奶"的失败者和抑郁者。他们，还有被拯救的可能。

冷落他们，搁置他们，然后拯救他们，这便是当今君子的责任。说到底，他们是在一个缺少关爱的环境里长大的一群，因此也应该受到关爱。我们鄙弃的，是他们以往的作恶方式，以及他们在历史上的集合状态。

他们虽然在某些空间折腾得天昏地暗、戾气压顶，但天地之间毕竟还有元气存在。元气，也有可能裹卷他们和他们的子孙后代。时间，站在"天地元气"一边。

秋雨注：此文被海外评论界誉为"研究中国负面人格的开山之作"。有一位香港学者撰文说："在这项研究中，中华文化因为没有被刻意掩饰长久以来的一些阴影,反而变得更立体、更真实、更可信。"感谢他们的美言。其实我如此集中地写小人,也是为了从另一个角度写君子,写君子身边一直挥之不去的存在。我边写边感叹:做君子,实在太憋气、太辛苦了!但即便如此,还是要做君子。

辑三 记忆

天地元气

孩子们到哪里去了？他们都上了山，爬到杨梅树上，边摘边吃。鲜红的果实碰也不会去碰，只挑那些红得发黑但又依然硬扎的果实，往嘴里一放，清甜微酸、挺韧可嚼，扪嘴啜足一口浓味，便把梅核用力吐出，手上的一颗随即又按唇而入。

故 乡

一

几乎所有的中国人都会背诵李白"床前明月光,疑是地上霜。举头望明月,低头思故乡"这首诗,一背,大家就都成了殷切的思乡者。但是,写下这首第一思乡诗的李白自己,却总也不回乡。

是忙吗?不是,他一生都在旅行,并没有承担什么职务,回乡并不太难,但他却老是不回。日本学者松浦友久说,李白一生都处于"置身异乡"的体验之中,我看说得很有道理。

在一般意义上,家是一种生活;在深刻意义上,家是一种思念。只有远行者才有对家的殷切思念,因此只有远行者才有深刻意义上的家。

二

我的家乡是浙江省余姚县桥头乡车头村,我在那里出生、长大、读书，直到小学毕业离开。

十几年前，这个乡划给了慈溪县，因此我就不知如何来称呼家乡的地名了。在各种表格上填籍贯的时候总要提笔思忖片刻，十分为难。

我不想过多地责怪改动行政区划的官员，他们一定也有自己的道理，但他们可能不知道，这种改动给四方游子带来的迷惘是难于估计的。就像远飞的燕子，当它们随着季节回来的时候，屋梁上的鸟巢还在，但似乎又有点儿不像，它们只能唧唧啾啾地在四周盘旋，盘旋出一个大问号。

早年离开时的那个清晨，夜色还没有褪尽而朝雾已经迷蒙，小男孩瞌睡的双眼使夜色和晨雾更加浓重。这么潦草的告别，总以为会有一次隆重的弥补，事实上世间的一切都无法弥补，我就潦草地踏上了背井离乡的长途。

我的家乡虽说属于余姚，实际上离余姚县城还有几十里地。余姚在村民中唯一可说的话题，是那儿有一所医院叫"养命医院"。常言道，只能医病，不能医命。这家医院居然能够"养命"，这是何等的本事！村民们感叹着，却从来不敢梦想到这样的医院去看病。没有一个乡民是死在医院里的，他们认为宁肯早死多少年，也不能不死在家里。

乡间的出丧比迎娶还要令孩子们高兴，因为出丧的目的地是山间，浩浩荡荡跟了去，就是一次热闹的集体郊游。这一带的丧葬地都在上林湖四周的山坡上，送葬队伍纸幡飘飘、哭声悠扬，一转入山岙全都松懈了，因为山岙里没有人家，纸幡和哭声失去了视听对象。满山除了坟茔就是密密层层的杨梅树，村民们很在行，才扫了两眼便讨论起今年杨梅的收成。

杨梅收获的季节很短，超过一两天它就会泛水、软烂，没法吃了。但它的成熟又来势汹汹，在运输极不方便的当时，村民们唯一能做的事情就是放开肚子拼命吃。家家户户屋檐下排列着从附近不同山梁上采来的一筐筐杨梅，任何人都可以蹲在边上慢慢吃上几个时辰，嘟嘟哝哝地评述着今年各座山的脾性。哪座山赌气了，哪座山在装傻，就像评述着自己的孩子。

孩子们到哪里去了？他们都上了山，爬到杨梅树上，边摘边吃。鲜红的果实碰也不会去碰，只挑那些红得发黑但又依然硬扎的果实，往嘴里一放，清甜微酸、挺韧可嚼，扪嘴啜足一口浓味，便把梅核用力吐出，手上的一颗随即又按唇而入。

这些日子他们可以成天在山上逗留，傍晚回家时一件白布衫往往是果汁斑斑，暗红浅绛，活像是从浴血拼杀的战场上回来。母亲并不责怪，也不收拾，这些天再洗也洗不掉，只待杨梅季节一过，渍迹自然消退，把衣服往河水里轻轻一搓便什么也看不见了。

孩子们爬在树上摘食杨梅，时间长了，满嘴会由酸甜变成麻涩。他们从树上爬下来，腆着胀胀的肚子，呵着失去感觉的嘴唇，向湖边走去，用湖水漱漱口，再在湖边上玩一玩。

上林湖的水很清，靠岸都是浅滩。梅树收获季节赤脚下水还觉得有点儿凉，但欢叫两声也就下去了。脚下有很多滑滑的硬片，弯腰捞起来一看，是瓷片和陶片，好像这儿打碎过很多很多器皿。一脚一脚蹚过去，全是。那些瓷片和陶片经过湖水多年的荡涤，边角的碎口都不扎手了。细细打量，釉面锃亮，厚薄匀整，弧度精巧，比平日在家用的粗瓷饭碗不知好到哪里去了。

这究竟是怎么回事？难道这里安居过许多豪富之家？但细看四周并没有任何房宅的遗迹，也没有一条像样的路，豪富人家的日子怎么过？捧着碎片仰头回顾，默默的山，呆呆的云，谁也不回答。

孩子们用小手把碎片摩挲一遍，然后侧腰低头，把碎片向水面平甩过去，看它能跳几下。这个游戏叫作"削水片"，几个孩子比赛开了，神秘的碎片在湖面上跳跃奔跑，平静的上林湖犁开了条条波纹。不一会儿，波纹重归平静。

我是一九五七年离开家乡的。吃过了杨梅，拜别上林湖畔的祖坟，便来到了余姚县城。也来不及去瞻仰一下心仪已久的"养命医院"，立即就上了去上海的火车。

那年我才九周岁，怯生生地开始了孤旅。我的小小的行李包中，有一瓶酒浸杨梅、一包霉干菜，活脱脱一个最标准的余姚人。一路上还一直在后悔，没有在上林湖里拣取几块碎瓷片随身带着，作为纪念。

三

我到上海是为了考中学。父亲原本一个人在上海工作，我来了之后不久全家都迁移来了，从此，回故乡的必要性已经不大，故乡的意义也随之越来越淡，有时，淡得几乎看不见了。

摆脱故乡的第一步，是摆脱方言。

余姚虽然离上海不远，但余姚话和上海话差别极大，我相信一个纯粹讲余姚话的人在上海街头一定步履维艰。余姚话与它的西邻绍兴话、东邻宁波话也不一样，记得当时在乡下，从货郎、小贩那里听到几句带有绍兴口音或宁波口音的话，孩子们都笑弯了腰，一遍遍夸张地模仿和嘲笑着，嘲笑天底下怎么还有这样不会讲话的人。村里的老年人端然肃然地纠正着外乡人的发音，过后还边摇头边感叹，说外乡人就是笨。

这种语言观念，自从我踏上火车就渐渐消解。因为我惊讶地发现，那些非常和蔼地与我交谈的大人听我的话都很吃力，有时甚至要我在纸上写下来他们才恍然大悟，哈哈大笑。笑声中，我讲话的声音越来越小，到后来甚至不愿意与他们讲话了。

到了上海，几乎无法用语言与四周沟通，成天郁郁寡欢。

有一次大人把我带到一个亲戚家里去，那是一个拥有钢琴的富有家庭，钢琴边坐着一个比我小三岁的男孩儿，照辈分我还该称呼他表舅舅。我想同样是孩子，又是亲戚，该谈得起来了吧，他见到我也很高兴，友好地与我握手。但是才说了几句，我能听懂他的上海话，他却听不懂我的余姚话，彼此扫兴，各玩各的了。

最伤心的是我上中学的第一天，老师不知怎么偏偏要我站起来回答问题。我红着脸憋了好一会儿终于把满口的余姚话倾泻而出，我相信当时一定把老师和全班同学都搞糊涂了，完全不知道我在说什么。

等我说完，憋住的是老师。他不知所措的眼光在厚厚的眼镜片后一闪，终于转化出和善的笑意，说了声"很好，请坐"。这下轮到同学们发傻了，老师说了"很好"？他们以为上了中学都该用这种奇怪的语言回答问题，全都慌了神。

幸亏当时十岁刚出头的孩子都非常老实，同学们一下课就与我玩，从不打听我的语言渊源，我也就在玩耍中快速地学会了他们的口音。仅仅一个月后，当另外一位老师叫我站起来回答问题的时候，我说出来的已经是一口十分纯正的上海话了。

这件事现在回想起来仍让我感到非常惊讶。我竟然一个月就把上海话学地道了，而上海话又恰恰特别难学。

上海话的难学不在于语言的复杂而在于上海人心态的怪

异。广东人能容忍外地人讲极不标准的广东话，北京人能容忍羼杂着各地方言的北京话，但上海人就不允许别人讲不伦不类的上海话。有人试着讲了，几乎所有的上海人都会求他"帮帮忙"，别让他们的耳朵受罪。这一帮不要紧，使得大批在上海生活了四十多年的"南下干部"至今不敢讲一句上海话。我之所以能快速学会是因为年纪小，语言敏感强而自羞敏感弱，结果反而无拘无碍，一学就会。

我从上海人自鸣得意的心理防范中一头蹿了过去，一下子也成了上海人。有时也想，上海人凭什么在语言上自鸣得意呢？他们的前辈几乎都是从外地闯荡进来的，到了上海才渐渐甩掉四方乡音，归附上海话。而上海话又并不是这块土地原本的语言，原本的语言是松江话、青浦话、浦东话，却为上海人所耻笑。

一个人或一个家庭一旦进入上海就等于进入一个魔圈，要小心翼翼地洗刷掉任何一点儿非上海化的印痕，特别是乡音的遗留。我刚到上海那会儿，街市间还能经常听到一些年纪较大的人口中吐出宁波口音或苏北口音，但这种口音到了他们的下一代基本上就不存在了。现在，你已经无法从一个年轻的上海人的谈吐中判断他的原籍所在。

我天天讲上海话，后来又把普通话作为交流的基本语言，余姚话隐退得越来越远，最后已经很难从我口中顺畅吐出了。我终于成为一个基本上不大会说余姚话的人，只有在农历五月杨梅上市季节，上海的水果摊把一切杨梅都标作余姚杨梅在出售的时候,我会稍稍停步,用内行的眼光打量一下杨梅的成色,脑海中浮现出上林湖的水光云影。但一转眼,我又汇入了街市间的脚步。

故乡,就这样被我丢失了。故乡,就这样把我丢失了。

四

重新捡回故乡是在上大学之后,但捡回来的全是碎片。我与故乡做着一种捉迷藏的游戏:好像是什么也找不到了,突然又猛地一下直竖在眼前,正要伸手去抓却又空空如也,一转身它又在某个角落出现……

进大学后不久就下乡劳动。那乡下当然不是我的故乡,我痴痴地看着与故乡一样的茅舍小河,一样的草树庄稼。正这么看着,一位一起下乡来劳动的书店经理站到了我身边,轻轻问我:"你是哪儿人?"

"余姚。浙江余姚。"我答道。

"王阳明的故乡,了不得!"这位书店经理显然读过很多书,好像被什么东西点燃了,突然激动起来,"你知道吗,日本有一位大将军一辈子裤腰带上挂着一块牌,上面写着'一生崇拜王阳明'!连蒋介石都崇拜王阳明,到台湾后把草山改成阳明山!你家乡,现在大概只剩下一所阳明医院了吧?"

我正在吃惊,一听他说阳明医院就更慌张了。"什么?

阳明医院？那是纪念王阳明的？"原来我从小不断从村民口中听到的"养命医院"，竟然是这么回事！

我顾不得书店经理了，一个人在田埂上呆立着，为王阳明叹息。

他狠狠地为故乡争了脸，但故乡并不认识他，包括我在内。

从此我就非常留心有关王阳明的各种资料。令人生气的是，当时大陆几乎所有的书籍文章只要一谈及王阳明都采取不友好的态度，理由是他在哲学上是唯心主义，在政治上镇压过农民起义。

我知道这种不友好的态度出自一些低陋的理念，便完全不予理会，只是点点滴滴地搜集与他有关的一切，终于越来越明白：即使他不是余姚人，我也会深深地敬佩他；而正因为他是余姚人，我由衷地为故乡骄傲。

中国历史上能文能武的人很多，但在两方面都臻于极致的却寥若晨星。三国时代曹操、诸葛亮都能打仗，文才也好，但在高层哲理的创建上毕竟未能俯视历史。身为文化大师而又善于领兵打仗的有谁呢？宋代的辛弃疾算得上一个，但总还不能说他是杰出的军事家。好像，一切都要等到王阳明的出现。

我有幸读到过他在短兵相接的前线写给父亲的一封问安信，这封信，把连续的恶战写得轻松自如，把复杂的军事谋略说得如同游戏，把自己在瘴疠地区得病的事更是一笔带过，满纸都是大将风度。

《明史》说，整个明代，文臣用兵，没有谁能与他比肩。这当然是不错的，但他又不是一般的文臣，而是屈指可数的顶级哲学家。他留下的"心即是理"、"致良知"、"知行合一"，是中国哲学史上极为珍贵的精神财富，我在讲课和著述时总会一再论述。因此，他的特殊性就远不只在明代了。

在王阳明之后，中国还有几位让我动心的精神大师，其中仍有两位是余姚人，他们就是黄宗羲和朱舜水。

黄宗羲和朱舜水，都可称为满腹经纶的血性汉子。生逢乱世，他们用自己的嶙峋傲骨，支撑起了全社会的人格坐标。因此，乱世也就获得了一种精神引渡。

梁启超在论及明清学术时，对余姚钦佩不已。他说：

> 余姚以区区一邑，而自明中叶迄清中叶二百年间，硕儒辈出，学风沾被全国以及海东。阳明千古大师，无论矣；朱舜水以孤忠羁客，开日本德川氏三百年太平之局；而黄氏自忠端以风节厉世，梨洲晦木主一兄弟父子，为明清学术承先启后之重心；邵氏自鲁公念鲁以迄二云，世间崛起，绵绪不绝……生斯邦者，闻其风，汲其流，得其一绪则足以卓然自树立。

梁启超是广东新会人，他从整个中国文化的版图上来如此激情洋溢地褒扬余姚，并没有同乡自夸的嫌疑。我也算是梁启超所说的"生斯邦者"吧，曾经"闻其风，汲其流"，不禁自问，那究竟是一种什么"风"、什么"流"呢？

我想，那是一种神秘的人格传递。由此想起范仲淹的名句：

> 云山苍苍，江水泱泱，先生之风，山高水长。

写下这十六个字后我不禁笑了，因为范仲淹的这几句话是在评述汉代名士严子陵，而严子陵又是余姚人。对不起，让他出场实在不是我故意的安排。

由此，我觉得从更深的意义上找到了自己的故乡。

五

我发现，故乡也在追踪和包围我。

最简单的例子，是我进上海戏剧学院读书后，发现当时全院学术威望最高的朱端钧教授和顾仲彝教授都是余姚人。这是怎么搞的，我不是告别余姚了吗？好不容易进了大学，又一头撞在余姚人的手下。

近几年怪事更多了。有一次我参加上海市的一个教授评审组，好几个来自各大学的评审委员坐在一起发觉彼此乡音靠近，三言两语便认了同乡。然后，都转过头来问问没带多少乡音的我是哪儿人。我的回答使他们怀疑我是冒充同乡来凑趣。这时正好新任评审委员的复旦大学王水照教授走进来，大家连忙问他，王教授十分文静地回答："余姚人。"

就在这次评审回家后，母亲愉快地告诉我，有一个她不认识的乡下朋友来过电话，用地道的余姚话与她交谈了很久。问了半天我才弄明白，那是名扬国际的英语专家陆谷孙教授。

前两年我对老上海的历史产生了兴趣，并把"海上闻人"黄金荣和"大世界"的创办者黄楚九作为重点研究对象，还曾戏称为"二黄之学"。但研究刚开始遇到"二黄"的籍贯，我不禁颓然废笔，傻坐良久。"二黄"并没有给故乡增添多少美誉，这两位同乡在上海一度发挥的奇异威力使我对故乡有了另一方面的判断。

故乡也有很丢人的时候。在"文化大革命"中，严子陵、王阳明、黄宗羲、朱舜水这几位先贤的纪念碑亭全都被砸，这虽然痛心却也可以想象，因为当时中国大陆很多地方都是这样。但余姚发生武斗之惨烈和长久，超乎想象之外。

长长的铁路线，独独因余姚而瘫痪在那里。上海的街头贴满了武斗双方的宣言书，实在让一切在外的余姚人都抬不起头来。难道黄宗羲、朱舜水的刚烈之风已经演变成这个样子了？王阳明呼唤的良知又去了哪里？

在那些人心惶惶的夜晚，我在上海街头寻找着那些宣言书，既怕看又想看。昏黄的灯光照着那些出自余姚人手笔的词句，就文辞而言，也许是当时同类宣言书中写得最酣畅的，但这使我更加难过。如果前后左右没有人看见，我会从墙上撕下这些宣言书，扯成最细的纸丁，塞进阴沟，然后逃走。

我怕有人看见，却又希望故乡能在冥冥中看到我的这些举动。我怀疑它看到了，我甚至能感觉到它苍老的颤抖。它多么不愿意掏出最后的老底来为自己正名，苦苦憋了几年，终于忍不住，就在武斗现场附近，一九七三年，袒露出一个震惊世界的河姆渡！袒露在不再有严子陵、王阳明、黄宗羲、朱舜水遗迹的土地上，袒露在一种无以言表的荒凉之中。要不然，有几位先贤在前面光彩着，河姆渡再晚个百把年展示出来也是不慌的。

河姆渡着实又使家乡风光顿生。它以七千年前的稻作文明遗迹证明，这儿不仅是我的故乡，也是中华民族的故乡。从二十世纪七十年代开始，中国的一切历史教科书的前面几页，都有了余姚河姆渡这个名称。

后来，几位先贤逐一恢复名誉，与河姆渡遥相呼应，故乡的文化分量就有点儿超重。记得前年我与画家程十发一起到日本去，在东京新大谷饭店的一个宴会厅里，与一群日本的汉学家坐在一起闲聊。不知怎么说起了我的籍贯，好几个日本朋友夸张地瞪起了眼，嘴里发出"嚄——嚄——"的感叹声，像是在倒吸冷气。他们虽然不太熟悉严子陵和黄宗羲，却大谈王阳明和朱舜水。最后又谈到了河姆渡，倒吸冷气的声音始终不断。他们一再把手按在我的手背上要我确信，我的家乡是神土，是福地。

同桌只有两位陶艺专家平静地安坐着，人们向我解释，他们来参加聚会是因为过几天也要去中国大陆考察古代陶瓷。我想中止一下倒吸冷气的声音，便把脸转向他们，随口问他们将会去中国的什么地方，他们的回答译员翻不出来，只能请他们写，写在纸条上的字居然是"慈溪——上林湖"。

我无法说明慈溪也是我的家乡，因为这会使刚才还在为余姚喝彩的日本朋友疑惑不解。但我实在压抑不住内心的激动，告诉两位陶艺专家："上林湖，是我小时候三天两头去玩水的地方。"两位陶艺专家惊讶地看了我一眼，从口袋里取出一沓照片，上面照的全是陶瓷的碎片。

一点儿不错，这正是我当年与小朋友一起从湖底摸起，让它们在湖面上跳跃奔跑的那些碎片！

两位陶艺专家告诉我，据他们所知，上林湖就是名垂史册的越窑所在地。从东汉直至唐、宋，那里分布过一百多个窑场，既有官窑又有民窑。国际陶瓷学术界已经称上林湖为露天青瓷博物馆。

我专注而又失神地听着，连点头也忘了。竟然是这样！一个从小留在心底的谜，轻轻地解开于异国他乡。谜底的辉煌，超过我做过的最大胆的想象。

想想从东汉到唐、宋这段漫长的年月吧，曹操、唐明皇、武则天的盘盏，王羲之、陶渊明、李白的酒杯，都有可能烧成于上林湖边。家乡细洁的泥土，家乡清澈的湖水，家乡热烈的炭火，曾经铸就过无数精美的载体，天天送到那些或是开朗、或是苦涩的嘴边。

六

从日本回来后，我一直期待着一次故乡之行。对于一个好不容易修补起来了的家乡，我不应该继续躲避。今年秋天终于回去了一次。

我在河姆渡遗址上慢慢地徘徊，在这块不大的空间里，漫长的时间压缩在泥土层的尺寸之间。我想，文明的人类总是热衷于考古，就是想把压缩在泥土里的历史扒剔出来。那么，考古也就是回乡，也就是探家。

但是，通过考古探视地面下的家乡，心情也不轻松。两位陪同我的家乡学者告诉我，就在我们脚下，当一批批七千年前的陶器、木器、骨器大量出土的时候，考古学者也发现了"食人"和"猎首"的不少证据，以及野蛮的祭奠遗迹。

于是，远年的荣耀负载出远年的恶浊，精美的陶器贮存着怵目的残忍。我站在这块土地上离祖先如此逼近，似乎伸手便能搀扶他们，但我又立即跳开了，带着恐惧和陌生。

美国人类学家摩尔根指出，"蒙昧 — 野蛮 — 文明"这三个段落，是人类文化和社会发展的普遍阶梯。文明是对蒙昧和野蛮的摆脱，但是蒙昧和野蛮并不是一回事。蒙昧往往有朴实的外表，野蛮常常有勇敢的假象。从历史眼光来看，野蛮是人们逃开蒙昧的必由阶段，相对于蒙昧是一种进步；但是，野蛮又绝不愿意就范于文明，它会回过身去与蒙昧结盟，一起来对抗文明。

结果，一切文明都会遇到两种对手的围攻：外表朴实的对手和外表勇敢的对手，前者是无知到无可理喻，后者是强蛮到无可理喻。更麻烦的是，这些对手很可能与已有的文明成果混成一体，甚至还会悄悄地潜入人们的心底。

我们的故乡，不管是空间上的故乡还是时间上的故乡，究竟是属于蒙昧、属于野蛮，还是属于文明？我们究竟是从何处出发，走向何处？

我想，即使是家乡的陶瓷器皿也能证明：文明有可能盛载过野蛮，有可能掩埋于蒙昧。文明易碎，文明的碎片有可能被修补，有可能无法修补。

然而，即便是无法修补的碎片，也会保存着高贵的光彩，永久地让人想象。能这样，也就够了。

一路上我在想，区区如我，毕生能做的，至多也不过是一枚带有某种文明光泽的碎片罢了，在与蒙昧和野蛮的搏斗中碎得于心无愧。

无法躲藏于家乡的湖底，无法奔跑于家乡的湖面，那就陈之于异乡的街市吧，即便被人踢来踢去，也能铿然有声。

偶尔有哪个路人注意到这种声音了，那就顺便让他看看，那一小片洁白和明亮。

七

第二天我就回上海了。

出生的村庄这次没有去，只在余姚城里见了一位远房亲戚：比我小三岁的表舅舅。记得吗，当年我初到上海时在钢琴边与我握手的小男孩，终于由于语言不通而玩不起来。后来阴差阳错，他到余姚来工作了，这次相见我们的语言恰好倒转，我只能说上海话而他则满口乡音。倒转，如此容易。

我这样就算回了一次故乡？不知怎么，疑惑反而加重了。

远古沧桑、百世英才，但它属于我吗？我属于它吗？身边多了一部《余姚志》，随手翻开姓氏一栏，发觉我们余姓在余姚人数不多。以前也查过姓氏渊源，知道余姓的一脉，是秦代名臣由余氏的后裔。但我在学术研究中又发现，更有生命力的余姓一脉，是古羌族，世居凉州，即今天甘肃武威。后来有一部分加入了西夏王朝，又有一部分纳入了成吉思汗的队伍，行迹不定。

我的祖先，是什么时候漂泊到浙江余姚的呢？我口口声声说故乡、故乡，究竟该从什么时候说起呢？我真正的故乡在哪儿呢？

正这么傻想着，列车员站到了我眼前，说我现在坐的是软席，乘坐需要有级别，请我出示级别证明。我没有这种证明，只好出示身份证，列车员说这没用，为了保护软席车厢旅客的安全，请我到硬席车厢去。

车厢里大大小小持有"经理"证明或名片的旅客开始用提防的眼光注视我，我赶紧抱起行李低头逃离。

可是，我车票上的座位号码本来就不在硬席车厢，怎么可能在那里找到座位呢？只好站在两节车厢的接口处，把行李放在脚边。

我突然回想起三十多年前第一次离开余姚到上海去时坐火车的情景，也是这条路，也是这个人，但那时是有座位的，行李里装着酒浸杨梅和霉干菜，嘴上嘟哝着余姚话。今天，座位没有了，身份模糊了，乡音丢失了，行李里也没有土产了，哐啷哐啷地又在这条路上走一趟。

从一个没有自己家的家乡，到一个有自己家的异乡。离别家乡，恰恰是为了回家。人生的旅行，怎么会变得如此怪诞？

火车外面，陆游、徐渭的家乡过去了，鲁迅、周作人的家乡过去了，郁达夫、茅盾的家乡过去了，丰子恺、徐志摩的家乡过去了……

他们中有好多人，最终都没有回来。有几个，走得很远，不知所终。

车窗外的云彩暗了，时已薄暮。淅淅沥沥，好像下起雨来了。

老屋窗口

一

前年冬天,母亲告诉我,家乡的老屋无论如何必须卖掉了。她说:"几十年没人住,再不卖就要坍了。你对老屋有情分,索性这次就去住几天吧,给它告个别。"

我家老屋是一栋两层的楼房,不知是祖父还是曾祖父盖的。在贫瘠的山村中,它十分显眼。这次回去,住的是我出生和长大的那一间,在楼上,母亲昨天就雇人打扫得一尘不染。

人的记忆真是奇特。好几十年过去了,这间屋子的一切细枝末节竟然都还贮积在脑海的最底层,一见面全都翻腾出来,连每一缕木纹、每一块污斑都对应上了。我痴痴地环视一周,又伸出双手沿壁抚摩着。

终于,我摩到了窗台。我最初就在这儿开始打量世界。母亲怜惜地看着成日扒在窗口的儿子,下决心卸去沉重的窗板,换上两页推拉玻璃。从此,这间屋子和我的眼睛 起明亮。窗外是茅舍、田野，不远处便是连绵的群山。于是，童年的岁月便是无穷无尽的对山的遐想。跨山有一条隐隐约约的路，常见农夫挑着柴担在那里蠕动。山那边是什么呢？是集市？是大海？是庙舍？是戏台？我到今天还没有到山那边去过，去了也许会破碎了整整一个童年。我只是记住了山脊的每一个起伏，对我来说，是生命的第一曲线。

二

这天晚上我睡得很早。天很冷，乡间没有电灯，四周安静得怪异，只能睡。一床刚刚缝好的新棉被是从同村族亲那里借来的，已经晒了一天太阳，我一头钻进新棉花和阳光的香气里，几乎融化了。或许会做一个童年的梦吧？可是什么梦也没有，一觉睡去，直到明亮的光逼得我把眼睛睁开。

怎么会这么明亮呢？我眯缝着眼睛向窗外看去，兜眼竟是一排银亮的雪岭，昨天晚上下了一夜大雪，下在我无梦的沉睡中，下在岁月的沟壑间，下得如此充分，如此透彻。

一个陡起的记忆猛地闯入脑海。也是躺在被窝里，两眼直直地看着银亮的雪岭。母亲催我起床上学，我推说冷，多赖一会儿。母亲无奈，陪着我看窗外。"喏，你看！"她突然用手指了一下。

顺着母亲的手看去，雪岭顶上，晃动着一个红点。一天一地都是一片洁白，这个红点便显得分外耀眼。这是河英，我的同班同学,她住在山那头,翻山上学来了。那年我才六岁,她比我大十岁,同上着小学二年级。她头上扎着一方长长的红头巾,那是学校的老师给她的。这么一个女孩子一大清早就要翻过雪山来上学,家长和老师都不放心,后来有一位女教师出了主意,叫她扎上这方红头巾。女教师说:"只要你翻过山顶,我就可以凭着红头巾找到你,盯着你看,你摔跤了我就上来帮你。"河英的母亲说:"这主意好,上山时归我看。"

于是,这个河英上一趟学好气派,刚刚在那头山坡摆脱妈妈的目光,便投入这头山坡老师的注视。每个冬天的清早,她就化作雪岭上的一个红点,在两位女性的呵护下,像朝圣一样,逶逶迤迤走向学校,走向书本。

这件事,远近几个山村都知道,因此每天注视这个红点的人,远不止两位女性。我母亲就每天期待着这个红点,作为催我起床的理由。这红点,已成了我们学校上课的预备铃声。

三

女孩到十五六岁,在当时山乡已是应该结婚的年龄。早在一年前,家里已为河英准备了婚礼。举行婚礼的前一天,新娘子找不到了,两天后,在我们教室的窗口,躲躲闪闪地伸出了一个漂亮姑娘蓬头散发的脸。她怎么也不肯离开,要女教师收下她干杂活。女教师走过来,一手抚着她的肩头,一手轻轻地捋起她的头发……霎时,两双同样明净的眼睛静静相对。女教师眼波一闪,说声"跟我走",拉起她的手走向办公室。

我在《牌坊》一文中已有记述,我们的小学设在一座废弃的尼姑庵里。几个不知从哪里来的美貌女教师,都像是大户人家的小姐,都有逃婚的嫌疑。她们都不姓余,但点名的时候,她们一般都只叫我们的名字,把姓省略了,因为全班学生绝大多数都一个姓。只有坐在我旁边的米根是例外,姓陈,他家是从外地迁来的。

那天河英从办公室出来,她和几个女教师的眼圈都是红红的。当天傍晚放学后,女教师们锁了校门,一个不剩地领着河英翻过山去,去与她的父母亲商量。第二天,河英就坐进了我们教室,成了班级里第二个不姓余的学生。

这件事何以办得这样爽利,直到我长大后还经常疑惑。新娘子逃婚在山村可是一件大事,如果已成事实,家长势必还要承担"赖婚"的责任。哪部小说、戏曲一写到这样的事不是渲染得天翻地覆、险象环生?河英的父母怎么会让自己的女儿如此干脆地斩断前姻来上学呢?我想,根本原因在于几位女教师的奇异出现。

山村的农民一辈子也难得见到一个读书人,更无法想象一个能够识文断字的女人。我母亲因抗日战争从上海逃难到乡下,被乡人发现竟能坐在家里看一本本线装书和洋装书,还能帮他们代写书信、查核契约,视为奇事。好多年了,母亲出门还会有很多人指指点点、交头接耳，吓得母亲只好成天躲在家里。这天晚上，这么多女教师一起来到山那边的河英家，一定把她父母震慑了。这些完全来自另一世界的雅洁女子，柔声细气地说着他们根本反驳不了的陌生言词。她们居然说，把河英交给她们，过不了几年也能变得像她们这样！父母亲只知抹凳煮茶，频频点头，完全乱了方寸。最后，燃起火把，把女教师们送过了山岭。

据说，那天夜里，与河英父母一起送女教师过山的乡亲很多，连原本该是河英的"婆家"也在，长长的火把阵接成了一条火龙。

只有举行盛大的庙会，才会出现这种景象。

四

河英是我们学校的第一个女生。她进校之后，陆续又有一些女孩子进来，教室里满满的，很像一个班级了。

女教师常常到县城去，观摩正规小学的教学，顺便向县里申请一点经费。她们每次回来，总要在学校里搞点新花样，后来，竟然开起了学生运动会。

当然没有运动衣，教师要求学生都穿短裤和汗衫来参加。那几天，家家孩子都在缠逼自己的母亲缝制土布短裤衫。这也变成了一种事先舆论，等到开运动会的那一天，小操场的短围墙外面，早已挤满了观看的乡亲。

学生们排队出来了，最引人注目的是河英。她已是一个大姑娘，运动衫裤是她自己照着画报上女运动员的照片缝制的，深蓝色的土布衣衫裁得很窄，绷得很紧，身材一下子显得更加颀长，线条流畅而柔韧。我记得她走出操场前，还几次在女教师跟前忸怩退缩，不断抻拉着自己的短裤，像要把它拉长。最后，几个女教师一把将她推出了门外。门外，立即卷起乡亲们的一片怪叫，怪叫过后一片喊嚓，喊嚓过后一片寂静。

河英终于把头昂起，开始跨栏、滚翻、投篮。这一天，整个运动会的中心是她，其他稚气未脱的孩子的跳跳蹦蹦，都引不起太多的注意。河英背后，站着一排女教师，她们都穿着县城买来的长袖运动衣，脖子上挂着哨子，满脸鼓励，满脸笑容；再背后，是尼姑庵斑驳的门庭。这里，重叠着三度景深。

这次运动会的后果是灾难性的。从此，经常可以听到妇女这样骂女儿："你去浪吧，与河英一样！"好几个女孩子退学了，男孩子也经不起家长的再三叮嘱，不再与河英一起走路。村里一位近似于族长的老人还找到了女教师，希望将河英退学，说余氏家族很难看得惯这样的学生。我母亲听说这事后，怔怔地出了半天神，最后要我去邀请河英来家里玩。那次河英来了之后，母亲特意牵着我的手，笑吟吟地把她送到村口。村民们都惊讶极了，因为母亲平日送客，历来只送到大门。

这以后，河英对我像亲弟弟一样。我本来就与我的邻座陈米根十分要好,于是三个人老在一起玩。放学后一起到我家做作业,坐在玻璃窗前,由我母亲辅导。母亲笑着对我说:"你们姓余的可不能这么霸道,这儿四个人就四个姓!"

五

今天,我躺在被窝里,透过玻璃窗死死盯着远处的雪岭,总想在那里找到什么。好久好久,什么也没有,没有红点,也没有褐点和灰点。

起床后,我与母亲谈起河英,母亲也还记得她,说:"可以找米根打听一下,听说他开了一爿小店。"

陈米根这位几十年前的老同学本来就是我要拜访的,那天上午,我踏雪找到了他的小店,就在小学隔壁。两人第一眼就互相认出来了,他极其热情,寒暄过一阵后,从一个木箱里拿出两块芝麻饼塞在我手里,又沏出一杯茶来放在柜台上。店堂里没有椅子,我们就站着说话。

他突然笑得有点奇怪,凑上嘴来说:"还是告诉你了吧,最后也瞒不住,这次买你家房子的正是我的儿子。我不出面,是怕伯母在价格上为难。说来见笑,我那时到你家温习功课,就看中了你家的房子。伯母也真是,几十年前就安上了玻璃窗!"

这个突然的话题谈下去对我实在有点艰难,我只好客气地打断他,打听河英的下落。他说:"亏得你还记得她。山里女人,就那个样子了,成天干粗活,又生了一大堆孩子,孩子结婚后与儿媳妇们合不来,分开过。成了老太婆了,我前年进山看到她,连我的名字也忘了。"

就这样,三言两语,就把童年时代最要好的两个朋友都交割清了。

离开小店,才走几步就看到了我们的校门。放寒假了,校园里阒寂无人,我独个儿绕围墙走了一圈便匆匆离开。回家告诉母亲,我明天就想回去了。母亲忧伤地说:"你这一回去,再也不会来了。没房了,从此余家这一脉的后代真要浪迹天涯了。"

六

第二天一早,我依然躺在被窝里凝视着雪岭。那个消失的红点,突然变得那么遥远,那么抽象,却又那么震撼人心。难道,这红点竟是倏忽而逝的哈雷彗星?

迷迷糊糊地,心中浮现出一位早就浪迹天涯的余姓诗人写哈雷彗星的几句诗。

你永远奔驰在轮回的悲剧
一路扬着朝圣的长旗
……

幽幽长者

一

很多年之前,我写过一篇题为《长者》的长篇散文,记述当时还在世的上海戏剧学院导演系研究员张可女士。这篇文章曾收入《霜冷长河》一书,但在后来编印的选集、合集中都没有收入。理由是,重读时觉得文笔过于散漫拖沓了,不符合我的严选标准。

于是,那篇文章,就像搁置在墙角多年的老家具,一直盖着灰布,也忘了是什么东西了,偶尔掀开灰布,居然眼睛一亮。那天,我不小心掀开了那篇旧文。

张可老师早已不在人世,学院里几乎没有人记得这个名字,各种记录资料中也没有留下任何痕迹。然而,她实在是中国现代女性的一个特殊典型,比现在被传媒反复讲述的那些"才智丽人"、"民国女性"更有深度。因此,我决定重写一篇,不仅仅是为了她个人。

二

张可老师并不担任课程，属于导演系"教育辅助人员"编制。她是研究莎士比亚的，如果导演系要排演某部莎士比亚戏剧，她可以提供一些咨询。然而好些年下来，这样的机会一直没有出现。因此，张可老师安静而空闲。她来上班时，也独进独出。

只有在一种情况下，张可老师会顷刻成为全院焦点，那就是外宾来访。

上海戏剧学院的外宾一直比较多，包括在尚未开放的二十世纪五六十年代。来的外宾多是表演团体，一行人艳丽妖娆、激动夸张，多数翻译人员都有点儿应付不了。即使应付过来了，后面还有几个绅士模样的高傲理论家，满口故弄玄虚的语言更让翻译人员头痛。在这种情况下，学院领导总会低声吩咐："叫张可来！"

张可老师一到场，外宾全都安静了，为她的美貌。她肯定比林徽因滋润，比王映霞清秀，比陆小曼典雅。面对外宾，她并不是热烈地一一握手打招呼，而是迎着他们的目光，在他们五六步前站定，介绍自己是莎士比亚学者，很高兴与他们在学院相遇，然后再充满好奇地询问他们来自什么机构和单位。浅浅问答几句，几乎和所有的外宾都粘连上了。而对那几个高傲的理论家，她会故意多谈一些，不露声色地吐露出让对方很难再高傲的专业素养。

她的英语，是标准的伦敦口音，却又增添了美国的开朗和热度。一开口，就让外宾们非常吃惊，却又障碍全消。于是，她立即成了人群的核心。

只要听说张可老师出来接待外宾，学院里的教师、学生、职工都会远远近近地围观，看她的优雅风范。上海戏剧学院美女如云，因此经常会有"民间口碑"式的"选美"。在叽叽喳喳间，入选名单不断更换，但列为第一名的总是她，张可。

三

美貌是第一惊讶，英语是第二惊讶，第三惊讶更重大：这么一个大美人，居然是老革命！

她在一九三八年未到十八岁就加入了中国共产党的地下组织，长期潜伏在美国新闻处和上海戏剧界。后来据几位认识她的老人告诉我，正是她的美貌，给地下工作带来很多方便，即使身上藏有情报也容易混过去。但是，这一定是没有藏过情报的人的"外行臆想"。在真正的血火战斗中，外貌的作用并不太大，危险始终近在咫尺。年轻的张可就在危险中奋斗了十多年，直到一九四九年新中国成立，真不容易。

共产党掌握政权了，她还不到三十岁，本应风风光光地担任某个部门的领导，却又出现了第四个惊讶：她功成身退，决然退党。

这第四个惊讶，让人觉得不可思议。

仅仅是几天之隔。几天前，共产党员只要被抓住就会被立即处决，她虽然没被抓住，却在心里坚定自认；几天后，共产党员已经可以在大街上昂首阔步，她反而已经不是。在历史转折关头的这种"反转折"，足以震动十方。

关于她的退党，有好几个传闻。

第一个传闻，在地下党员由暗转明的"报到处"，负责接待的领导人是一位级别不低的军事干部。突然见到张可这么一位美貌的"同志"和"战友"，他眼睛特别亮，话语特别多，似乎就像前些天快速攻入一座城池一样，便用很不恰当的语言表述自己的美好意图。张可早就听惯上海街市间对一个漂亮女性更"不恰当"的语言，但今天能在这样的话语中向组织"报到"吗？凭着在地下工作时养成的那股硬气，她扭头就走。

她不是原来就有组织吗？这就牵涉到第二个传闻了。地下工作时的领导，也是一位不错的文化人，看到战争结束，准备重新安排生活，包括重建家庭。他一直有意于张可，但张可已经结婚。他希望两头都改变婚姻，这在当时的革命队伍中比例极高，但张可不想进入这个比例。

据我的判断，这两个传闻都未必虚妄。

她的退党，其实也出于某种信任。天下既然已经转危为安，也就可以投入心中最喜爱的文学艺术了。过去出生入死，不正是为了建设更文明的社会吗？

这也是她公开表述的退党理由。

于是，上海戏剧学院出现了一个安静的莎士比亚研究者。

在刚刚结束动荡的年代，在上海这样的城市里，一个安静的人，极有可能封存着一部特殊的传奇。

这让我想起了上海戏剧学院的另一位奇特女性，党委副书记费瑛。一九四九年之前，费瑛在复旦大学读书，系里的激进学生为了打击"立场模糊的保守势力"，把她当作了重点批判对象。他们不知道，恰恰这位打扮时髦的女同学，是中国共产党在上海很大一个片区的地下负责人，当时那些大家佩服的学生领袖，都是由她在幕后指挥。这种说法大概是不错的，因为直到她退休之后，好几位国家级高官每逢过年过节还会来问候这位当年的"神秘领导"。

但是，张可老师的资历，还比费瑛女士高得多。当然，更不必说学识了。她们这两位传奇女性每次在学院草地间的小路上相遇，总会快步上前，长时间亲热地握手，然后看看周边有没有人注意，再退到树荫下讲话。当时的费瑛女士是学院的实际掌权者，经常要做报告、发指示，气势很大，但一见张可老师，立即变成了温顺的小妹妹。其实在外貌上，张可老师要年轻得多。

四

好，现在可以说说我与张可老师的交往了。

我是一九六四年在江苏浏河的一个贫困农村首次见到张可老师的，那时我十七岁，算起来，张可老师应该是四十三岁了。

那个年代，凡是大学师生都要不断地到农村去，名为"社会主义教育"，其实就是从事艰苦的农业劳动。每次下去的时间很长，半年到八个月。刚回来不久又下去了，一轮一轮接得很紧。我到今天还没有想明白，当时上面的领导究竟出于什么动机，让学生不学习，教师不上课，校舍全空着，硬挤到破陋的农舍里长时间煎熬。农民显然不欢迎那么些外来人挤到他们屋子里住，却还是去挤；农民更不乐意那么些完全不会干农活的城里人拥到他们的田里胡乱折腾，却赶不走。

上级有规定，到农村后必须住在全村最贫困的家庭。几个农村干部皱着眉头在选最贫困的几家中最窝囊、最不会讲话的那一家，免得今后不顺心了与入住的人吵架。

我就被分配去了这样一家，一起去这家的还有一位外地干部和一位教师。外地干部叫李惠民，他本就是农村的，却为什么要换一个农村来劳动，一直没搞清楚；而教师，就是张可老师。

这家农民有三间破烂的小泥屋。东边一间挤着房东夫妻和子女，西边一间住着房东年老的母亲，还养了两只羊；中间一间用于放置农具和吃饭，又养着四只羊。我和李惠民住在中间那间，与四只羊相伴。张可老师住在西边一间，与房东母亲和两只羊相伴。这六只羊都是集体所有的，在这家"借住"，和我们一样。

我所说的这一间、那一间，中间隔着墙。但那墙是芦苇秆加泥巴糊成的，六只羊的叫声全都听得见。比羊叫更刺耳的是老太太连续不断的咳嗽声，这实在是让张可老师受罪了。她住的那间泥屋，特别小，老太太的床又窄又脏，紧贴着张可老师的床。张可老师挂了一顶从上海带去的白帐子，但两只已经脏成灰黑色的羊就蹲在帐子边，臭气和霉味扑鼻而来。

这就是我和张可老师初次见面的地方。

我看到这间泥屋的景象就立即大声说："不行，老师，你绝不能住在这样的地方！"

我当时只知道她是我们学院导演系的教师，还不知道她的名字，但看到这么一个恐怖的住所，一下子就产生了一个男学生要保护女老师的责任感。

她竖起食指"嘘"了一下，让我小声一点儿。随即问了我的名字，便轻声说："规定要住最贫困的人家，只能这样了。要换，也没有理由。"

五

刚下乡时,正逢雨季。村里有规矩,天一下雨就要开会,开会的地方离我们的烂泥屋不近。这就太难为张可老师了,因为门外一片泥泞,她走一步摔一跤,浑身是泥。其实,她到河边洗漱,也寸步难行。雨停了,就要下田劳动,但田埂还是泥泞,她仍然无法行走。

这就需要我来搀扶了。我小时候在农村时成天赤脚玩泥,不把泥泞当回事。因此,几个月中,我成了张可老师最称手的拐杖。

对于吃饭,当时还有一个奇怪的规定,尽管交了饭费,但绝不能吃饭桌上的任何荤菜,连农民在河沟边自捞的小鱼小虾也不能动。幸好这家人家没有这种麻烦,下饭的菜永远是一碟盐豆。为了怕费油,青菜都不炒一个。几个月下来,我们的脸色已惨不忍睹。

张可老师看着我说:"你正在长身体,不能一直这样。"但是,又能怎样呢?她叹了一口气,说:"现在上上下下都喜欢摆弄苦,炫耀苦,却忘了当初革命是为了什么。"

我当时一点儿也不知道,说这句话的人,最有资格说"当初"。

也有下雨不开会的日子,我们就可以在烂泥屋中间那一间的门内，看看书，说说话。

那天，我在一角看书，张可老师从她的泥屋子走了出来。只是远远地瞟了一眼，她就说："不要只读兰姆，要读原文。"

这下我脸红了。我确实在读兰姆姐弟（Charles and Mary Lamb）合编的《莎士比亚故事集》，从外文书店买来的英文版。原来以为已经很牛了，却被真正的莎士比亚专家一眼看破。她怎么粗粗瞟一眼就能认出哪一本书呢？这就叫专业。

我嗫嚅着："莎士比亚原文是上了年纪的英语，很难。"

"你真不知道读原文的乐趣有多大！"她说这句话的时候，满脸都是光辉。

"如果由中国的剧团来演出，用谁的译本比较好？"我问。

张可老师说："一般用朱生豪的，他只活了三十二岁就翻译出了二十七部，令人感动。但也正因为太匆忙，有点儿粗糙，对那个时代的神韵传达不够。这些年北京大学吴兴华等人进行了校译，质量就提高了。梁实秋倒是翻译全了，翻得从容不迫，但少了朱生豪的那种激情，又不太适合演出。"

顿了顿，她说："记住，现在中国最好的翻译家是傅雷，我们很熟。你听说过他的儿子傅聪吗？大钢琴家……"

我知道，这就是上课，就恭恭敬敬地找了一把小小的竹椅子摆端正，请她坐下，我就坐在对面三块叠着的泥砖上。她一笑，便坐下了，显然，她也愿意在这被大雨封住的小泥屋里讲这样的课。以后每次这样一坐，彼此心头就响起了学院的铃声。

"你能读兰姆,也算不错了,那书是在福州路外文书店买的?"张可老师问。

我说:"兰姆是我的中学英语老师孙珏先生吩咐买的,现在这样的书买不到了,满架都是我国政治读物的外文版。前两次下乡,我为了学英语,把《毛选》的英文版读了一遍。"

"那不是学英语的办法。"她说,"中国人的思维,中国人的词汇,猜都猜得出来。读英语,先读狄更斯,再读莎士比亚。"

"你们系里平常上一些什么课?"她问。

"太差了。当时是以全国最难考的招牌把我们吸引来的,一听课,多半是政治教条。我们等着顾仲彝先生来讲贝克技巧。"我说。

她笑了一下,说:"贝克不重要。技巧只是技巧。"

"亚却呢?"我追问。贝克和亚却,都是美国的编剧教师,小有名气。

"也不重要。"她说。

"劳逊呢?"我又问。劳逊的书,已在中国翻译出版。

"稍稍好一点儿,讲到了结构,但还是浅,而且啰唆。"她说。

她三下两下,就把我们所企盼的课程全给否定了。其实按照当时已经泛滥起来的极左思潮,这些课程也不可能进课堂了。

她看出了我的疑惑,就讲了一段话:"艺术的最高处,不在技巧。一切都靠时代力量和个人天赋。莎士比亚是一位伟大的诗人,向他学什么编剧技巧,实在是委屈了他。中国话剧的发展,关键在导演。戏曲,关键在演员。"

"那是不是要学习斯坦尼和布莱希特的表演理论体系?"我问。

"也不必。他们两人都是好导演,但是一钻到理论里就夸张了,把架势撑得太大。凡是艺术家自己搞的体系,都不能太相信。"她说。

——后来我每次回想,都感谢张可老师在我刚懂事的年纪示范了如何做减法。

别的老师喜欢把自己知道的一切全都当作宝贝往学生肩上压,张可老师正相反,以自己的阅历衡量轻重,对比高低,去芜存菁,早早地为学生减省负担。并且,把减省负担当作一个重要的学术门径,启发学生。

我想,如果不是那间雨中烂泥屋,而是一直在高楼深院里接受一系列正规教育,那么,我不知道会在大量"看似重要的不重要"中浪费多少年月。

有一天又下雨,她与我谈起了文学。她对中国现代小说,居然全都看不上,包括一系列已经上了现代文学史的"经典作家"在内。

"都不大气,缺少人性和神性。只是社会化、观念化、个人化的东西。既显得神经兮兮,又显得可怜兮兮。"这两个"兮兮"是上海女性的口语,一说出口,她就笑得很开心。

"您会不会也去翻翻当代小说?"我问。

"翻得很少。粗粗的印象,我觉得陕西的作家比较认真,像柳青、王汶石。看起来王汶石更好一点儿,笔下有一种爽朗的劲道,可惜题材太窄。"

我对她读过王汶石,有点儿吃惊。

接下来是她问我了:"外国小说家你喜欢谁?"

"法国的雨果,俄国的契诃夫和美国的海明威。"我说。

"我知道了,你不喜欢精神撕裂型、心灵忏悔型的作品。"她说,"正好,我也不喜欢。"

就这样,过了五个月。一天上午,乡里一个通信员推着一辆很旧的自行车来通知,说上海戏剧学院的领导来慰问下乡劳动的师生,今天就不用下田劳动了,大家到南边一个旧祠堂里去集中,中饭就在那里吃。

这是让人高兴的事,我陪着张可老师走了不少路,找到了那个旧祠堂。来慰问的领导就是费瑛书记,她一见张可老师便着急地迎过来,握住手之后又一遍遍上下打量着,那表情的意思是,真不该让她在这里待那么久。

分散在各村的同学和老师重新见面,都非常开心。这时才发现,旧祠堂的一角正烧着两只大锅,飘出阵阵无法阻挡的香味。原来，费瑛书记听说我们在乡下不仅劳动艰苦，而且吃得很坏，就决定来一次最实际的慰问。那就是请学院食堂的厨师一起下来，办一次聚餐，每人分两块草扎肉、两个馒头，进行"营养速补"。

所谓草扎肉，就是把五花肉切块后用一根根稻草扎了，放到锅里焖煮。煮烂了也不会散块，掂起稻草分给各人。由于已经有五个月没有好好吃饭了，很多男同学打赌，能一口气吃下十块。看到同学们的狼吞虎咽，费瑛书记眼泛泪光，轻轻摇头。张可老师只吃了一块肉，把另一块放到我的盘子里，就起身又到费瑛书记那里去了，我连推让的机会都没有。

这时，在我们邻村劳动的胡导老师挨近我，问："你知道为什么费瑛书记这样尊重张可老师吗？"

我摇头，看着胡导老师。

胡导老师打趣说："看你和她在一起劳动快半年了，她都没有透露。可见我也不能透露，这是地下工作的规则。"

看我发呆，胡导老师又加了一句感叹："传奇啊，了不起！"

六

"文革"开始后，舞台美术系的同学带头造反，组织了一个叫作"革命楼"的造反组织，全系大约有三分之二的同学参加。表演系也有同学造反了，大约占全系人数的三分之一。

我们戏剧文学系和导演系的同学没有人造反,就由我带领着,对抗造反派同学临时学来的暴行,例如批斗老师、抄家、打砸抢。他们开大会,我们也开大会;他们刷出了打倒谁的标语,我们就紧挨着刷出正面标语;他们准备要抄哪个老师的家,我们先赶到一步,贴出布告"这家已由革命群众查检完毕";他们要烧图书,我们就围成三圈高喊反对的口号……

我因这些对抗行为,被造反派称为"保皇派代表"、"三座大山之首"。"三座大山",指学院里反对造反派暴行的三个群落。有一段时间,毕竟是反对暴行的师生要多得多,我一时广受拥护。有一次,在红楼前的热闹通道口,一位年迈的女教师大声表扬我是"正派的好孩子",边上很多人鼓掌。我正为"孩子"的说法烦恼,肩上被拍了一下,一个熟悉的声音传来:"最近有没有见到李惠民?"

我转身一看,居然是张可老师。李惠民,是我们在农村同住一家的那位地方干部,几乎忘了,她怎么突然提起?原来,她是想用一个陌生的话题把那个女教师的表扬和别人的掌声打断,把我引开。

我跟着她走到一个无人的角落,她轻声而快速地说:"你应该赶快躲起来。在学院里我们是多数,但这是暂时的,从中央的势头看,会有大翻转。你不能站在风口浪尖上。"说完,她拍拍我的手臂,转身就走了。

其实我也在关心形势,已经预判造反派会很快压倒我们。既然这样,张可老师说得对,应该往后退。正好我爸爸被他们单位的造反派打倒了,我要天天代笔为爸爸写交代,就从学院隐退了。

此后,我经常想起突然拍肩又突然转身的张可老师。她在"文革"中,没有引起造反派的注意,因为她不是党员,不是干部,也不是正式教师。她原来所在的导演系没有造反派,而后来她的编制又划到了演出科,那是一个由裁缝、木匠组成的舞台服务机构,没有人对"文革"有兴趣。但是,如此安全的张可老师那天对形势作出的判断,实在是一种充满政治经验的远见。

当时我的遭遇已经是一片凄风苦雨,爸爸被关押,叔叔被逼死,全家八口人失去经济来源,而我又是大儿子。正在苦得不知道怎么办的时候,上面又下达通知,立即下乡劳动。

下乡不久前的一天,我拿着造反派掌权者为我做的"长期对抗文革"的最低等级思想鉴定,疲惫地在学院里走,又遇到了张可老师。与上次一样,她喊了我名字后先从一个陌生人开头:"我家邻居是你中学时的同学,最近从北京回来了……"边说边往小路引。看到周围没人了,就转入正题。

"听说你们又要下农村?"她急切地问。

"是的,已经动员过了。"我说。其实,动员到出发的时间很短,这两天我正在想办法用卖书所得的三元钱买一套防雨的棉衣。

"去多久?"她问。

"说是一辈子。"

她突然沉默了，低下头去一会儿，又抬起头来。

"一辈子，让带书吗？"她艰难地问。我猜度刚才她沉默时也许会想起我们在烂泥屋里靠谈论书籍熬过了半年的往事。但这次是一辈子，而不是一年半载。

带书，这事我也在想，前几天卖书时还咬着牙留下了几本，因而就对张可老师说："让不让带书还不知道，总可以带几本吧。"

"一辈子，与父母商量了？"她又问。

刚问，她又露出一个抱歉的表情。因为在那个年月一切命令都无法与父母商量。而且我想张可老师也听说了，我家已陷于大祸。

她叹口气，轻轻地拍了拍我的手臂，说："好好照顾自己！"

没想到，不是一辈子。

一九七一年，由于"九一三事件"、重返联合国、准备欢迎美国总统，"文革"的逻辑断了。在周恩来等人的努力下，文化建设悄悄地代替了文化破坏。

复课、编教材、编词典、办学报，都火烧眉毛般地着急推进。这是另一种逻辑的启动，我们也就随之从农村回到了上海。

上海戏剧学院遇到的第一件好事，是抽调专家去编《辞海》。抽到的第一个人,恰恰是张可老师。她当然合适,《辞海》里的很多条目都能够参与。

接下来的事情就分好几个等级了。复课招生是第一等,既热闹,又有点儿权;编学院里的专业教材是第二等;与外校一起编通用教材是第三等;到外校去编我们学院用不着的教材是第四等。我分到的是第四等,到复旦大学去编我们学院用不着的教材。

第四等倒无所谓,比较麻烦的是复旦大学太远,去一趟要换好几路车,没人想去。我同意去,是另有所图,想利用复旦大学图书馆的外文书库来充实我已经独自悄悄在编的教材《世界戏剧学》。

从我们学院到复旦,我看到教育恢复的势头十分振奋。有趣的是,所有的造反派骨干成员,全都置身在这个势头之外,他们气鼓鼓地等待着一场"反击"运动。

那天我回学院,看到教育楼的红砖外墙上新贴出一条标语:

不要资产阶级文痞,
宁要无产阶级文盲。

这种标语在"文革"中看得多了,但这次,显然是针对着教育恢复的势头来的。

我历来不怕极左派,现在更不怕了,就立即在标语边贴

了一张字条,在当时叫"戳一枪"。我写的是:

> 上海流氓总把别人说成流氓,
> 上海的文痞也是一样。

写完,签上自己的名字。刚贴出,就有很多人围着在看,表情兴奋。可见,社会气氛已变。当天下午我还在那里转悠,看到张可老师也来了,她又把我拉到路边,说:"那一枪,很好。"

我说:"看了那么多年,发现破坏文化的,都是文人。他们是真正的文痞。"

张可老师说:"这我早就知道。但文痞很滥,你要小心。"

我说:"不怕他们。"

果然,第二天下午,在我贴纸条的下方,一条新标语又出现了:

> 警惕老保翻案!

我又在这条标语边"戳一枪":

> 天地大案尚未审,
> 何人翻案未可知。

这次我干脆署名为"老保大山"。这是当年造反派封我的,"保皇派代表"、"三座大山之首",我把它们合在一起了。这条标语贴出后,他们不再来闹,可见形势确实变了。

这事的两年之后,他们发动了全国性的反击,叫作"反击右倾翻案风"。但不到一年,"四人帮"被逮捕了,天佑中华。

其间事情太多,不去写了。我只记得,自从那次在学院走道上讨论"文痞"之后,一直没有见到张可老师。偶尔想起,估计她还在编《辞海》,什么时候有空,应该去拜访。但是一直没有找到有空的时间,而且我也始终没问过她住在什么地方。

就这样,又过了三年,我遇到了一件与她有关的事。

七

一九七九年春天,我在学院资料室里翻阅北京的一本学术杂志,发现一篇用中西比较方法研究《文心雕龙》的文章,心中一喜,却不知道作者王元化是什么人。当时正好有一家上海报纸向我约稿,就写了篇读后感寄去。没想到,几天后报社的编辑亲自来到我家,满脸抱歉。

"感谢您终于为我们报纸写了专文,而且写得那么好。但是,这篇文章暂时还不能发表。"编辑说。

"为什么？"我笑着问。

"原因只有一条，王元化的历史问题还没有结论。学术杂志发表他的论文可以，但我们报纸……"

"王元化是谁？"我问。

"您写了文章还不知道他是谁？"编辑十分惊讶，"我们编辑部还以为您写这篇文章，是因为与他爱人同在一个学院呢。"

"他爱人在我们学院？"我好奇极了。

"张可嘛！您真的不知道？"

"啊！"这下我倒真是发呆了。

我从椅子上站起来，回想着张可老师与我交往的点点滴滴。她怎么一点儿也没有吐露，而我怎么一直也没有询问？

这就是中国人的师生伦理。好像学生不应该去揣测老师的家庭生活，更不应该随便打听。结果，代代传承，变成习惯，连想也不会去想了。

我怀着慌乱的心情，去找了那次在乡下向我暗示张可老师有"传奇"的胡导老师。胡导老师听我一问，就把隔壁办公室的薛沐老师也叫来了。他们都是见多识广的长辈，兴致勃勃地轮番叙述着，让我进一步知道了张可老师的事情。她宁肯退党也不愿意改变婚姻，正因为有这位丈夫王元化。

但是，在退党事件后没几年，王元化被牵涉进了"胡风案件"，因为他是新文艺出版社的总编辑，与诗人胡风有业务交往。由于案件快速膨胀,他被逮捕入狱。那时张可才三十出头,不仅对蒙冤入狱的丈夫不离不弃,而且还不断寻找经常变动的关押地点,又向各个相关部门上访诉冤。王元化出狱后没有单位,没有工资,精神又有点儿失常,全靠张可一人撑持着照顾。一年年下来,直到眼下,形势才有所变化,王元化可以在学术杂志上发表论文了……

我听了两位长辈的叙述,非常激动。张可老师给人的一个个"惊讶"早已令人叹为观止,没想到还在不断增加。这中间,还夹带着我自己的一个惊讶。就在我们下乡劳动的那些日子,她仍然处于为丈夫上访、为丈夫治病的过程中。我哪能想象,那顶挤在老太太和羊窝之间的白帐里,兜藏着中国女性最贞淑的品质、最坚毅的心灵。

外面,一天一地都是黑夜、暴雨和泥泞,而那顶小小的帐子,却是如此洁白无瑕。

我托请《辞海》编写组的一个年轻工作人员打听,张可老师什么时候会回学院一次。打听到了,那天我就守在我们经常聊天的那个路口。

果然,她来了。

毕竟是"文革"之后的第一次见面,千言万语不知从哪儿开头。我突然觉得不如"中心突破",一开口就说了对王元化先生文章的评价,并为他终于能发表文章而高兴。

张可老师的表情很吃惊,连问我怎么全都知道了。我止支支吾吾,她又拉着我的衣袖到一边,轻声说:"他到现在还没有平反,但从种种消息看,快了。平反后一定请你到我们家去长谈。"

"为什么要等到平反才去?王元化先生什么时候有空,我随即登门拜访。"我说。

"他呀,什么时候都有空。"她笑得很开心。

过了三天,与张可老师一起在编《辞海》的柏彬老师找到我,交给我一封厚厚的信。拆开一看,署名是王元化。

王元化先生详尽地叙述了以前如何在张可老师那里一次次听说我的过程,然后郑重约请我去他家一聚。在长信的最后他写了一段话:

> 秋雨,尽管身边还有大量让人生气的事,但我可以负责地说,就学术文化研究而言,现在可能正在进入本世纪以来最好的时期。

这段话让我感动,因为写的人还没有获得平反。

收到信的第二天,我就按照地址找到了他们家。是在淮海中路新造的一幢宿舍楼里,按当时上海的居住水准,已经算是不错的了。他们是新搬进去的,我想,既然上面有了给他们分房的举动,平反的事可能真的不远了。这叫作"正在走程序"。

张可老师一见我乐坏了，忙忙颠颠地端茶、送点心。他们家里雇了一个头面干净的老保姆，张可老师说："她是你的同乡，余姚人。"老保姆用余姚话与我打过招呼，就去忙饭菜了。

王元化先生坐在我边上，说："寒暄的话都写在那封信里了，今天开门见山吧。你读了这篇文章没有？"他拿起一本杂志放在我眼前，我一看，是李泽厚的《论严复》。

"我觉得这一篇，比他五十年代发表的《谭嗣同研究》写得好，尽管那篇资料收集得更细致。"王元化先生说。

张可老师一听，立即嗔怪起来："人家秋雨那么远的路赶过来，茶都没有喝一口，一下子就谈得那么严肃！"说着就拐身到厨房里去了。

我就与王元化先生谈李泽厚。我说王元化先生有眼光，这几年李泽厚进步很大，远超自己的五十年代。尤其是他以康德为背景的美学理论，已经把朱光潜、宗白华比下去了。

王元化先生睁大眼睛看着我，估计他会把朱光潜看得更高一点儿。但他还没有开口，张可老师已经在招呼吃饭了。

菜不多，但很精致。张可老师不断地往我的盘里夹菜，自己几乎不怎么吃。他们家的饭碗很小，我几口就吃完了，张可老师忙着一次次添，添完又夹菜。连王元化先生看了也觉得有点儿过分了，不断笑着说："让秋雨自己来，自己人不用太客气。"

我看着张可老师，想起在烂泥小屋我们一起吃盐豆五个月，想起她在老祠堂把草扎肉让给我……她似乎也想起了什么，对王元化先生说："秋雨像骆驼，可以吃很多，也可以饿很久。"

吃完饭，王元化先生一挥手，要我到隔壁房间谈学问。张可老师向我一笑，说："你们谈学问我就不参与了。"

乍听这话像家庭妇女，但我分明记得，在农村，她一直在给我谈学问啊，而且谈得那么好。

与王元化先生谈了一会儿我就发现，他此刻浑身蕴藏着一个被废黜已久的学者对于学术交谈的强烈饥渴。反过来，他的知识结构又让我不无惊喜。他出事，是在五十年代前期，那时，中国在文化领域的极左思潮还没有形成气候。等到他被羁押之后，社会上倒是越来越"左"了，他已经没有权利投入，因此也就保持了某种干净。

为此，我们两人决定多谈几次。

在第一次拜访之后，我又在一个月里三次重访。为了谈得长一点儿，我一般都是下午二时去，不要与晚饭靠得太近。张可老师还是不参与，只是与老保姆一起，在厨房准备晚饭。

通过几次长谈，我大体领略了王元化先生的知识结构。

由于父亲是教师，他小时候住在清华园，"那里连鞋匠都讲英文"，因此有基本的文化背景。原是基督徒，后来加入共产党，较多的时间着力于对革命思想的传播。虽然没有出国留学的经历，也没有安心求学的可能，但对十八、十九世纪欧美的文化思潮有一个大致的了解,又更多地受到俄国别林斯基、丹麦勃兰兑斯和法国罗曼·罗兰的影响。

"胡风事件"使他改变了文化道路。从监狱释放后,他随妻子张可研究了莎士比亚,自学了黑格尔哲学,又把《文心雕龙》作为理论解析的中国标本。这使他从一个文化评论者转化为专业研究者。

他文化视野的下限,大概止于德国社会学家马克斯·韦伯,这也是"文革"结束后几年他看书自学的。由于年龄的制约,他不可能学得更多。因此,在几次长谈中,他非常仔细地向我询问了弗洛伊德的学说,荣格的文化人类学,接受美学,以及由卡夫卡起头的现代派文学,以萨特为代表的存在主义文学。对于其中一些关键的命题和人名,他还询问了外文字母的拼法。但看得出,这一切,基本上都进入不了他的欣赏范围,他也缺少研究的兴趣。因此,他是一个带有十九世纪的文化印记的学者。他的重返,是一种隔代风格的隐约重现。

在整个长谈过程中,我一直等待着张可老师的出现。我暗想,即使在学术上,张可老师也会产生一些独特的想法,让王元化先生和我惊喜。但是她一直没有出现,始终在厨房里忙碌。

夏衍曾说:"大家都在称赞钱锺书,我却更欣赏杨绛。妻子比丈夫写得更好。"我对张可老师,也有近似的判断。至少在对文学艺术作品的直觉上,她一定强过王元化先生。而这种直觉,来自天性。

八

终于,我要写出最沉痛的笔墨了。

就在我与王元化先生多次长谈的三个月后,一九七九年六月,张可老师突然在一次会议上脑溢血中风。

她被送到医院,情势十分危急,昏迷十天不醒,半个多月一直处于病危之中。

王元化先生在医院号啕大哭,一遍遍高声呼喊着:"我对不起她!我对不起她!"

张可老师虽然暂时挣脱了死神,却像彻底换了一个人。这种情景我不忍描述,一切略懂医学的人都知道。其实,原来的张可老师已经不在了。

不到半年,王元化先生彻底平反。不久,依照他的革命履历,升任为上海市委宣传部部长。

这是一个不小的官职,家里人来人往。张可老师已经不能招待了,躺在床上,眼睛直直地看着窗外的云天,又像什么也没有看。那情景,就像一尊卧姿的汉白玉雕塑。

我想,这位传奇女性又出现了一个令人震撼的"惊讶"拐点:在苦苦陪伴了半辈子的丈夫终于要恢复名誉的关键时刻,她走入了另一个空间。

九

对于王元化先生担任上海市委宣传部部长，我在高兴过后，更多的是担心。因为，他与这个社会已经脱离太久。

那天有通知下达，新任的市委宣传部部长要向全市各单位的宣传干部作一场报告，地点在淮海中路的社会科学院。我因为心中挂念，也赶去了。

我到现场一看，就知道大事不好。坐在会场前十排的，全是农民打扮，是郊区十个县赶来的，因为路远，出发早，就先到了。城里的宣传干部坐在后面，主要是工厂、街道来的，那个时期还整体贫困，都极其朴素。所有来听讲的宣传干部，每人都拿着一本土黄纸封面的"工作手册"，准备记录。

王元化先生那天的讲题是"现代市民的理论素养"，具有学术高度，但他没想过这是在给谁讲。出现最多的引文来自恩格斯、黑格尔和罗曼·罗兰，还两次动用了《文心雕龙》里的段落。那么多"工作手册"，几乎一句也没有记下来。

他知道自己讲砸了，越讲越快。在即将结束的时候，他看到了坐在第三排边上的我。一讲完，他为了不想听随从官员尴尬的评语，立即向我走来，并把我拉到了一间小小的休息室。他当着随从官员的面说："我有一件公事和一件私事，要与秋雨商量。"随从官员听说有私事，也就止步了。王元化先生随手关上了休息室的门。

坐下他就说:"部里的工作人员事先没有提醒我听报告的对象。"

我想,如果张可老师还像以前一样,事先提醒的一定是她,因为这是第一场报告。失去了张可老师的提醒,王元化先生有点儿乱。但是此刻我必须安慰,便说:"这个报告如果在复旦、交大、同济讲,就会很好。"

他笑着摇了摇头,随即回到正题,说:"先商量公事。我上任后连续收到一个匿名者的三次揭发,说巴金参加过上海的'文革'写作组。这事让我挠头,因为巴金太重要。"

我说:"这里存在着词语误读。"

"词语误读?"他让我讲下去。

我说:"按照正常词语,写作组是几个人聚在一起写文章,但在'文革'中就不对了。那时流行小词语,连最高权力机构'中央文革'都叫小组,下面跟着来,结果上海市政府也就变成了工业组、农业组、公交组、财经组等等,其实都是一个个大系统。写作组是指当时全市文化宣传教育系统,与那些组并列。"

这下新任宣传部部长笑了:"哦,果然有词语误读。这在中外历史上比比皆是。"

我想,张可老师挡除了一切风雨,使得王元化先生长期隔绝世事,居然对那样的匿名信也有点儿相信了。我说:"巴金在'文革'中受尽迫害,最后被收留在写作组系统独自翻译赫尔岑,有什么问题? 按照匿名信的逻辑,连张可老师也编过'文革辞海'呢! 我肯定,匿名揭发者是一个迫害狂,当年迫害巴金时留下了劣迹,所以要再度迫害,把水搅浑。"

王元化先生说:"你说到迫害狂,那就可以引出我的私人问题了。你们戏剧文学系有一个教师,在'文革'中负责张可的专案审查。一次次逼问张可,威胁张可,没完没了,成了我家的恐怖梦魇。现在我看到张可躺在床上这个样子,很想为她出口气,在哪篇文章中提一提这个教师的名字,你看可以吗?"

我连忙问这个教师的名字,一听,就傻了。

这个人一直躲躲闪闪,从来没有听说过他在负责什么专案审查,而且张可老师也根本不属于戏剧文学系。我立即断定,这是一起单人作案事件,单位里没有第二个人知道。

但是王元化先生为了张可老师,要在文章中提到那个人的名字,我认为万万不可,因为那会产生"佛头着粪"的恶果。高贵永远无法对付卑鄙,圣贤永远无法对付小人。一对付,反而抬举了对方。这很无奈,实在是人世间巨大的悲哀,君子们难逃的宿命。

听了我的劝说,王元化先生同意了,不在文章中提那个人的名字。

那天与王元化先生分手后,我一路在想,以前一直认为张可老师总算在"文革"中大致平安,现在才知道并非如此。祸害的来源不去说它了,只觉得张可老师这一生,真是一天也不得消停。人世间的每一个磨难都不放过她，而且一个一个都咬得那么紧。

她来不及诉说，也不想诉说。此刻不能讲话了，只能让所有的凄楚和苍凉，全然消失于天地之间。

但是，未必全然消失。因为她有一个能够用笔来追踪天下善恶的学生。

我一直想找王元化先生好好谈谈张可老师，然后写点儿什么。

在这么大的城市当宣传部部长确实太忙了，找不出成块的时间。好不容易等到他离休，他、黄佐临、谢晋、我，成了上海市四大文化顾问，经常见面讨论。但四个人一聚，我眼花了。黄佐临和谢晋我也想写一写，借以唤醒上海文化的自尊。而且，因为他们两人的作品大家都知道，写起来也会比较顺手。最难写的是张可老师，我把她放到最后，因此没有在那个时候打扰王元化先生。

后来，国际大专辩论赛邀请王元化先生、我与哈佛、耶鲁的两位教授一起，担任"四人总评委"，中间空闲的时间比较多，我开始不放过王元化先生了。

王元化先生说："由你的文笔来写张可，就会成为一座纪念碑。"

大概在两个月后，我送去了《长者》文稿。

王元化先生看后,立即通知我到衡山饭店找他。

这是衡山饭店朝西的一间不大的客房,王元化先生在这里生活和工作。这是怎么回事? 王元化先生说:"发生了一些不愉快的事,我就住这里了。"

什么"不愉快的事"? 他不说,我也不问。这就像当年对张可老师,她不说,我都不问。

王元化先生从抽屉里拿出我的《长者》文稿,我以为他要提一些修改意见,却不是。他郑重地对我说:"能不能在你的文章中留出一个不大的篇幅,说说我对张可的评价?"

当然可以。但是我还不太明白,为什么一个很能动笔的丈夫,要把自己对妻子的评价放在别人的文章里?

王元化先生解释道:"如果由我自己写一篇文章,只能是丈夫对妻子的回忆,容易陷入过程性叙述,会显得一般。出现在你的文章中就有了第三者的目光,而且,你的文章拥有最多的读者,我不妨借一把力,把事情做得隆重一点儿。但是你最好标明一下,文章中这一段是以我的名义写的,也算是我自己的一份纪念。"

这就清楚了。我就问:"你的评价,是你亲自写,还是我派人来记录?"

他说:"我亲自写。"

"几天?"我问。

"三天。"他说。

三天后,我又去了衡山饭店。一敲门,门立即就开了,开门的王元化先生,手上拿着几页文稿。

下面,就是王元化先生为张可老师写的几段文字。我数了数,共约一千二百个字——

> 张可,一九二〇年十二月出生于苏州一个书香世家,受良好早期教育。十六岁时考进上海暨南大学,这是一所拥有郑振铎、孙大雨、李健吾、周予同、陈麟瑞等教授的大学,学风淳厚。一九三八年十八岁时加入中国共产党,从此全力投身革命。大学毕业后主要在上海戏剧界从事抗日活动,自己翻译剧本、组织小剧场演出,还多次亲自参加表演。结识比她早参加共产党的年轻学者王元化。

> 抗战初年在一次青年友人的聚会中,有人戏问王元化心中的恋人,王元化说:"我喜欢张可。"张可闻之不悦,质问王元化什么意思,王元化语塞。八年抗战,无心婚恋,抗战胜利前夕,有些追求她的人问她属意于谁,张可坦然地说:"王元化。"

> 以基督教仪式结婚。其时王元化在北平的一所国立大学任教,婚后携张可到北平居住。但张可住不惯,说北平太荒凉,便又一起返回上海。

> 一九四九年五月上海解放,这两位年富力强而又颇有资历的共产党人势必都要参加比较重要的工作,但他

们心中的文学寄托,在于契诃夫、罗曼·罗兰、狄更斯、莎士比亚,生怕复杂的人事关系、繁重的行政事务和应时的通俗需要消解了心中的文学梦,再加上已有孩子,决定只让王元化一人外出工作,张可脱离组织关系。

因胡风冤案牵涉,一九五五年六月王元化被隔离,还在幼儿园小班的孩子张着惊恐万状的眼睛看着父亲被拉走。关押地不断转换,张可为寻回丈夫,不断上访。王元化被关押到一九五七年二月才释放。释放后的王元化精神受到严重创伤,幻听幻觉,真假难辨,靠张可慢慢调养,求医问药,一年后基本恢复。当时王元化没有薪水,为补贴家用,替书店翻译书稿,后又与张可一起研究莎士比亚,翻译西方莎学评论。张可还用娟秀的毛笔小楷抄写了王元化《论莎士比亚四大悲剧》和其他手稿。

三年自然灾害期间,王元化曾患肝炎,张可尽力张罗,居然没有让王元化感到过家庭生活的艰难。"文革"灾难中,两人都成为打击对象,漫漫苦痛,不言而喻。

"文革"结束之后,王元化冤案平反在即,一九七九年六月,张可突然中风,至今无法全然恢复。

一九七九年十一月,王元化彻底平反,不久,担任上海市委宣传部门主要领导职务。

王元化对妻子的基本评价:"张可心里似乎不懂得恨。我没有一次看见过她以疾言厉色的态度对人,也没有一次看见过她用强烈的字眼说话。总是那样温良、谦和、宽厚。从反胡风到她得病前的二十三年漫长岁月里,我的坎坷命运给她带来了无穷伤害,她都默默地忍受了。人遭到屈辱总是敏感的,对于任何一个不易察觉的埋怨眼神,一种悄悄表示不满的脸色,都会感应到。但她却始终没有这种情绪的流露,这不是任何因丈夫牵连而遭受磨难的妻子都能做到的,因为她无法依靠思想或意志的力量来强制自然迸发的感情,只有听凭仁慈天性的引导,才能臻于这种超凡绝尘之境。"

王元化又说:"当时四周一片冰冷,唯一可靠的是家庭。如果她想与我划出一点儿界限,我肯定早就完了。"

我把王元化先生亲笔写下的这篇千字文放在《长者》的第六节,说明是他亲笔所写,并用楷体字排出,区别于其他文字。文章收入书中后,王元化先生写来一封信深表感谢。他说,张可老师已经不可能阅读,他分三次把我的长文读给张可老师听,张可老师躺在床上似听非听,但眼角有泪。王元化先生要我再送十本书过去,后来,又要了四本。

我建议朋友们再读一遍王元化先生所写千字文的最后两段,也就是从"张可心里似乎不懂得恨",读到"如果她想与我划出一点儿界限,我肯定早就完了"。

我在读了好几遍后认定,这是王元化先生毕生最好的文字。一个孤独的丈夫吐露的生命秘密,正是人类的秘密。

不错，人很脆弱。不管多高的官职，多大的财富，多深的学问，多广的人脉，毁灭都轻而易举。毁灭的前兆，是亲情的断裂。那就是，在突然恶化的环境中打量身旁的眼神，却失望了。

王元化先生的切身感受是，在这个过程中，无论是救助者还是被救助者，思想和意志都帮不上忙，唯一的希望，是仁慈的天性。

因此，人生在世，必须寻找这样的人。

同时，寻找自己内心的仁慈天性。

简单说来，寻找"张可"，或成为"张可"。

——幽幽长者，娉娉吾师，已成寓言。

二〇一七年一月

门 孔

一

直到今天,谢晋的小儿子阿四,还不知道"死亡"是什么。

大家觉得,这次该让他知道了。但是,不管怎么解释,他诚实的眼神告诉你,他还是不知道。

十几年前,同样弱智的阿三走了,阿四不知道这位小哥到哪里去了,爸爸对大家说,别给阿四解释死亡。

两个月前,阿四的大哥谢衍走了,阿四不知道他到哪里去了,爸爸对大家说,别给阿四解释死亡。

现在,爸爸自己走了,阿四不知道他到哪里去了,家里只剩下了他和八十三岁的妈妈,阿四已经不想听解释。谁解释,就是谁把小哥、大哥、爸爸弄走了。他就一定跟着走,去找。

二

阿三还在的时候,谢晋对我说:"你看他的眉毛,稀稀落落，是整天扒在门孔上磨的。只要我出门，他就离不开门了，分分秒秒等我回来。"

谢晋说的门孔，俗称"猫眼"，谁都知道是大门中央张望外面的世界的一个小装置。平日听到敲门或电铃，先在这里看一眼，认出是谁，再决定开门还是不开门。但对阿三来说，这个门孔，是一种永远的等待。

他不允许自己有一丝一毫的松懈，因为爸爸每时每刻都可能会在那里出现，他不能漏掉第一时间。除了睡觉、吃饭，他都在那里看。双脚麻木了，脖子酸痛了，眼睛迷糊了，眉毛脱落了，他都没有撤退。

爸爸在外面做什么？他不知道，也不想知道。

有一次，谢晋与我长谈，说起在封闭的时代要在电影中加入一点儿人性的光亮是多么不容易。我突然产生联想，说："谢导，你就是阿三！"

"什么？"他奇怪地看着我。

我说："你就像你家阿三，在关闭着的大门上找到一个孔，便目不转睛地盯着，看亮光，等亲情，除了睡觉、吃饭，你都没有放过。"

他听了一震，目光炯炯地看着我，不说话。

我又说："你的门孔，也成了全国观众的门孔。不管什么时节，一个玻璃亮眼，大家从那里看到了很多风景、很多人性。你的优点也与阿三一样，那就是无休无止地坚持。"

三

谢晋在六十岁的时候对我说:"现在,我总算和全国人民一起成熟了!"那时,"文革"结束不久。

"成熟"了的他,拍了《牧马人》、《天云山传奇》、《芙蓉镇》、《清凉寺钟声》、《高山下的花环》、《最后的贵族》、《鸦片战争》……那么,他的艺术历程也就大致可以分为两段,前一段为探寻期,后一段为成熟期。探寻期更多地依附于时代,成熟期更多地依附于人性。

一切依附于时代的作品,往往会以普遍流行的时代话语,笼罩艺术家自身的主体话语。谢晋的可贵在于,即使被笼罩,他的主体话语还在顽皮地扑闪腾跃。其中最顽皮之处,就是集中表现女性。不管外在题材是什么,只要抓住了女性命题,艺术也就具有了亦刚亦柔的功能,人性也就具有了悄然渗透的理由。在这方面,《舞台姐妹》就是很好的例证。尽管这部作品里也带有不少时代给予的概念化痕迹,但"文革"中批判它的最大罪名,就是"人性论"。

谢晋说,当时针对这部作品,批判会开了不少,造反派怕文艺界批判"人性论"不力,就拿到"阶级立场最坚定"的工人中去放映,然后批判。没想到,在放映时,纺织厂的女工已经哭成一片,她们被深深感染了。"人性论"和"阶级论"的理论对峙,就在这一片哭声中见出了分晓。

但是，在谢晋看来，这样的作品还不成熟。让纺织女工哭成一片，很多民间戏曲也能做到。他觉得自己应该做更大的事。"文革"的炼狱，使他获得了浴火重生的机会。"文革"以后的他，不再在时代话语的缝隙中捕捉人性，而是反过来，以人性的标准来考问时代了。

对于一个电影艺术家来说，"成熟"在六十岁，确实是晚了一点儿。但是，到了六十岁还有勇气"成熟"，这正是二三十年前中国最优秀知识分子的良知凸现。文化界也有不少人一直表白自己"成熟"得很早，不仅早过谢晋，而且几乎没有不成熟的阶段。这也可能吧，但全国民众都未曾看到。谢晋是永远让大家看到的，因此大家与他相陪相伴，一起不成熟，然后再一起成熟。

这让我想起云南丽江雪山上的一种桃子，由于气温太低，成熟期拖得特别长，因此收获时的果实也特别大。

"成熟"后的谢晋让全国观众眼睛一亮。他成了万人瞩目的思想者，每天在大量的文学作品中寻找着符合自己切身感受的内容，然后思考着如何用镜头震撼全民族的心灵。没有他，那些文学作品只在一角流传；有了他，一座座通向亿万观众的桥梁搭了起来。

于是，由于他，整个民族进入了一个艰难而美丽的苏醒过程，就像罗丹雕塑《青铜时代》传达的那种象征气氛。

那些年的谢晋，大作品一部接着一部，部部深入人心，真可谓手挥五弦，目送归鸿，云蒸霞蔚。

就在这时，他礼贤下士，竟然破例聘请了一个艺术顾问，那就是比他小二十多岁的我。他与我的父亲同龄，我又与他的女儿同龄。这种辈分错乱的礼聘，只能是他，也只能在上海。

那时节，连萧伯纳的嫡传弟子黄佐临先生也在与我们一起玩布莱希特、贫困戏剧、环境戏剧，他应该是我祖父一辈。而我的学生们，也已成果累累。八十年代"四世同堂"的上海文化，实在让人难以忘怀。而在这"四世同堂"的热闹中，成果最为显赫的，还是谢晋。他让上海，维持了一段为时不短的文化骄傲。

从更广阔的视角来看，谢晋最大的成果在于用自己的生命接通了中国电影在一九四九年之后的曲折逻辑。不管是幼稚、青涩、豪情，还是深思、严峻、浩叹，他全都经历了，摸索了，梳理了。

他不是散落在岸边的一片美景，而是一条完整的大河，使沿途所有的景色都可依着他而定位。

我想，当代中国的电影艺术家即便取得再高的国际成就，也不能忽略谢晋这个名字，因为进入今天这个制高点的那条崎岖山路，是他跌跌绊绊走下来的。在这个意义上，谢晋不朽。

四

谢晋聘请我做艺术顾问，旁人以为他会要我介绍当代世界艺术的新思潮，其实并不。他与我最谈得拢的，是具体的艺术感觉。他是文化创造者，要的是现场实施，而不是云端高论。

我们也曾开过一些研讨会，有的理论家在会上高谈阔论，又明显地缺少艺术感觉。谢晋会偷偷地摘下耳机，出神地看着发言者。发言者还以为他在专心听讲，其实他很可能只是在观察发言者脸部的肌肉运动状态和可以划分的角色类型。这好像不太礼貌，但高龄的他有资格这样做。

谢晋特别想说又不愿多说的，是作为文化创造者的苦恼。

我问他："你在创作过程中遇到的最大苦恼是什么？是剧作的等级、演员的悟性，还是摄影师的能力？"

他说："不，不，这些都有办法解决。我最大的苦恼，是遇到了不懂艺术的审查者和评论者。"

他所说的"不懂艺术"，我想很多官员是不太明白其中含义的。他们总觉得自己既有名校学历又看过很多中外电影，还啃过几本艺术理论著作，怎么能说"不懂艺术"呢？

其实，真正的艺术家都知道，谢晋所说的那种"懂"，只出现在创造的最前沿。

那是对每一个感性细节的小心捧持，是对作品有机生命的万千敏感，是对转瞬即逝的一个眼神、一道光束的震颤性品咂，是对全部镜头语汇的感同身受。

用中国传统美学概念来说，这种"懂"，不"隔"。相反，一切审查性、评论性的目光，不管包含着多少学问，都恰恰是从"隔"开始的。

平心而论,在这一点上,谢晋的观点比我宽容得多。他不喜欢被审查却也不反对,一直希望有夏衍、田汉这样真正懂艺术的人来审查。而我则认为,即使夏衍、田汉再世,也没有权利要谢晋这样的艺术家在艺术上服从自己。

谢晋那些最重要的作品,上映前都麻烦重重。如果说,"文革"前的审查总是指责他"爱情太多,女性话题太多,宣扬资产阶级人性论太多",那么,"文革"后的审查者已经宽容爱情和女性了,主要是指责他"揭露革命事业中的黑暗太多"。

有趣的是,有的审查者一旦投身创作,立场就会发生天翻地覆的变化。我认识两位职业审查者,年老退休后常常被一些电视剧剧组聘为顾问,参与构思。作品拍出来后,交给他们当年退休时物色的徒弟们审查,他们才发现,这些徒弟太不像话了。他们愤怒地说:"文化领域那么多低劣的垃圾都不审查,却总是盯着一些好作品不依不饶!"后来他们扪心自问,才明白自己大半辈子也在这么做。

对于评论,谢晋与他的同代人一样,过于在乎,比较敏感,容易生气。

他平生最生气的评论,是一个叫朱大可的上海文人所揭露的"谢晋模式"。忘了是说"革命加女人",还是"革命加爱情"。谢晋认为,以前的审查者不管多么胡言乱语,也没有公开发表,而这个可笑的"谢晋模式",却被很多报纸刊登了。

他几乎在办公室里大声咆哮:"女人怎么啦?没有女人,

哪来男人？爱情，我在《红色娘子军》里想加一点儿，不让；《舞台姐妹》里也没有正面爱情。只有造反派才批判我借着革命贩卖爱情，这个朱大可是什么人？"

我劝他："这个人没有什么恶意，只是理论上幼稚，把现象拼凑当作了学问。你不要生气，如果有人把眼睛、鼻子、嘴巴的组合说成是脸部模式，你会发火吗？"

他看着我，不再说话。但后来，每次研讨会我都提议让朱大可来参加，他都不让。而且，还会狠狠地瞪我一眼。

直到有一天，朱大可发表文章说，一个妓女的手提包里有我写的《文化苦旅》，引起全国对我的讪笑。谢晋也幸灾乐祸地笑了，说："看你再为他辩护！"

但他很快又大声地为我讲话了："妓女？中外艺术中，很多妓女的品德，都比文人高！我还要重拍《桃花扇》，用李香君回击他！"

我连忙说："不，不。中国现在的文艺评论，都是随风一叶的口水，哪里犯得着你大艺术家来回击？"

"你不恨？"他盯着我的眼睛，加了一句，"那么多报纸。"

"当然不恨。"我说。

他把手拍在我肩上。

五

在友情上，谢晋算得上是一个汉子。

他总是充满古意地反复怀念一个个久不见面的老友，怀念得一点儿也不像一个名人；同时，他又无限兴奋地结识一个个刚刚发现的新知，兴奋得一点儿也不像一个老者。他的工作性质、活动方式和从业时间，使他的"老友"和"新知"的范围非常之大，但他一个也不会忘记，一个也不会怠慢。

因此，只要他有召唤，或者，只是以他的名义召唤，再有名的艺术家也没有不来的。

有时，他别出心裁，要让这些艺术家都到他出生的老家去聚会，大家也都乖乖地全数抵达。就在他去世前几天，上海电视台准备拍摄一个纪念他八十五岁生日的节目，开出了一大串响亮的名单，逐一邀请。这些人中的任何一个，在一般情况下是"八抬大轿也抬不动"的，因为有的也已年老，有的非常繁忙，有的片约在身，有的身患重病。但是，一听是谢晋的事，没有一个拒绝。当然，他们没有料到，生日之前，会有一个追悼会……

我从旁观察，发觉谢晋交友，有两个原则。一是拒绝小人，二是不求实用。这就使他身边的热闹中，有一种干净的氛围。相比之下，有些同样著名的老艺术家永远也摆不出谢导这样的友情阵仗，不是他们缺少魅力，而是本来要来参加的人想到同时还有几双忽闪的眼睛也会到场，借故推托了。有时，好人也会利用小人，但谢晋不利用。

他对小人的办法，不是争吵，不是驱逐，而是在最早的时间冷落。他的冷落，是炬灭烟消，完全不予互动。听对方说了几句话,他就明白是什么人了,便突然变成了一座石山,邪不可侵。转身,眼角扫到一个朋友,石山又变成了一尊活佛。

一些早已不会被他选为演员和编剧的老朋友,永远是他的座上宾。他们谁也不会因为自己已经帮不上他的忙,感到不安。西哲有言:"友情的败坏,是从利用开始的。"谢晋的友情,从不败坏。

他一点儿也不势利。再高的官,在他眼中只是他的观众,与天下千万观众没有区别。但因为他们是官,他会特别严厉一点儿。我多次看到,他与官员讲话的声调,远远高于他平日讲话,主要是在批评。他还会把自己对于某个文化高官的批评到处讲,反复讲,希望能传到那个高官的耳朵里,一点儿不担心自己会遇到麻烦。

有时,他也会发现,对那个高官的批评搞错了,于是又到处大声讲:"那其实是个好人,我过去搞错了!"

对于受到挫折的人,他特别关心,包括官员。

有一年,我认识的一位官员因事入狱。我以前与这位官员倒也没有什么交往,这时却想安慰他几句。正好上海市监狱邀请我去给几千个犯人讲课,我就向监狱长提出要与那个人谈一次话。监狱长说,与那个人谈话是不被允许的。我就问能不能写个条子,监狱长说可以。

我就在一张纸上写道:"平日大家都忙,没有时间把外语再推进一步,祝贺你有了这个机会。"写完,托监狱长交给那个人。

谢晋听我说了这个过程，笑眯眯地动了一会儿脑筋，然后兴奋地拍了一下桌子说："有了！你能送条子，那么，我可以进一步，送月饼！过几天就是中秋节，你告诉监狱长，我谢晋要为犯人讲一次课！"

就这样，他为了让那个官员在监狱里过一个像样的中秋节，居然主动去向犯人讲了一次课。提篮桥监狱的犯人，有幸一睹他们心中的艺术偶像。那个入狱的官员，其实与他也没有什么关系。

四年以后，那个人刑满释放，第一个电话打给我，说他听了我的话，在里边学外语，现在带出来一部五十万字的翻译稿。然后，他说，急于要请谢晋导演吃饭。谢导那次的中秋节行动，实在把他感动了。

六

我一直有一个错误的想法，觉得拍电影是一个力气活儿，谢晋已经年迈，不必站在第一线上了。我提议他在拍完《芙蓉镇》后就可以收山，然后以自己的信誉、影响和经验，办一个电影公司，再建一个影视学院。简单说来，让他从一个电影导演，变成一个"电影导师"。

有这个想法的，可能不止我一个人。

我过了很久才知道，他对我们的这种想法，深感痛苦。

他想拍电影,他想自己天天拿着话筒指挥现场,然后猫着腰在摄影机后面调度一切。他早已不在乎名利,也不想证明自己依然保持着艺术创造能力。他只是饥渴,没完没了地饥渴。在这一点上他像一个最单纯、最执着的孩子,一定要做一件事,骂他、损他、毁他,都可以,只要让他做这件事,他立即可以破涕为笑。

他当然知道我们的劝说有点儿道理,因此,也是认认真真地办电影公司,建影视学院,还叫我做"校董"。但是,这一切都不能消解他内心的强烈饥渴。

他越来越要在我们面前表现出他的精力充沛、步履轻健。他由于耳朵不好,本来说话就很大声,现在更大声了。他原来就喜欢喝酒,现在更要与别人频频比赛酒量了。

有一次,他跨着大步走在火车站的月台上,不知怎么突然踉跄了。他想摆脱踉跄,挣扎了一下,谁知更是朝前一冲,被人扶住,脸色发青。这让人们突然想起他的皮夹克、红围巾所包裹着的年龄。

不久后一次吃饭,我又委婉地说起了老话题。

他知道月台上的踉跄被我们看到了,因此也知道我说这些话的原因。

他朝我举起酒杯,我以为他要用干杯的方式来接受我的建议,没想到他对我说:"秋雨,你知道什么样的人是真正善饮的吗?我告诉你,第一,端杯稳;第二,双眉平;第三,下口深。"

说着，他又稳又平又深地一连喝了好几杯。

是在证明自己的酒量吗？不，我觉得其中似乎又包含着某种宣示。

即使毫无宣示的意思，那么，只要他拿起酒杯，便立即显得大气磅礴，说什么都难以反驳。

后来，有一位热心的农民企业家想给他资助，开了一个会。这位企业家站起来讲话，意思是大家要把谢晋看作一个珍贵的品牌，进行文化产业的运作。但他不太会讲话，说成了这样一句："'谢晋'这两个字，不仅仅是一个人名，而且还是一种有待开发的东西。"

"东西？"在场的文化人听了都觉得不是味道。

一位喜剧演员突然有了念头，便大声地在座位上说："你说错了，谢晋不是东西！"他又重复了一句，"谢晋不是东西！"

这是一个毫无恶意的喜剧花招，全场都笑了。

我连忙扭头看谢晋导演，不知他是生气而走，还是蔼然而笑。没想到，我看到的他似乎完全没有听到这句话，只是像木头一样呆坐着，毫无表情。

他毫无表情的表情，把我震了一下。他心中无非在想，如果自己真的完全变成了一个品牌，丢失了亲自创造的权利，那谢晋真的"不是东西"了。

从那次之后，我改变了态度，总是悉心倾听他一个又一个的创作计划。

这是一种滔滔不绝的激情，变成了延绵不绝的憧憬。他要重拍《桃花扇》，他要筹拍美国华工修建西部铁路的血泪史，他要拍《拉贝日记》，他要拍《大人家》，他更想拍前辈领袖儿女们的生死恩仇、悲欢离合……

看到我愿意倾听，他就针对我们以前的想法一吐委屈："你们都说我年事已高，应该退居二线，但是我早就给你说过，我是六十岁才成熟的，那你算算……"

一位杰出艺术家的生命之门既然已经第二度打开，翻卷的洪水再也无可抵挡。

这是创造主体的本能呼喊，也是一个艺术生命要求自我完成的动人尊严。

七

他在中国创建了一个独立的艺术世界，但回到家，却是一个常人无法想象的天地。

他与夫人徐大雯女士生了四个小孩，脑子正常的只有一个，那就是谢衍。谢衍的两个弟弟就是前面所说的老三和老四，都严重弱智，而姐姐的情况也不好。

这四个孩子，出生在一九四六年至一九五六年这十年间。当时的社会，还很难找到辅导弱智儿童的专业学校，一切麻烦都堆在一门之内。家境极不宽裕，工作极其繁忙，这个门内天天在发生什么？只有天知道。

我们如果把这样一个家庭背景与谢晋的那么多电影联系在一起，真会产生一种匪夷所思的感觉。每天傍晚，他那高大而疲惫的身影一步步走回家门的图像，不能不让人一次次落泪。不是出于一种同情，而是为了一种伟大。

一个错乱的精神旋涡，能够生发出伟大的精神力量吗？谢晋做出了回答。

我觉得，这种情景，在整个人类艺术史上都难以重见。

谢晋亲手把错乱的精神旋涡，筑成了人道主义的圣殿。我曾多次在他家里吃饭，他做得一手好菜，常常围着白围单，手握着锅铲招呼客人。客人可能是好莱坞明星、法国大导演、日本制作人，最后谢晋总会搓搓手，通过翻译介绍自己两个儿子的特殊情况，然后隆重请出。

这种毫不掩饰的坦荡，曾让我百脉俱开。在客人面前，弱智儿子的每一个笑容和动作，在谢晋看来就是人类最本原的可爱造型，因此满眼是欣赏的光彩。他把这种光彩，带给了整个门庭，也带给了所有的客人。

他自己成天到处走，有时也会带着儿子出行。我听谢晋电影公司总经理张惠芳女士说，那次去浙江衢州，坐了一辆面包车，路上要好几个小时，阿四同行。坐在前排的谢晋过一会儿就要回过头来问："阿四累不累？""阿四好吗？""阿四要不要睡一会儿？"……过几分钟就回一次头，没完没了。

每次回头，那神情，能把雪山消融。

八

他万万没有想到,他家后代唯一的正常人,那个从国外留学回来的典雅君子,他的大儿子谢衍,竟先他而去。

谢衍太知道父母亲的生活重压,一直瞒着自己的病情,不让老人家知道。他把一切事情都料理得一清二楚,然后穿上一套干净的衣服,去了医院,再也没有出来。

他恳求周围的人,千万不要让爸爸、妈妈到医院来。他说,爸爸太出名,一来就会引动媒体,而自己现在的形象又会使爸爸、妈妈吃惊。他一直念叨着:"不要来,千万不要来,不要让他们来……"

直到他去世前一星期,周围的人说,现在一定要让你爸爸、妈妈来了。这次,他没有说话。

谢晋一直以为儿子是一般的病住院,完全不知道事情已经那么严重。眼前病床上,他唯一可以对话的儿子,已经不成样子。

他像一尊突然被风干了的雕像,站在病床前,很久,很久。

他身边,传来工作人员低低的抽泣。

谢衍吃力地对他说:"爸爸,我给您添麻烦了!"

他颤声地说:"我们治疗,孩子,不要紧,我们治疗……"

从这天起,他天天都陪着夫人去医院。

独身的谢衍已经五十九岁，现在却每天在老人赶到前不断问："爸爸怎么还不来？妈妈怎么还不来？爸爸怎么还不来？"

那天，他实在太痛了，要求打吗啡，但医生有犹豫。幸好有慈济功德会的志工来唱佛曲，他平静了。

谢晋和夫人陪在儿子身边，那夜几乎陪了通宵。工作人员怕这两位八十多岁的老人撑不住，力劝他们暂时回家休息。但是，两位老人的车还没有到家，谢衍就去世了。

谢衍是二〇〇八年九月二十三日下葬的。第二天，九月二十四日，杭州的朋友就邀请谢晋去散散心，住多久都可以。接待他的，是一位也刚刚丧子的杰出男子，叫叶明。

两人一见面就抱住了，号啕大哭。他们两人，前些天都哭过无数次，但还要找一个机会，不刺激妻子，不为难下属，抱住一个人，一个经得起用力抱的人，痛快淋漓、回肠荡气地哭一哭。

那天谢晋导演的哭声，像虎啸，像狼嚎，像龙吟，像狮吼，把他以前拍过的那么多电影里的哭，全都收纳了，又全都释放了。

那天，秋风起于杭州，连西湖都在呜咽。

他并没有在杭州长住，很快又回到了上海。这几天他很少说话，眼睛直直地看着前方。有时也翻书报，却是乱翻，没有一个字入眼。

突然电话铃响了，是家乡上虞的母校春晖中学打来的，说有一个纪念活动要让他出席，有车来接。他一生，每遇危难总会想念家乡。今天，故乡故宅又有召唤，他毫不犹豫地答应了。他给驾驶员小蒋说："你别管我了，另外有车来接！"

小蒋告诉张惠芳，张惠芳急急赶来询问，门房说，接谢导的车，两分钟前开走了。

春晖中学的纪念活动第二天才开始，这天晚上他在旅馆吃了点儿冷餐，没有喝酒，倒头便睡。这是真正的老家，他出走已久，今天只剩下他一个人回来。他是朝左侧睡的，再也没有醒来。

这天是二〇〇八年十月十八日，离他八十五岁生日，还有一个月零三天。

九

他老家的屋里，有我题写的四个字："东山谢氏"。

那是几年前的一天，他突然来到我家，要我写这几个字。他说，已经请几位老一代书法大家写过，希望能增加我写的一份。东山谢氏？好生了得！我看看他，抱歉地想，认识了他那么多年，也知道他是绍兴上虞人，却没有把他的姓氏与那个遥远而辉煌的门庭联系起来。

他的远祖，是公元四世纪那位打了淝水之战的东晋宰相谢安。这仗，是和侄子谢玄一起打的。而谢玄的孙子，便是中国山水诗的鼻祖谢灵运。谢安本来是隐居会稽东山的，经常与大书法家王羲之一起喝酒吟诗，他的侄女谢道韫也嫁给了王羲之的儿子王凝之，而才学又远超丈夫。谢安后来因形势所迫再度做官，这使中国有了一个"东山再起"的成语。

正因为这一切，我写"东山谢氏"这四个字时非常恭敬，一连写了好多幅，最后挑出一幅，送去。

谢家，竟然自东晋、南朝至今，就一直住在东山脚下？别的不说，光是那股积累了一千六百年的气，已经非比寻常。

谢晋导演对此极为在意，却又不对外说，可见完全不想借远祖之名炫耀。他在意的，是这山、这村、这屋、这姓、这气。但这一切都是秘密的，只是为了要我写字才说，说过一次再也不说。

我想，就凭着这种无以言表的深层皈依，他会一个人回去，在一大批远祖面前画上人生的句号。

十

此刻，他上海的家，只剩下了阿四。他的夫人因心脏问题，住进了医院。

阿四不像阿三那样成天在门孔里观看。他几十年如一日的任务是为爸爸拿包、拿鞋。每天早晨爸爸出门了，他把包递给爸爸，并把爸爸换下的拖鞋放好。晚上爸爸回来，他接过包，再递上拖鞋。

好几天，爸爸的包和鞋都在，人到哪里去了？他有点儿奇怪,却在耐心等待。突然来了很多人,在家里摆了一排排白色的花。

白色的花越来越多,家里放满了。他从门孔里往外一看,还有人送来。阿四穿行在白花间,突然发现,白花把爸爸的拖鞋遮住了。他弯下腰去,拿出爸爸的拖鞋,小心地放在门边。

这个白花的世界,今天就是他一个人,还有一双鞋。

祭　笔

作品集二十余卷，在除夕的爆竹声中终于编成了，我轻轻放下手上的笔。

放下又捡起，再端详一番：笔。

人的一生会触碰到很多物件，多得数也数不清。对我来说，最重要的物件，一定是笔。

我至今还没有用电脑，一切文字都用笔写出，被出版界誉为稀世无多的"纯手工写作"。

也许很多人会笑我落伍，但只要读了我下面的片段记忆，一定就会理解了。

一

我人生的第一支笔，是一支竹杆小毛笔。妈妈在代村民写信，我用这支小毛笔在边上模仿，那时我才三岁。第二年就被两个新来的小学老师硬生生地从我家桌子底下拖去上学了，妈妈给我换了一支好一点儿的毛笔。我一上课就沾得满脸是墨，惹得每个老师一下课就把我抱到小河边洗，洗完，再奔跑着把我抱回座位。

七岁时，妈妈给了我一支比毛笔还长的蘸水笔，外加一瓶蓝墨水，要我从此代她为村民写信、记账。把笔头伸到墨水瓶里蘸一次，能写七个字。笔头在纸上的划动，吸引着乡亲们的一双双眼睛。乡亲们几乎不看我，只看笔。

这也就是说，妈妈在我很小的时候就已经有意无意地告诉我，这笔，对乡亲们有一种责任。

九岁小学毕业到上海读中学，爸爸狠狠心为我买了一支"关勒铭"牌的钢笔，但很快就丢了，爸爸很生气。后来知道我得了上海市作文比赛第一名和数学竞赛大奖，爸爸气消了，但再也不给我买好钢笔。我后来用的，一直是别人不可能拿走的那种廉价钢笔。

二

我第一次大规模地用笔，是从十九岁到二十一岁，替爸爸写"交代"。那是因为爆发了一场奇怪的政治运动，爸爸被"革命群众"揭发有政治问题和历史问题，立即"打倒"，停发工资，而我们家有八口人要吃饭，饥饿难忍。爸爸希望用一篇篇文字叙述来向"革命群众"说明事实真相，因此一边擦眼泪一边写，很快眼睛坏了，就由他口述，由我代笔。一开始他还没有被关押，天天晚上在家里，他说我写。后来被

"革命群众"上纲上线,不能回家了。他告诉当权者说自己已经不能写字,必须由我代笔。因此,还能几天放回一次,但不能在家里过夜。

我一共为爸爸写了六十多万字的"交代"。开始时曾劝爸爸,没有必要写,但后来写着写着,知道了从祖父和外公开始的很多真实往事,觉得很有历史价值和文学价值,便写了下去。而且,又主动追问了爸爸很多细节,再从祖母、妈妈那里核实。这一切,就是我后来写作《借我一生》的起点。这书,断断续续写了四十多年。

当时为爸爸写"交代",用的是圆珠笔。一根塑料直杆,每支三角钱,我写完了很多支。用这种圆珠笔,要比钢笔使力,笔杆又太细,写着很不舒服。但爸爸要求,在写的材料下面必须垫一张蓝紫色的"复写纸",使材料交上去之后还留个底,因此只能用这种圆珠笔。写一阵,手指发僵,而中指挨着食指的第一节还有深深的笔杆印。再写下去,整个手掌都会抽搐,因为实在写得太急、太多了。

三

正在这时,上面下令,全国城里的学生断学废学,上山下乡,不准回城。出发前,必须去看一台彻底否定教育的话剧。我看过这台话剧后去农场时,把所有的笔都丢进了垃圾桶,包括为爸爸写"交代"的圆珠笔。

为什么要把笔丢进垃圾桶？首先是一种专业性决裂。那些极左的戏曲和那台否定教育的话剧使我对戏剧产生了一种抵拒。其次，是因为发现没有机会写字了。到农场后给谁写信？我打听到，我们劳动的地方根本没有邮局。出于这两个原因，理所当然，弃笔、毁笔、葬笔。

实际情况比预料的更糟。我们在农场自搭茅草屋，四根竹子撑一块木板当床，睡着睡着就陷到泥淖里去了。用笔的地方完全没有，用笔的时间也完全没有。永远是天不亮下田，天全黑才回，累得想不起字，想不起笔，想不起自己是一个能写字的人。

四

一九七一年的一个政治事件使周恩来总理突然成了中国的第二号人物，他着手领导复课，试图局部地纠正已经延续了五年的荒凉。这就使我们有机会回上海参与一点儿教材编写。我被分配到一个"各校联合教材编写组"，这才又拿起了笔。记得那笔是从静安寺百乐商场买的，一元钱的吸墨水钢笔。当时的钢笔也已经有了几个"国内名牌"，像"英雄"、"金星"什么的，那就要二三元钱一支了，我买不起。

编教材，我分到的事情很少，几天就写完了。但是，既然已经能够编教材，我就开始另一个勇敢的行动，那就是利用图书馆的一个熟人，偷偷摸进了当时还被视为禁地的外文书库,开始了《世界戏剧学》的写作。我的笔,大量抄写外文原文,再借着各种词典一段段翻译。同时还要通览大量背景材料,最后汇集起全世界十三个国家的全部戏剧学理论。这件事,工作量巨大又非常艰难,因为书中的多数内容直到四十几年后的今天还没有被完整翻译过来。我当时居然凭一人之力,在密闭的空间,以笔为杖,步步潜行。

为此,我不能不对那支一元钱的钢笔表示敬意,对自己的青年时代表示敬意。

五

由于我在那个特殊历史时期的表现,风雨过去之后全院三次民意测验均名列第一,被破格提升为院长。

危难中的形象往往会传播得很广,当时我的社会声望已远远超出学院,被选为整个上海市的中文专业教授评审组组长,兼艺术专业教授评审组组长。每次评审,我们对前些年那批投机取巧、丧失天良的文人都断然予以否定。于是,我又拿起了那支笔,一次次重重地写下了否定结论,又浓浓地签上自己的名。那支笔在当时,几乎成了法官敲下的那个锤子,响亮、果敢、权威、无可争议。

这就是二十世纪八十年代,我那时说得上仕途畅达,官运亨通。已经是全国最年轻的高校校长,却还常有北京和上海的高官竭力要把我拉进更高的权力圈子,这在当时很容易。

于是,有了一次次长谈,一次次规劝。这些高官,后来都成了非常显赫的领导人。但是,我太明白我的笔的秉性。它虽然也有能力写出种种"批示",但它显然并不愿意。

于是,我在上上下下的万分惊愕中辞职了。辞了二十三次,才被勉强批准。然后,穿上一件灰色的薄棉袄,去了甘肃高原,开始踏访公元七世纪的唐朝。

当年寻找古迹,需要长时间步行,而那些路并不好走。在去阳关的半道上,我几度蹲下身去察看坟丘密布的古战场,把我插在裤袋口上的旧钢笔弄丢了。那支旧钢笔不值什么钱,但正是它,我在辞职前反复搓弄,它总是顽强地告诉我,只愿意把我的名字签在文章上,而不是文件上。

既然它对我有点儿重要,我还在沙原上找了一会儿。但那地方太开阔、太芜杂了,当然找不到。转念一想也释然了:这支笔是陪了我很久的老朋友,从现在起,就代表我陪陪一千多年前的远戍将士和边塞诗人吧。

我考察的习惯,不在现场抄录什么,只在当天晚上回到旅舍后才关起门来专心写作。记得在兰州我曾长时间住在一个极简陋的小招待所里,简陋到上厕所要走很远的路。当地一位年长的文人茹克崚先生读过我的不少学术著作,又看到我行李简薄,便送来了一支圆珠笔和两沓稿纸。这种圆珠笔的笔杆较粗,比我为爸爸写"交代"的那一种更好用。只不过那稿纸太薄,一写就穿,落笔要小心翼翼。

我把白天的感觉写成一篇篇散文,寄给在《收获》杂志做编辑的老同学李小林。邮局找不到，就塞到路边一个灰绿色的老邮筒里。这时才觉得范克峻先生给我送薄稿纸算是送对了。稿纸薄，几篇文章叠在一起也能塞得进那邮筒。

写了就及时寄走，是怕在路上丢失。有的地方连路边邮筒也找不到，那就只能将写好的文章随身带了。随身带，又要求稿纸越薄越好。由此我养成了习惯，只用薄稿纸。这一来，那种容易划破薄稿纸的圆珠笔，就需要更换了。

当然，写起来最舒服的还是吸墨水的钢笔。但这对我这个不断赶路的旅行者来说，就很不方便，因为必须带墨水瓶。墨水瓶都是玻璃做的，夹在行李里既容易洒，又容易碎。

据说过去安徒生旅行时是把墨水瓶拴根绳子挂在脖子上的，那就不会洒，也不会碎了。但我不会模仿他，因为那样不仅难看，而且有显摆自己"很有墨水"的嫌疑。安徒生旅行时还肩扛一大圈粗麻绳，那是准备在旅馆万一失火时可以滑窗而逃。可见，他走得比我还麻烦，但我走的比他远得多，时间也长得多。

后来我还是学了安徒生的一半，随身带墨水瓶，但不挂在脖子上。选那种玻璃特别厚的瓶子，瓶口拧紧处再垫一个橡胶圈。但这样还是不保险，因为几经颠簸后，瓶盖易裂。所以再加一个笨办法，在瓶盖外再包一层塑料纸，用细麻绳绕三圈扎紧。行李本来就很少，把墨水瓶安顿在衣服中间。

我从甘肃路边邮筒寄出的一沓沓薄稿纸，如果有可能发表，似乎应该起个总题目。因此，在寄出第三沓时，我在信封背后加了一句:"就叫《文化苦旅》吧。"

后来,路还在一直走,风餐露宿,满身烟尘,却永远带着那支钢笔,那瓶墨水。我想应该对笔表示一点儿什么了,因此为接下来的文集起名时加了一个"笔"字,叫《山居笔记》。

六

笔之大难,莫过于在北非、中东、南亚、中亚的极端恐怖地区了。

我写了那么多中华文明遗迹,为了对比,必须去寻找同样古老或更古老的其他文明。但那路,实在太险峻、太艰难、太无序、太混乱了。我必须贴地而行,不能坐飞机,因此要经过无数关口。查啊查,等啊等,翻啊翻,问啊问。他们在问我,我却永远问不清,前面可以在哪里用餐,今晚可以在哪里栖宿。

由于危机天天不断,生命朝不保夕,因此完全不能靠事后记忆了,必须当天写下日记。但写日记的地方在哪里?在废弃的战壕边,在吉普的车轮下,在岗亭的棚架下。这一来,笔又成了问题。显然不能带墨水瓶,如果带了,那些人很可能会让我当场喝两口看看是不是危险物品。圆珠笔他们也查得仔细,又拧又拆,要判断那是不是特制的微型手枪。

好在,这时世界上已流行一种透明塑料杆的轻型墨水笔,一支可以写好几天，不必吸墨水。沿途见不到超市、文具店，因此我不管入住什么样的小旅馆，只要见到客房里有这种笔，立即收下，以防哪一天写日记时突然接不上。

在行经伊拉克以及伊朗、巴基斯坦、阿富汗、尼泊尔那漫长的边界地区时，一路上黑影憧憧、堡垒隐隐、妖光熠熠、枪口森森，我把已写好的日记手稿包在一个塑料洗衣袋里紧抱在胸前，手上又捏着一支水笔。我想，即使人被俘虏了，行李被抢走了，我的纸笔还在，还能写作。当然更大的可能是不让写，那我也要尽最大努力，为自己保留一丝最后的机会，为笔保留一丝最后的机会。

这种紧抱稿子紧捏笔的情景，我一直保持到从尼泊尔入境西藏的樟木口岸。

那支水笔，连同我在历险行程中一直藏在行李箱中一支较好的钢笔，后来被国内一个慈善机构高价拍卖，所得款项全部捐献，以补充北京市残障儿童的乳品供应。

后来我在进一步研究中国文明与世界文明的差距时，又考察了欧洲九十六座城市。虽然也非常辛苦，但那种悬生命于一线的危险没有了，而且一路上也比较容易得到顺手的笔。

当我考察完世界那么多地方之后，从联合国开始，很多国际机构和著名大学纷纷邀请我做主题演讲。所讲主题，大多是《全球背景下的中国文明》、《中国文化的非侵略本性》、《中国文化的长寿基因》、《全球面临的新危机》等等。华盛顿国会图书馆、联合国世界文明大会、哈佛大学、耶鲁大学、哥伦比亚大学、纽约大学都去了。我想，既然沿途用了那么多笔，现在正该用一支更好的笔把考察成果系统地写出来了。

但是，万万没有想到，遭遇了意想不到的情况。

七

妻子马兰，那么优秀的表演艺术家，不知什么原因被"封冻"而失去了工作；而我，则又不知什么原因成了文化诽谤的第一焦点，一些媒体联手造谣，我即便无声无息，也永远浊浪滚滚。我们夫妻两人，又不愿向权力求助，因此注定无处可去。

照理应该移民，但我们没有这份心思，只能逃到当时还算边缘的一个城市，躲了很多年。国内无人理会，国际上却一直在热心地寻找我们，邀请演讲和演出。这使我产生了一个矛盾：要不要继续系统地来阐释中国文化？

还是以前遇到过的老问题：是弃笔、毁笔、葬笔，还是再度拾笔、执笔、纵笔？

相比之下，要剥夺我妻子的演出权利是容易的，因为她已经被迫离开了地区依赖性很强的创作群体；但是，要剥夺我的笔却不很容易，因为这只是个人的深夜坚守，除非我自己觉得没有意思了。

到底自己觉得有没有意思呢？妻子一次次无言地看着我，我玩弄着笔杆一次次摇头。还去阐释中国文化？请看报刊上永远在喷泻的千百篇诽谤我的文章，用的全是中国汉字、中国语法、中国恶气、中国心计。而且，所有的诽谤只要稍做调查就能立即识破，但整整二十年，没有任何一个文化机构和文化团体，做过一丝一毫的调查，发过一丝一毫的异议。这些报刊、机构和团体，都不是民间的。

民间，也好不到哪里去。我妻子的观众，我自己的读者，在数量上都曾经长期领先全国，在热度上更是无以复加。但一夜之间，大家也就立即转变立场，全都乐滋滋地期待着新的拳脚。

难道，毁损文化，是社会的本性？由此想起，历来很多杰出的文化人半途失踪，正是受不了这种整体气氛。显然，这次轮到我了。我思虑再三，决定咬咬牙，反着来，不失踪。

一切文化孽力都会以文化的方式断灭文化。简单说来，也就是"以笔夺笔"。因此，我应该担负一点儿守护文化的责任，不让他们把笔夺去。

因此，我又郑重地执笔了。

在诽谤声依然如狂风暴雨的一个个夜晚，在远离无数"文化盛典"的僻静小屋，由失业很久的妻子陪伴着，我一笔笔地写出了一大批书籍。

有两位海外的华文学者说："仅从数量上说，您的著作也超过了很多研究所、研究院的总和。这种高产高质，令人惊讶。"

我回答说:"我从事的,全是文化的基础建设。基础建设一开工,总是规模不小。"

至此,我不敢说对得起中国文化,却敢说我对得起自己的笔了。当然,笔也对得起我。

我还可以像老朋友一样对笔开一句玩笑:你耗尽了我的一生,我却没有浪费你太多的墨水。

不仅没有浪费太多的墨水,也没有浪费什么社会资源。我写下的几十卷书,每一卷都没有申请过一元钱的资助。据说现在这样的资助名目非常之多,诸如研究基金、创作补助、项目经费、学术津贴、考察专款、资料费用……每项都数字惊人。我始终没有沾染分毫,只靠一支笔。

有了笔,一切都够了。

八

在行将结束此文的时候,突然冒出来一个回忆,觉得有意思再说几句。

记得那一次考察欧洲,坐船过英吉利海峡,正遇风急浪高,全船乘客颠得东倒西歪、左仰右合。只有我,生来就不晕船,居然还在船舱的一个咖啡厅里写作。有两位英国老太太也不晕船,发现我与她们同道,高兴地扶着栏杆走到了我身后。我与她们打过招呼之后继续埋头书写,随即传来这两位老太太的惊叹声:"看!多么漂亮的中国字!那么大的风浪他还握得住笔！"

这两位老太太完全不懂中文，因此她们说漂亮不漂亮，只是在指一种陌生文字的整齐排列，不足为凭。但是，我却非常喜欢她们的惊叹。不错，漂亮的中国字，那么大的风浪还在写。这两句话，不正是有一点儿象征意义吗？

我是一个握笔之人，在风浪中，竟然还能写那么多，写得那么整齐。

其实，我写那么多，更主要是为了自己。看看过了那么多年，这个七岁就为乡亲们代写书信的小男孩，还能为乡亲们代写点儿什么；这个二十岁左右就为父亲代写"交代"的青年人，还能为中国文化"交代"点儿什么。

于是，谨此祭笔。

且拜且祭，且忆且思，且喜且泣。

癸巳除夕至甲午春节

我和妻子

一

我和妻子约定,即使真有下辈子,我们也不想再来这个世界一次了。

我们两人,都没有厌世的基因。对于这个世界,也曾欣喜过,投入过,但结论却是清楚的:不应再来。

既然已经彻悟,那就应该在有生之年认真清理一番,把干净的心智留给生命的黄昏。

而且,这是一个没有明天的黄昏。

没有明天的黄昏,有一种海枯石烂般的洪荒诗意。

二

冷冽的彻悟,来自亲身经历。

经历够长,还是从头选一些片段吧。

早期的片段中，怎么也删不掉的，有两位青年男子的身影。他们，都非常英俊。一位姓马，我未来的岳父，当时安徽西部一个县城里唯一的大学生；一位姓余，我的叔叔，自愿报名到安徽东部一家工厂来支援建设的上海工程师。他们同龄，并不认识，却在三十岁那年做了一件同样的事。

那年安徽严重灾荒，但当地官员向北京隐瞒了灾情，还伪造丰收景象，后果触目惊心。他们两位看不下去，便大胆地揭露真相。马先生一次次在会议上大声疾呼，余先生则一次次向北京写信投诉。

北京终于听到了疾呼，也收到了信，调查灾情后处理了此事，还宣布不准报复揭露真相的人。但是，报复还是如期而至。马先生奇怪地成了"后补右派"，余先生则在后来那场政治运动一开始就被造反派"彻底打倒"，理由居然是"宣扬封建小说《红楼梦》"。

他们两人，都只想为受苦的百姓说几句话，但转眼间，那些百姓却拿着棍棒围住了他们。

三

马先生这天又被大声吆喝：两天后要接受一次最严厉的批斗。

马先生这次担忧了，不是担忧自己，而是担忧年幼的子女看到父亲在大街的高台上受尽污辱，会不会对人世种下太多的仇恨。

他与妻子商量很久，决定把孩子赶紧送到一个陌生的农村去，他们认识一个上街来的农民。

孩子中最小的一个才五岁，她就是我未来的妻子。

那天的牛车、泥埂、野花、小女孩，颠颠簸簸地直通一个心灵的圣洁所在。小女孩此刻还不知道发生了什么事，却被父母推上了一条"心中无恨"的道路。

四

小女孩渐渐长大，十二岁考上了省艺术学校，但县城的官员不批准，因为是"右派分子的女儿"。

妈妈是一名主角演员，那天在一个地方演出，正化装，听到了女儿不被批准上学的消息，便立即罢演。

似乎是上天的安排，那夜演出的消息风传十里，无数山民打着松枝火把来看戏，在绵延的山林间拉出了好几条长长的火龙。这景象，既壮观又神秘，好像是巫神要作出某种裁断。条条火龙的终点是戏台，但女主角已经罢演，这局面极有可能闹出群体抗议事件。正好有一名上级干部在那里视察，问清情由后亲自找女主角商谈。女主角步步紧逼直到那干部当场答应让女儿上学，锣鼓才重新响起。

几天后，小女孩拖着一个木箱子爬上了通往省城的长途汽车。

我后来常说：马兰投身艺术，松炬十里，苍山舞龙，实在气势非凡。

五

那时的我，正陷于绝境。

一个刚刚二十出头的年轻人，如果条条生路全都堵住了，会怎么样？

我曾经读过不少叙述自家在那些年受苦的回忆录，读着读着总是会哑然失笑，因为一看便知，他们的境况都比我好。

例如那些干部子弟，虽然父亲已经倒台，但他们在军队中总有不少的关系网络，而当时的军队，权势很大。即使是平民家庭，只要亲戚中有一个参加了"工人造反队"或"工宣队"，便无人敢欺。

——这些门道，我家一条都没有。

自从爸爸被关押之后，全家那么多人失去了衣食来源。天天都是难言的惨痛，我由此获得了一个认识：生命就是大苦大难。

六

我在《借我一生》和《修行三阶》中，曾提及我在那个年月所做的几件事。从当时到现在，总有不少朋友问我，为什么能够在凶险的背景下如此勇敢？我总是笑而不答，因为答案很难被他们理解。

一个完全无路可走的人，反而会有破界的脚步；一个无力考虑自我的人，也无心考虑恐惧。

其实，这些后来被视为"立场正确"的行为，当时并无这种考量，因为我无法对历史趋向作出预测。

我只是发现自己在当下潮流中格格不入，连火烧眉毛的家里事都束手无策，那就只能勉强做一点儿潮流之外的边缘之事。

很多人认为，孤独必然闭目塞听。其实凭我的经验，正好相反。

请想象一下海边的一个景象。一群人在帐篷里热闹联欢，一个人在礁岩上独自远望。乍一看，帐篷里的人们看了很多脸面，听了很多消息，换了很多话题，而礁岩上的那个人则什么也没有。但是，正是这个处于边缘状态的孤独者，听到了海天之间的千古低语，发现了鸥鸟桅樯的奇怪缘分，捕捉了风暴将临的依稀可能。因此，也比帐篷里的人获取了更多的"天地元气"。

七

谁料，孤独也有可能转变为热闹。

二十世纪七十年代末至八十年代，中国经历了一场实质性的社会大变革,一时天高气爽。我此前在孤独中进行的一系列边缘化行为,一下子获得了正面肯定,几乎成了"文化先行者"而广受赞誉,被授予很多奖励和职位。这一来,不仅不再边缘,不再孤独,而且已经众目睽睽。按照世间惯例,我会这样生活下去,而且越来越显赫。

幸好,我一直保持着边缘的目光,在热闹中独自逃回冷清的书房。写了一整套学术书籍,做了好些年学院院长,我又作出了进一步的边缘思考。

当时,很多知识分子在"反思"过程中集体卷入了贬低中华文化的潮流,这又一次激发我反着来,独自来做自己的事。我决定去寻找中华文化数千年来的遗迹现场,因为现场比古书更能感染今人、后人、外人。但是,这样的现场大多在现今的边缘地带。

于是,我又回到了边缘,回到了孤独。在荒途中所写的文章寄给《收获》杂志发表后,在海内外产生了极大影响,但我当时并不知道,只是一个人在路上。

八

当时我的私人生活,也处于孤独状态。

这事说起来还与祖母有关。祖母抱回自己最小儿子的骨灰盒后,独自回到故乡老屋等死。然而到灾难结束后,她还活着,最后心愿是想看到大孙子成家。面对这位长辈我不能不应命，两位老同学在匆忙间介绍了一名他们也不熟悉的女工，登记后，对方自行去广东经商，很多年既无地址又无通信，后来带来一个养女放在她母亲家后又离开了。我因顾虑祖母和父母的心理承受能力，没有道破这桩婚事的虚空状态，最后在友人的一再催促下才找到对方，办了结束手续。

也就是说，当时的我，虽然学术地位和社会地位都已经很高，但在私生活上仍然极端清寒又极端孤独。

对于这样的私事，我只能默默承受。后来还是受到佛教僧侣生态的启示，才把心情安置。

因此当时去得最多的地方，是住处附近的龙华寺，听经诵，看袈裟。

我已不想成家，只想做一个不穿袈裟的僧人独自老去，却不料，遇到了她。

九

她，松炬十里、苍山舞龙送出来的她，十二岁拖着一个木箱子独自去省城的她，已经誉满天下。

十八岁名震香港，二十岁被选为全国人大代表，如此年轻已经成为一个著名大剧种无可争议的首席。新闻媒体几度在全国各省份问卷调查最喜爱的演员，她每次都名列第一。

当时，我自己也已经被文化盛名所累，正在竭力摆脱，因此她的赫赫大名对我并没有什么吸引力。她首先把我镇住的，是表演品级。

那次，她到上海演出莎士比亚的一出喜剧。当时正在举行规模宏大的中国首届莎士比亚戏剧节，国内外各个剧团已经轮演了二十几天，连英国皇家莎士比亚剧团也来了，说实话，我已经看疲了。但是，她的演出才看了五分钟，我就坐直了身子，精神陡起。

在她身上，莎士比亚不见了，黄梅戏也不见了，只有一个美好的生命在向世界倾诉愉悦，倾诉得既酣畅又典雅。这个美好的生命既不完全是剧中的角色，又不完全是她，而是包括所有观众在内的一种诗化的生存形态。因此，剧场里所有的观众都全神贯注，出现了一种近乎凝冻的气氛，直到演出结束。

看过无数演出的戏剧家曹禺走上台去，握住她的手说："你在台上真是亮极了！"

那时，我已经出版了广为人知的《世界戏剧学》、《观众心理学》、《中国戏剧史》、《艺术创造学》等一系列学术著作，对表演艺术进行过系统的专业论述，却没想到这一夜，发现了真正的极致状态。

见到台下的她，是很久之后的事情。因为中间有一段时间，我在国外讲学。

台下的她，又出乎我的意料。

所有的名声、成就、地位、赞誉，好像与她一点儿关系也没有。文艺界很多成功者也会有一些谦虚的说辞，她连这样的说辞都没有，因为压根儿没有想过自己的成功。她当时已经是囊括全国所有舞台剧和电视剧最高表演艺术奖的唯一一人，但她对于得奖，几乎没有记忆，只把奖牌、奖状、奖座全部交给剧院的办公室，没有一件留在自己身边。她也完全不知道文艺界的升迁排位、潮起潮落。谁说起这一切，在她听来好像是宋朝发生的事，满脸陌生。

她深深沉浸在远方的艺术之中，恰恰对自己所在的剧种很不在意。她所沉浸的远方的艺术，居然是米开朗琪罗、罗丹、凡·高、邓肯、迈克尔·杰克逊，以及几个当代国际建筑大师。

这样一个审美格局，容易会有一点儿"恃才傲物"的气息。但她不，一点儿也不显摆，只在内心默默享用。

她也有不能宽容的对象，那就是伤人者、阿谀者和逗权者。只要闻到气息，就不会有第二次见面。

真正让我觉得相见恨晚的，是她由衷的无私。

我与她长谈几次后发觉，她的思路再广泛、再灵动，也不会有一丝一缕拐到自己的名利。而且看得出来，这不是故意掩饰，而是出乎天然。

这总算让我找到了知音。我早就从根子上看穿个人名利的虚妄不实，心底里也没有自私的贮存。这很难让一般人相信，他们觉得你出了那么大的名，得了那么多的稿酬，怎么可能没有名利思想？

幸好，她以自己证实了我。

我微笑着在心里问："原来她也是这样？"

她也微笑着在心里问："原来他也是这样？"

后来有人按常规询问："你们当初是谁追求谁？"

我们总是齐声回答道："那是用不着的。"

十

从父辈巨大的危难中走出，突然获得了巨大的声誉。接下来的路该怎么走？结论是一致的：名声不能再加了，日子已经够过了，有生之年只做一件事，那就是弘扬大善大美。

说好了，她应该不断演出，创造当代中国最美的艺术形象；我应该不断写作，寻得中国文化最高的国际魅力。

我们举起双手，拍击了对方的手掌。

我们首度合作，是创作了轰动国内外的黄梅戏《红楼梦》。

起因，是我讲起叔叔在"十年动乱"中以"宣扬封建小说《红楼梦》"的罪名被迫害致死。

我说，叔叔受迫害的实际原因，是他为安徽这片土地说了话，《红楼梦》只是借口。

妻子觉得，作为安徽的女儿，必须为这位寂寞去世的男子做点儿事。我说,我参与。

这需要抄录我在《借我一生》中写的一段话了——

就在叔叔去世二十五周年的忌日里,黄梅戏《红楼梦》在安徽隆重首演,产生了爆炸般的轰动效应。这出戏获得了全国所有的戏剧最高奖项,在海内外任何一座城市演出时都卷起了旋风。

全剧最后一场,马兰跪在台上演唱我写的那一长段唱词时,膝盖磨破,手指拍得节节红肿,每场演出都是这样。

所有的观众都在流泪、鼓掌,但只有我听得懂她的潜台词:刚烈的长辈,您听到了吗?这儿在演《红楼梦》!

十一

直到今天,海内外很多戏剧家和戏迷仍然认为,黄梅戏《红楼梦》是他们一生看过最好的舞台剧。

著名电影导演谢晋说:"这出戏,是中国第一部真正成功的音乐剧。"

连萧伯纳的嫡传弟子黄佐临先生也在病床上给我写信,直言黄梅戏《红楼梦》为中国戏剧的世纪转型创造了范例。

这出戏当时受欢迎的盛况，现在说起来简直难以置信。马兰应邀在一些城市演出，已经累得只能白天在医院吊水，晚上再登台了，天天如此，国家文化部专门下发一个红头文件，要求剧院关注她的健康。

但是，中国历史上经常发生的现象重现了：再优秀、再高尚的好事，只要从一个黑暗的角落投出一块小污泥，一切全然散架。

黄梅戏《红楼梦》在海内外的赫赫声誉中进入上海，立即遇到了"小污泥逆袭"。

十二

事情太卑琐，我历来不愿提起。

我在策划黄梅戏《红楼梦》时，由于自己实在太忙，先让人找了一个不认识，也不知名的年老编剧写了个脚本，一看不行，就决定由我和导演马科先生一起，根据曹雪芹的小说原著边排演边成稿。一切都在现场完成，效果很好。等戏出来，总要署个名，我想了想，就把定稿本送给那个曾经试写过一稿的年老编剧，请他单独署名，并把稿酬全部给他。很快得奖，再把奖状和奖金也全部给他，那个人感动得不知道说什么好。

我不署名，不拿稿酬，一是因为我全无名利观念，二是因为我是上海戏剧学院院长，这个职位在当时的戏剧界，云水缥缈，至高无上。

不管怎么说，这总算是一段默默施惠于人的佳话吧。但是，谁能想到，上海居然有人挑唆那个年老编剧突然翻脸，在媒体上诬陷我和导演修改他的剧本是"企图署名"。挑唆者诱惑他说，只要让人相信，连堂堂上海戏剧学院院长也企图把名字署在他的名字后面，那么，他就会爆红。

这件事如此荒唐，但因为攻击的目标是我，立即在海内外卷起巨大风潮。香港的评论家罗孚先生也在《明报》上说到此事，后来上海有一个朋友告诉他，我根本就没有署名，也没有"企图署名"的丝毫证据，罗孚先生就在《明报》连续三天向我公开道歉。但是，闹事的上海，虽然闹得《红楼梦》没法再演下去了，却没有人向我道歉，大家都在为一场莫名其妙的投污成功而兴高采烈。

我从改革开放一开始就担任上海新时期高层文化结构的主要策划者，是上海文化"四大顾问"的领头人（其他三位是黄佐临、王元化、谢晋）。我们的工作重点之一，就是要摆脱地域文化中一部分低俗的东西。但是，有一些人终于制造出了这么一件荒唐透顶的诽谤事件。他们历来笑容可掬，却不能容忍高于他们的文化来制约他们，迟早会合力驱逐。

就在那些天，年迈的越剧表演艺术家袁雪芬女士亲自来到了我的办公室。她盛赞黄梅戏《红楼梦》的成就，希望我能具体帮助越剧的改革。顺便，她别有深意地讲起了自己早年在上海的一段惨痛经历。她说,当年越剧在上海爆红后,遇到的最大灾难,是有人向台上的主角演员投掷最肮脏的污秽之物,闹得全场奇臭无比,观众纷纷掩鼻而逃,整个演出也就砸了。她说:"一开始我们以为是地痞胡闹,后来发现投掷者很懂戏,总能准确地抓住剧情的高潮点,也知道满台最重要的主角是谁。后来抓住过一个投掷者,不是地痞而是文痞,与市井小报有关。"

"市井小报?"我问。

她说:"对。他们是为了炒新闻。投掷事件后,各个小报就不断诱导人们,女主角是否有家乡仇人?是否卷入了婚恋纠纷?没完没了。好好一个剧团,也就陷落在小市民的叽叽喳喳中了。这就是上海,地痞、文痞分不清。"

我知道,她这是在直接喻指我们正在遇到的事件,提醒我们,上海在文化上有一种奇怪的"毁优机制"。临走,她还低声给我讲了一个挑唆者的名字,居然是一个一直声称"崇拜"我的剧作者。

几天后,我又遇到了忘年之交唐振常先生——研究上海史的大专家。他并没有看过黄梅戏《红楼梦》,却已从报纸上看到了"企图署名"的闹剧。一见面他就拍着我的肩哈哈大笑,说:"报应啊!你写的《上海人》是传世之作,但显然掩饰了上海文人的老毛病,这下给你补课了。"

他又说:"这些人故意不讲逻辑,是为了把你气走。上海的其他方面都不错，但文化夺去了元神，必然下行。我从趋势看，你倒是应该主动离开。"

十三

很多上海文人有一种习惯性的行为模式，俗称"捣浆糊"，那就是在不断搅动中，一切都变成了泥淖，使得任何大创造、大思维难以立足。辞职后，我把每次"文化苦旅"的出发地、休整地从上海移到安徽合肥。我的移居，也包含着自己在《红楼梦》事件中对妻子的歉意。

在这期间，我们又创作了《秋千架》一剧，由我编剧，由她主演。此剧在北京引起巨大轰动，创造了长安大戏院的票房纪录。面对剧场外密密麻麻买不到票的人群，我作出决定，请高等艺术院校的博士生和硕士生，凭证件入场，成为侧幕条旁站立的观众。

此剧在台北演出时正逢"大选"，最大剧场外的广场拥挤着十几万"造势"的民众。因此，没有任何剧团敢于在这样的时间和地点演出，因为观众很难穿越密集的人群进入剧场。但是，唯有《秋千架》，创造了场场爆满的奇迹，连当地的报纸也认为"无法想象"。马兰在那里，成了不分党派共同痴迷的"头牌明星"。

从台北回到合肥，我应中国科技大学校长朱清时先生的聘请，成了该校的兼职教授并开始工作，同时还完成了《霜冷长河》等著作。我准备陪着妻子，在合肥长期住下去。

在合肥几年，我充分领略了当时全国最受欢迎的剧种和演员，承受着何等的繁忙和荣耀。

我一次次暗想，自己当年提出辞职时，上至国家文化部，下至单位清洁工，都无法想象一所不以我为院长的上海戏剧学院。但是，即使伤筋动骨，我还是离开了。在安徽，看着妻子，我才体会到了一种真正的"不能离开"。当时如果到大街上问任何一个行人，这个地方如果让马兰离开会怎么样，几乎每个人都会觉得不可思议。

然而，我终于目睹了最不可思议的事情：一个当地主管文化的官员决定，"封冻"马兰。

这个匪夷所思的决定之所以能够成立，是因为当时安徽的"官本位"全国第一，可谓"极端官本位"。

什么是"极端官本位"？那就是只要某个官员为了炫耀权势作出了最荒唐的决定，大家也不问情由立即服从。即使这个决定颠覆了最重要的文化坐标，四周仍然鸦雀无声。这种情景，在其他省份很难发生，在安徽的其他时期也不那么极端。

突然之间，马兰的一切社会职位和艺术职位都被撤除，逼她全面让位。直到今天，从马兰到她的每一个观众，都不明白这个官员作出这个决定的理由，大家只能胡乱猜测。

也许是马兰几度婉拒出席欢迎上级官员的联欢会？也许

因为她宣布今后不再参加任何评奖，会影响官员的政绩？也许是她从来不向省里的官员"汇报思想"？也许是有人塞进了替代的名单？……都有可能，但马兰完全不问。

因为她觉得，这么大的事，只要有一丝一毫正当的理由，哪怕是借口，也应该由官方告诉她。但是直到今天，没有一个官员找她谈过一句话。这当然是因为"说不出口"。既然人家"说不出口"，那么说出来的也必定是假话，何苦去问呢？

按照马兰的性格，既然不让演，就离开。但是，外省并没有这个剧种，官方又不允许她把户口和档案关系迁出。

她完全失业了，那年她才三十八岁。

她失业后，那个曾经是"全国民选第一"的大剧种出现了什么情景，大家都看到了。

正如我被弃置，马兰居然也被弃置了。

对于这种弃置，她的无数观众，我的无数读者，都没有提出明确反对。

那么，以前每场演出结束时他们如醉如狂的欢呼，每次新书发布时他们拥挤不堪的景象，难道都是假的？

我们不能不承认，当时确实是真的。但这种真，并不可靠，经不起风吹雨打。他们没有宏观思维，不明白唐振常先生所说的"文化元神"是什么，一旦夺去了会产生多么严重的后果。

对我们而言，可以把一切都放弃，但我还有一件更加边缘、更加孤独的大事，藏在心底没有放下。

那就是，为了完整地实现我"重新定义中国文化"的任务，必须作全球规模的对比。因此，我的"文化苦旅"的下半程，应该到世界各大古文明的遗址进行对比性考察。但是，目前那些地方大多已是恐怖主义战场，我走得通吗？

香港凤凰卫视启动了这个计划并聘我当嘉宾主持，我决定，投入这场生死冒险。说好了，其他辅助人员可以分段配合，由我一人走完全程。

这是天下任何妻子都很难同意的，但她同意了。只提出一个条件，希望在最困难的路段由她陪着我。

十四

在千万里的艰难颠簸中，数不尽的废墟和壕沟改写了她心中的文明史。面对最凄凉、最动情的景象，她总会把我的手握得更紧一点儿。

她一路陪着我，终于到了不能再陪下去的地方，那就是要进入伊拉克了。

那时的伊拉克，处于第一次海湾战争和第二次海湾战争的中间，境况非常险恶，羁、掳、刑、杀，随时发生。例如，按照当时伊拉克的法规，去过以色列再到伊拉克的人有"通敌之罪"。我们虽然销毁了去过以色列的种种印痕，但一旦生疑，必陷囹圄。

然而，我能不进去吗？不能。因为今天的危险也正是我的研究题目：古代的大文明怎么会变成现代的火药桶？这是文明遭遇了厄运，还是文明自身的必然？

经过反复商议，终于决定，这次进入，只能是最少几个人，帮着我工作。而马兰，却无论如何不能进去了。

我和妻子在约旦佩特拉山口告别的情景，以及此后发生的一系列贴近"生离死别"的危机，我在《千年一叹》、《借我一生》等书中有叙述，这儿就不重复了。

十五

在这个生死长途中，我的思考成果确实不小。

那天在东南亚一个纷乱的城市，突然传来消息，日本著名的国际新闻主笔加藤千洋先生赶过来了，要对我进行"半途拦截采访"。他说："二十世纪就要在我们眼前结束，您已经用脚踩踏了无数个世纪，因此最有资格向世界谈谈世纪大课题。"

我一听就来了精神，便随口说了起来。

我说了一个小时，加藤千洋先生举起手指说："已经足够了。光是刚刚说的这些观点，就足以震动国际学术界。"

他希望我在这次考察结束后能够开始另一次长途旅行，那就是到世界各地作巡回演讲。他说，至少已经出现了三个重大讲题:《重识中华文明》、《警惕霸权主义》、《质疑文明冲突》。这些讲题既非常及时,又非常迫切,而且必须由万里历险者来讲,由中国学者来讲。

他还告诉我,由于我的这次历险考察引起了国际间的密切关注,因此,日本《朝日新闻》在世界各国选了十个人来讲述世纪跨越,中国就选了我。我问其他九个人是谁,他报了名单,都是各国政要和顶级富豪。他说:"只有你一人属于文化,而且以数万公里来归纳世纪文化,分量最重。"

不管怎么说,我穿过森森枪口、隐隐地堡、幢幢黑影,活着回来了。

十六

一回国,围住我的记者不少。我以为,他们总会询问我数万公里的冒死经历吧?总会询问我世纪之交的文明思考吧?

这样的问题,居然一个也没有。

第一个问题是:"上海一个姓朱的文人,刚刚发表文章,说从一个妓女的手提包里发现了一本《文化苦旅》,妓女在读你的书,你该怎么回答?"

第二个问题是:"上海还有一个文人发表文章,说你在'文革'中也写过什么,你该怎么回答?"

我的第一感觉是,"文革沉渣"在闹事,因为我在"文革"中写的《世界戏剧学》，正是对抗他们的文本。后来才知，在"文革沉渣"背后指挥的，是香港的一个基金会和《苹果日报》。

那天，妻子挽着我的手走在上海的街道上，像是捡回了没有摔破的家传瓷器，小心翼翼地捧持着。今天她一直走在路的外侧，让我走里侧。但奇怪的是，每当走过书报摊时，她总是拽着我往前走，一连几次都是这样。我终于在一个书报摊前停住了，扫一眼，就立即知道了妻子拽我走的原因，那里有很多我的名字，我的照片。

最醒目的是报刊的标题，都很刺激：

《余秋雨是文化杀手》；

《剥余秋雨的皮》；

《我要嚼余秋雨的骨髓》；

……

——这样的文句居然大大咧咧地印刷在正规报刊的重要版面上，这在古今中外都空前绝后。

妻子慌张地看着我，用故作轻松的语气说："说你是杀手，是因为你把他们淹没了。"她又补充了一句，"中国文人对血腥的幻想，举世无双。"

说着，还是把我拽走了。

后来，香港著名传媒学者曹景行先生告诉江学恭先生，经他追踪发现，这些媒体对我的大规模诽谤，受香港一个基金会的掌控。起因是,他们看到我通过遗迹考察重新定义了中华文化和中国人,居然立即感动了世界各地不同政治立场的华人,其中包括不少领袖级人物,这让他们产生了警惕,决定对我进行"贬抑"。采取了三项措施:一是向一切贬抑文章支付三倍的额外稿酬;二是寻找一批"写手"来制造事件;三是指派两名专人来往于香港与广州之间。由此,就依次设计了"石一歌"等虚构事件,鼓动起了文化界固有的嫉妒、起哄群体,因此声势都很大,延续了二十多年。在这过程中,我被躲避和掩盖。这样,对方的"贬抑"目的也就达到了。

几位海外的华文作家急急找到我,说:"对一个重要的文化创造者进行大规模的侮辱,在世界任何国家都是严重犯罪。事情都发生在公共报刊上,相关行政部门为什么对此毫无态度?"

我听了苦笑一下,没有回答。

"对于你的遭遇,为什么那些意见领袖、公共知识分子都不讲几句公道话?"那几位海外作家又问。

我不知道他们指的意见领袖、公共知识分子是哪些人,就请他们报出了一些名字。一听,我再度苦笑。

我说:这些人多数也参与了攻击。对这些人来说,攻击我,既有"以国际背景挑战中国文化"的假象,却又非常安全,这正是当代中国某些"公共知识分子"的生存之道。我曾这样概括他们:因攻击而表演正义,因虚假而表演激烈,因安全而表演勇敢。归根到底，都在表演。我和妻子都是戏剧中人，对于这些表演，一眼就能识破。

十七

我和妻子原想稍稍保留一点儿对媒体的信任，但是，大量媒体实在太擅长欺侮好人了，我们夫妻俩几乎被它们接连不断地伤害了大半辈子。别的媒体见了，也都装作没有看见。结果，我们只要一想到媒体，就会感到彻骨寒冷。

例子太多，随举其一。

我说过，二〇〇八年四川汶川大地震后，我第一时间赶到灾区参加救援，看到废墟间留有遇难学生的课本，课本上有我的文章，便立即决定以我们夫妻之力捐建三个学生图书馆。书，要由我自己来挑选，因此不走红十字会的捐献之路。

当时很多媒体有捐献报道，我都没有透露，只在埋头选书。这事被一个记者看出一点儿动向，就猜测我有可能会捐出二十万元办希望小学。其实是猜错了，对此我也未加纠正。

没想到，北京一个盗版者在媒体上说，他去查了中国红十字会的捐助账号，没看到记者所说的款项，因此是"诈捐"。有一个喜欢在电视上讲历史故事的文人不知出于什么目的，也离奇地参与此事，便立即变成全国媒体的爆炸新闻，整整闹了两个多月。连灾区的教学部门一再证明我捐建图书馆的事实，也平息不了。我所挑选的书籍早就在那里堆积如山，但是没有一家媒体去看过一眼。

那天，我与一个朋友在外面吃晚饭，妻子着急地打来电话，说我家的房门已被大量媒体记者堵住，不断敲门要采访"诈捐"事件。妻子的电话是打给那位与我一起吃饭的朋友的，因为我没有手机。妻子在电话里说，她从门孔里看出去，很多摄像机正支在门口，只要一开门就会蜂拥而入，因此，她要我现在千万不要回家。

乍一听，来了那么多媒体就可以把事情讲清楚了，但再一想，不对。如果媒体早就想把事情弄清楚，为什么在全国闹腾两个多月期间，都从来没有来采访我们当事人一分一秒？如果今天真的来进行一次迟到的采访，也该事先联系一下呀，为什么要以迅雷不及掩耳的速度堵住了房门？因此，今天晚上，他们要的是"突击丑态"。

房门仍然被不断敲响。

妻子在门内说："我们从来不接受采访，我丈夫也不在。"

门外问："你丈夫什么时候回来？"

妻子说："不知道。"

门外问："你能不能用电话催一催？"

妻子说："我丈夫没有手机。"

门外说："那我们一直在这儿等。"

妻子说："那你们就等下去吧。"

随即，妻子打电话恳求那个与我一起吃饭的朋友，多花一点儿时间陪着我。她会通过门孔观察，决定要不要今夜为我在外面订旅馆。

但是，刚这么说，她又担忧了，这些媒体手眼通天，我一旦入住哪个旅馆，他们会不会立即就获得信息，到那里把我逮住？

——就这样，妻子一直守着门孔，我一直躲在外面。饭店关门了，朋友走了，我就坐在路边的凳子上，坐在被树荫挡住路灯的黑影下，为了不被人家发现。

为什么会落到这个境地？只因为我们做了一点儿捐献，捐献出了我们夫妻两人三年薪金的总和。

默默捐献，出于我们夫妻俩的生命本性。

在《文化苦旅》初版发行到几百万册的时候，我得到的全部酬劳，先是四千元，后来加到两万元，出版社是按照字数计酬的。很多年后按发行数计酬，我们家也就"衣食无忧"了。"衣食无忧"便是我们在生活上的最高标准，因为我们崇尚简约，又没有子女。

我们夫妻，做什么事都会商量一下，但只有一件事不必商量，那就是捐献，而且必须是不留任何名声的捐献。

春节将临，马兰几度接到中央电视台春节联欢晚会的邀请，她因已经上过几次，都婉拒了。没想到又接到了一个远方矿山的电话："我们这里的工人都想在节日里见到您，只是付不出演出费。"马兰一听，就冲我一笑，立即整理行李，去火车站。这次去矿山,她是得了重感冒回来的。

在她火爆海内外的那些年,她只领取最普通的职工工资,从来没拿过演出费。终于有一次,一座富裕城市支付了演出费,但她立即捐给了当地"苦难儿童"。当地一些人说:"我们这儿没有苦难儿童。"马兰说:"有。我调查过了,就是父母都因吸毒而被管制的子女们。"

我被澳门科技大学连续几届聘为人文艺术学院院长,年薪很高,我全数捐献给了传播专业和设计专业的研究生。但这事,除了校长和几个工作人员外,没有人知道,包括接受了捐助的研究生。最初我在澳门作出这个决定时,并没有打电话与马兰商量,但我知道她一定会为我的决定鼓掌,果然。

有时,我会应邀到国外演讲中华文化一段时间,最后会得到该国企业家集资的巨额酬劳。他们会把一大包美金交给同去的马兰,马兰并不接过,要他们听我的回应。我的回应是"全部捐献给你们国家的华文作家协会",马兰立即鼓掌。

……

但是,我们以前的经历早已证明,即使做了最大的好事,也总会遇到强大的"毁优机制",逼得我们走投无路。今夜,在树荫的黑影下,我又一次感到,由捐献开始的媒体讨伐、房门围堵、路边躲避……是一幅浓缩了的人生图像。

偌大一个城市,那么多窗户,那么多人影,只有她在保护我，但保护得非常无奈，只是不断关照我，不要回家，不要回家；我惦念的，也只是她，但惦念得非常笨拙，只能在黑暗中嘀咕，不能回家，不能回家。

我们什么也没有了，只有这么一个家。但是连家也不能回了，有那么多人阻挡着，阻挡住了我们唯一的避世小门。

这，难道不是一种象征吗？

十八

看穿，有一种奇特的力量。

那就是：不声述任何真相了，不在乎他人印象了，不期待社会舆论了，不企盼历史公正了。结果，正是这些"不"，带来了生命的独立、创造的纯粹、心态的洁净。

我们逃奔到了当时的一个边缘城市，两人都没有户口，没有单位，没有工作。

落荒南溟，终于成了谁也不关注的草泽夫妻，连最大规模的文艺工作者大会和最小规模的各级座谈会也不可能被邀请参加。没有想到，正在这个时候，突然收到美国林肯艺术中心、纽约市文化局和美华学会的通知，马兰获得了"亚洲最佳艺术家终身成就奖"。

一打听，这是极高的国际荣誉，获得者中有黑泽明、马友友、傅聪、林怀民、张君秋等。这次投票的是十几位资深的东方艺术研究者，他们多数人在洛杉矶看过马兰的赴美演出,其他人在投票前也看了表演录像。

二〇〇八年一月,马兰到美国接受颁奖,地点在哥伦比亚大学礼堂。这事震动了在美国的华裔精英,连何大一博士夫妇、夏志清教授夫妇、徐志摩先生的女儿和宋子文先生的女儿都参加了,更不待说正在美国的海峡两岸的大艺术家。中国驻纽约总领事馆的杨华领事和周燕领事,也出席了。

由林肯艺术中心主任亲自颁奖,纽约市文化局局长和哥伦比亚大学副校长陪颁。获颁后,马兰发表演讲《中国戏剧的昨天和明天》。她具有表演艺术家中极为罕见的娴达口才,一次次激起全场的笑声和掌声。

这天晚上,纽约地区的安徽同乡闻讯后为马兰举行了隆重的庆祝宴会。很多工程师、律师、会计师和各行各业的企业家争相发言,赞扬马兰在国际上为安徽人争了光。

在国际上获得如此大奖,使马兰产生了一个新的想法。原来她早已决定无声无息地悄然陨落,不再演出。但这次看到,这个世界还如此隆重地留下了有关自己的记忆,那就不应该让自己的艺术终结在林肯艺术中心和哥伦比亚大学礼堂。为了表演艺术的明天,她决定在祖国再登台一次。

这次登台不能去安徽,免得让人产生"回归"的误解;也不能去北京,免得让人产生"庆奖"的误解。还是在上海吧,不依托哪个剧团,更不去牵动哪些媒体,自己出资,再从身边的朋友中筹一些款，只算是我们夫妻俩在艺术上再度执手，相视一笑，自己为自己鸣奏。

听说马兰有可能再度登台，并且又是我亲自编剧，事情就立即变大。香港著名电影导演关锦鹏先生愿意亲自执导，国际著名音乐家鲍比达先生亲自作曲，香港首席美术指导张叔平先生出任造型总监……

这个令人叹为观止的阵容表明，马兰这次演出的已经完全不是黄梅戏，而是全新的东方音乐剧。助演者，则是上海戏剧学院和上海音乐学院的青年教师和学生。

剧名《长河》，是我对自己建立的"象征诗学"的又一次示范。"象征诗学"是我在汲取海明威"非象征的象征"、迪伦马特"非历史的历史"后所探索出来的一种东方美学现代创作风范，马兰以前演的《秋千架》和小说《空岛》、《信客》都是实验作品。

这次演出难度极高，却取得了远超想象的成功。台下至少有一半观众是闻讯从全国各地赶来的。湖南省文联书记江学恭先生说："我在戏剧界从业几十年，观看过国内外很多精彩演出，但面对《长河》却受到了极大的震撼，领略了一种毕生难忘的精彩。"

一位当今备受欢迎的电视剧表演艺术家看完演出后独自在座位上哭泣了整整十五分钟。有人问她，这不是悲剧，为什么哭那么久？她说："为剧本，为演出。"

一位美国戏剧博士看完后说:"这戏,完全上得了戏剧史。"

每天演出结束时,全体观众一次次长时间地起立鼓掌,谢幕仪式不断重复。连见过太多大场面的上海大剧院工作人员,也为这个戏的谢幕次数之多深感惊讶。

当全台演员又一次恭敬地让出舞台中心位置请马兰再度出现时,掌声如大潮般激烈。这时,马兰伸出手臂朝观众席一指,向全场介绍此剧的编剧。机灵的灯光师立即把灯光打到了我身上,全体观众又转身向我鼓掌。

至此,我们夫妻俩在东方美学上高度相融的心愿,又一次达到了。这中间,似乎有某种天意乍显,否则,实在太难了。

谁都知道,文化传媒间的黑恶势力,从人数到背景,都远远超过剧场里的创造者和观众。演出过后,一切如旧,我们又消失了。

星云大师知道我们夫妻被诽谤、被误解的消息后,及时发来寄语:"中国文化整体优秀,却有一个千年未改的老毛病,那就是容不下最优秀的人。对我们自己来说,只需记住:受难,是为人世承担。"

"受难,是为人世承担。"这话让我心头一亮,决定独自承担起对中国文化"元典系统"的现代阐释。这事工程极大,却比马兰的演出方便,因为不需要团队。我依靠着她,这个国际级大艺术家的全心照料,写出了一本本厚重的著作,足以放满一书架。

正是这些著作，使我成了受邀到纽约联合国总部、华盛顿国会图书馆和美国各个名校演讲最多的中国学者。这情景又让我想到了海边的比喻，我离开一个个热闹的帐篷独自来到礁石上，反而有千万浪涛与我呼应。

我的世界虽然大到无限，但是，外面的无限都不能吸引我。我把天地之间的元气吸取过来，集中在一个小小的空间。

别人的家，是向世界出发的码头，而我正相反，家是整个世界的终点。

我们夫妻，对"家"做了一个诚实的阐释。家，就是两个人的小岛。

这小岛，是享受了如雷掌声之后的万般宁静。

这小岛，既阻隔了空间，又阻隔了时间。正像我们不对外界抱有幻想，我们也不对未来抱有幻想。

只有此生，只有单程，只有小岛，只有两人。

十九

记得有人曾询问我，此生是否幸福。

我毫不犹豫地给了肯定的回答。而且特别说明，我的幸福很具体，至少有以下四个方面——

第一，拥有一位心心相印的妻子；

第二，拥有一副纵横万里的体能；

第三，拥有一种感应大美的天赋；

第四，拥有一份远离尘嚣的本性。

这四个方面，都非常确定，因而此生的幸福，也非常确定。

但是，这种确定要有一个不可思议的前提，那就是必须找到小岛，必须找到她。如有来生，那显然是完全不同的时间和空间，有可能找到吗？没有可能。

既然如此，那就不必再有来生。稀世的幸福不应重复享受，一次就够。

二十

那么，在余下的岁月里，日子也就会变得极为单纯了。

在生活细节上，我们两人都乐于打理炊厨茶事、帘窗巾枕；在精神支点上，又共同崇尚"天地元气"，共同信仰"大悟、大爱、大美"。因此，无论大事小事，都对视一笑，心领神会。

就在我遭受诽谤最严重的时候，马兰对朋友们说："我与他成家三十多年，完全可以担保，这个人绝不会产生损人利己的念头，哪怕是一分一秒、一丝一毫。即使对于那些诽谤，也不点名呵斥，就怕伤了对方。他深知世界很不美好，因此自己必须加倍美好。"

她知道我对所有诽谤的唯一回答,是继续埋头阐释中华文化。因此,在那些狞厉的日子里,她总是特别郑重地接过我的一页页新写文稿。一天早晨,她又一次接过,然后随手为我写了几句话:

墨色落定,穿过纸页边缘,我总是第一个看到你的风神。与你同行,身心澄明。

对我来说,这一生,在空间上穿越过世界上无数莽原大川,在时间上研习过历史上各种衰世盛朝,现在都可以挥手删去,只凝聚到一个人身上。我曾在一首诗中写道:

你的眉眼是我的山水,
我的山水来自唐代。
拍去风雪,洗去粉黛,
浅浅一笑,草草一拜。
西出阳关我做伴,
孤帆远影我也在。
你是我的第一高度,
你是我的最后要塞。
千年一眈,万里一鞋。
有你有我,再无期待。

辑四 生命

天地元气

生而为人，立足大地，青春在握，即便是艰难，也不可能被全然困住，也能享受阳光、清风，甚至比别人享受得更多。

我的生命支点

总有年轻人期期艾艾地问我:"您的生命支点是什么?"

"支点"非常重要。阿基米德说过,给他一个合适的支点,他就能撬起地球。那么,生命支点也足以撬起整个人生,具有终极意义。

我的回答很简明,熟悉我的读者都能猜得出来。

我的生命支点是:**大悟、大爱、大美**。

大悟就是摆脱一切名位羁绊和利益诱惑,把它们全都看成是空虚的假象,于是生命也就获得了真正的自由。那些假象,看起来堂皇风光,其实只会把自己推入一条轨道,按入一个模式,不再是独立的生命。而且,为了争夺,还会伤害其他生命。如能真正摆脱,便是大悟。

大悟之后,一派轻松。飘若云絮,重若昆仑;既无期盼,又无失望;毫无权势,却得大雄。

悟,一字已可说清,为什么还要名之为"大悟"呢? 因为这不是一般的看穿,而是把一系列世代的传统、朝野的共识、辉煌的话语都看穿了，不留暗角，不留盲区，彻彻底底。

大悟好像具有整体的挑战性，其实并不，因为它把挑战也看穿了。所以，这种大悟常常表现为会心一笑，而不是不屑一顾。

由于看穿的范围很大，很容易伤及上上下下很多人的心态和生态，因此常常看穿而不说穿，要说也只是点到为止，让人家自己慢慢去悟，即使不悟也不着急。

如果为了让别人悟而言辞滔滔，本身就没有悟。

再说大爱。

在"爱"之前加一个"大"，说明此爱不局限于一个人、一家人、一伙人、一国人，而是没有边界的。而且，也不是报答性的爱、感恩式的爱，而是无缘无故的爱、不求回应的爱。这种大爱，是人生在世，天然地对同类产生真诚的好意，并由此而良性传染。即便是最悲观的人，也会因为体验过这种大爱而不后悔活此一遭。

世人有言，爱是排他的，那显然是小爱，而且是小爱中的提防之爱。在大爱的视野中，一对情深意切的恋人，就像岸边的一座灯塔，足以照亮很大一片情感海域。因此一切处于大爱中的男女老少，面对别人的目光总会更加和善、温暖，这便是爱的润泽。

投入大爱，是一种自我改造和自我提升。一个人不再是一个人，陌生的天地不再陌生，寂寞的街道变得有心，拥挤的人群变得有情，远方的荒山变得有灵。大爱，因改变自己而改变世界，以此作为生命的支点，正是最好的选择。

建立了这个支点，那么，世间一切散布仇恨、宣扬争斗、崇尚铁血、仰仗威势、夸张胜负、计较输赢的观念和行为，就会看得一清二楚，并断然拒绝于自己的生命系统之外。

大爱，是一种干净的信仰。

还要说大美。

美，不仅仅在于外貌、环境和艺术。美的概念非常宏大，蔡元培先生提出过"以美育代宗教"，正表明了一种信仰指向。

美能成为信仰吗？能。

中国近代以来，很多智者在进行国际比较后发现，中国缺少真正的宗教信仰，因此试图设定一种替代物。当时除了蔡元培的"以美育代宗教"外，还有陈独秀的"以科学代宗教"，梁漱溟的"以伦理代宗教"，冯友兰的"以哲学代宗教"，孙中山的"以主义代宗教"，沈从文、朱光潜的"以文学代宗教"，等等，可见各自都希望中国民众去信仰一种他们认为的"好东西"。但他们却未必明白，一说"宗教"，就必须达到终极关怀、灵魂重建、生命回归的高度。相比之下，蔡元培的提法比较靠谱，因此被学界记住了。

其实，与宗教信仰最靠近的，恰恰就是美和艺术。想想欧洲文艺复兴，也就是达·芬奇、米开朗琪罗、拉斐尔等艺术家让美与宗教相融，凭此开辟了人类的一个新时代，这中间并没有看到科学家、军事家、政治家、伦理学家的背影。在音乐领域，巴赫、贝多芬、莫扎特更是以宗教题材大大提升了人类信仰的高度。人们常常认为，他们让宗教更美了，其实，他们在提升宗教信仰的过程中又创造了一种信仰，那就是美的信仰。例如，我这个与欧洲宗教没有太大关联的人，为什么在面对米开朗琪罗、贝多芬、莫扎特、巴塞罗那圣家族大教堂的时候，每次都神魄俱夺、长久沉迷，而且可以无数次反复？这就是投身了美的信仰。

　　历来总有人把美看成是工具性、手段性的存在。这一点，连中国的老祖宗也不同意。刘勰在《文心雕龙》的开篇就说，天玄地黄、日月垂丽、山川焕绮、虎豹威武、泉石激韵，大自然都在天天做文章，天天呈示美，又何况有心智的人呢？中国古人认为，大自然产生这些美，都是"天道"，既然是"天道"就要信仰，并在这种信仰中，投入"天人合一"的创造。

　　人创造美，其实也就是借由感觉系统，创造一个更高贵、更自由、更愉悦的内心世界。与理念系统、权位系统相比，人的感觉系统最敏感、最共通、最难欺，因此美的创造也就更入心、更普世、更无争。在这样的创造中，人的生命被肯定、被拔擢、被共鸣，能够更完满地实现终极关怀的全部效能。因此这美就大了，称之为"大美"。

　　我知道，在功利性极强的社会生活中，要让大美成为民众的信仰很不容易。但是，应该承认，历来还是有不少人，把它看成是生命支点。

作家张贤亮先生曾经告诉我,他在入罪苦役期间,偶尔看到沙漠间一个破残古堡的遗迹,因深觉其美而神采飞扬。这与他当时衣衫褴褛、受尽屈辱的状况极不相称,然而却是事实。多少年后,冤案平反,那个古堡遗迹就被他建设成为一个文化景点而名扬遐迩。

我和妻子,不管承受着多大的伤害和喧闹,只要看到一角明代飞檐、半截北魏残碑、几排灿然银杏,就会浊气全消,欣喜莫名。这很不符合社会逻辑,只能让美的信仰来解释了。因为只有信仰,才有那么神秘的阻断之力、吸附之力、转移之力。

天天在美的秘仪中观赏着自身生命的突破和超越,我们很静寂,却又很健全,很僻远,却又很浩荡。这,都是美的恩典。

大悟、大爱、大美,三位一体,三足鼎立,作为支点非常稳当。三者之中,大悟是起点,大爱是光照,大美是终极。

美是一种安顿

《我的生命支点》一文已经坦陈，美是我的信仰。

现在我要进一步说明，这是一种最切实的信仰，足可让精神安顿。

多数信仰不可直觉，那就产生了伪饰和误导的可能。美是一种直觉形态，大大降低了这种可能。因此，足可安顿；

多数信仰过于庞大，那就减少了轻松参与的随意。而美，则千姿百态，到处散落，具有欣赏和参与的极大便利。因此，足可安顿；

多数信仰要求一致，那就影响了个体生命的自由流转。美是一种以个人为基准的"逍遥游"，恰恰要避免一致、重复和相似。因此，足可安顿；

多数信仰不够快乐，甚至还把苦难作为宗旨。美的宗旨就是快乐，即使是悲剧也提供净化灵魂的快感。因此，足可安顿；

……

——从上面几端，我们看到了一种这样的精神存在：不被误导，随意参与，自由流转，快乐欣赏。以此作为信仰来安顿自己，有什么不好？

把美作为信仰来安顿自己，也许会让不少人觉得精神层级太浅、太低。其实，完全不是这样。

美，是一个独立的精神世界。它的高深程度，一点也不低于世间的其他信仰。

例如，天地之美、自然之美的形成，就是宇宙之秘，而且是秘中之秘。这里埋藏着最艰深的难题，远远超出了人类的思维能力。

又如，美是否有边界？在什么情况下会越界成丑？丑是美的变种还是美的对手？丑的形态如何潜入美的结构？又在何种情况下变成了破坏力量？

这些问题，浅吗？低吗？

这还没有涉及人对美的创造。人创造美的动力从何而来？美的创造者如何听取天地的指令？

这就深入到了对人的本性的探寻。除人之外，虽然有的自然物种也美，但它们都不具有懂美、爱美、创美的能力。只有人具有了，而且形成了全人类的默契。正是在这一点，美成为"人之为人"的基本要素。

因此信仰美，就是在安顿人类的本性。

美的信仰，起始于一个婴儿第一次看见晚霞而惊，结束于一个老人在生命的最后时刻听到美丽乐句而安然闭眼的舒心。

美，可能会让一个最繁忙的人翻看名画稍作休息，可能会让一个最忧愁的人收听音乐缓释心情。这是以最简捷的方式推动人生主调的安顿，迫使那些非主调的功利不得不让位。正是那几幅名画、那几段音乐，唤醒了繁忙者和忧愁者的基本人格。

我大半辈子的切身体验是，正是美，使我穿过了无望的寒冬、无稽的喧闹、无聊的杯盘。在实在看不下去、听不下去的时候，只要闭上眼睛想起天山、壶口、撒哈拉、李白、苏东坡、莫扎特、罗丹，就会立即获得救赎。

我也遇到过几乎活不下去的时候。那是二十几岁在农场劳役期间，黑夜、荒路、大雨、洪水、极冷、极饿，我知道自己已经奄奄一息。忽然如有神助，又有点莫名其妙，居然在混沌的脑海中挤进来了屈原和肖邦。不错，就是屈原和肖邦，两个似乎毫无关联的人。前者在吟诵，后者在伴奏。我又怔又傻，但奇迹般地，像是有两双手从天边伸过来拉拔我，我"复活"了。

类似的经历后来还曾遇到过。例如，那些年有人发动媒体对我进行大规模诽谤的时候，帮助我最多的，是卡夫卡、萨特和尤涅斯库，并由此进一步体验到了现代派、存在主义、荒诞派的美学价值。

世事纷纭、权力更迭、财富消长、天灾不断，人生一直处于不安之中。由于不安，人们急于寻找寄托。但是无数事实证明，多数寄托只会带来更大的不安。

我一次次看到，很多仗赖财富的人终于陷入困窘，很多依附权势的人终于失去自由，很多自信计谋的人终于一筹莫展，很多夸耀成功的人终于不再作声……确实，生命的安顿非常艰难。于是，又有不少人投入灵修，寻找法师，遍听讲坛。这让我联想到在中东和南亚山坡上多次见到的蜂窝般的灵修山洞。那是古迹，现在早已无人。曾经有人在那些山洞里获得心灵安顿了吗？可能吧，但总的说来却非常渺茫。

我也算是一个走遍世界各地、熟悉中外历史、了解多种宗教的人，因此不妨在此直言：在安顿心灵的道路上弯路、假路、邪路比比皆是。无数人在那些错误的路上，耗尽生命。

相比之下，只有美的信仰，没有代价，没有仗赖，没有依附，因此也不会失去自由、陷入困窘。在寻常生活中，让美来安顿心灵非常方便，不要山洞，不要法师，只须深记一些平生最为心仪的艺术作品和绝佳风景，再细细品尝、静静温习、悠悠畅想，就已大致入门。具有艺术天赋的人，还可以顺着这些美好图像和音乐激发自己的幻想空间，试着投入新的构思,自娱自乐,这就进入了天堂般的自由境域。

这种由美带来的安顿,外力无法剥夺,别人不会争抢,自己愿意保留多久就保留多久。对很多人来说,这也就是一辈子的安顿,安顿到山高水远,天静云停。

大　隐

一

大隐，是我几十年来的基本生活方式。

这种生活方式有一个最简单的标志，那就是除了妻子，谁也找不到我。

但是，这并不是自我封闭。我想出来就出来，而且可以出来得衣带生风。突然我不愿意了，便快速消失，不见踪影。没有任何人能够把我的衣带拉住，更没有任何堂皇的理由、巨大的名号，能够让我出现在我不愿意出现的场合。

也不是自我噤口。我想说话就说话，我想写书就写书，而且可以说到国内国外，写得畅销不衰，然而没有一种力量，能让我多做一个发言，多写一篇文章。在那些热闹的时间和拥挤的空间中，我的声音隐了，我的笔墨隐了。

此为大隐。

二

大隐很难做到,因为阻碍性的理由太多。

例如——

"我不想显身扬名,但是为了事业,为了同事,不能不站在前台";

"我们这个行当长期黯淡,就是因为缺少几个叫得响的代表人物,我不小心成了这样的人物,只能当仁不让";

"我家世代务农,埋身乡里,我终于广受关注,也好让前辈含笑九泉";

"我本人并不在乎,但妻子需要一个闺密们都知道的丈夫,女儿需要一个同学们都听到过的父亲";

……

这些理由都很正当,我不反对人们为了这样的理由伫立高台,引领视听。只不过,我自己不做这种选择。

我不认为自己要承担那么多责任。因为别人也都有各自的事业、行当、前辈、家人,如果都这么承担,世界是不是太闹腾了?闹腾中必然还会有竞争和嫉恨,这更是我不喜欢的了。

因此,在这么多理由中,我还是选择大隐。

三

在种种理由中，只有一条让我产生过犹豫。

那就是，社会上出现了针对我的谣言和诽谤，我是不是仍然保持大隐，默然不语？

换言之，能不能因大隐而大忍，因大忍而颠倒形象、污损名声？

对于这种情况，很多有隐逸倾向的人也不能接受。他们总是破门而出，拍案而起，激烈辩论，甚至不惜诉诸法庭。

也就是说，他们为了名，放弃了隐。

对此，我仍然做相反的选择。

在我看来，一个人的生命真实，完全把握在自己手里，与别人的说三道四完全无关。有人乐于信谣，有人将信将疑，有人忙于传播，有人听之任之，这一切，更不必理会。因为即使理会了，辩赢了，胜诉了，仍然会有更多的人说三道四、将信将疑、忙于传播、听之任之。

谣言和诽谤像窗外的雨，下得越狂暴和猛烈，反而更能反衬窗内的自如和安定。因此，雨幕雨窗，倒是成了守卫生命的护墙，使生命之隐更加确认。

我自身的经历证明，半辈子大隐，为什么能够隐得那么透彻，主要是靠谣言和诽谤为我打造了一堵狰狞的护墙，使外边的花鸟虫草无法近身。你看，正是因为这些谣言和诽谤，官场、同行、媒体都尽可能地躲开了我，一切社会荣衔如代表、委员等都不再来骚扰我，各种各样的会议、报告、传达都放过了我，这是多么求之不得的事情啊。如果没有这些谣言和诽谤，我要达到这种安静境界，需要花费多少精力去拒绝、推辞、婉谢？现在它们全部代劳了，真是功德无量。

因此，古语说"大隐隐于市"，而我则"大隐隐于谤"。

千万不要辟谣、除谤。因为这等于解除了门外的铁甲武士，使自己的宅院不再宁谧。

四

大隐千难万难，最难的一项，是"自掩亮点"、"自闭殊色"，使自己在基本生态上，沦于寻常。

这是因为，亮点和殊色，必然会成为他人关注你、牵引你、拥戴你的原因，使你既无法小隐，更无法大隐。

只有一个办法，那就是中国古代智者所说的韬光养晦、中庸守拙。

这里可以举一个真实的例子。

前不久，复旦大学历史系钱文忠教授对我说，他的父亲认识一个叫赵纪锁的老干部，知道我四十二年前的一件往事。钱教授才说几句，就把当时在场的一位退休高官吓了一跳，连连问："这么重要的事，我怎么不知道？而且，好像大家都不知道？"

钱文忠教授讲的是，一九七六年周恩来总理去世，"四人帮"在上海的势力严令禁止悼念。我和赵纪锁先生一起，大胆地组织了上海唯一的一个追悼会，由我主持。这在当时是不要命的事，很快就有上海工人造反司令部一个姓孙的文化教员和我所在单位一个姓周的政治干部神情诡异地来"探望"我，听了他们的几个提问就知道是缉捕的前兆。我就立即托请一位早年的老师帮助，潜逃到浙江奉化的半山老屋里躲藏起来，使他们追缉不到。

"四人帮"倒台后政治形势反了过来。我回到上海，发现所有以前的帮凶完全打扮成了相反的面目，全都编造了自己的"光荣斗争经历"而谋取了新的职位。于是，我选择了沉默。

当时，那些为自己涂脂抹粉的昔日帮凶都很难找到像样的脂粉，而我则相反。只要稍稍讲一点主持追悼会的事，而且人证充分，一定会成为一个了不起的"英勇事迹"。但是，我一点也不想追求特殊的政治地位，更不想引起大家太热烈的赞颂，就选择了"自我消磁"，几十年都不提一句。直到今天，已成了"前辈的前辈"，再也不会进入任何光圈了，才顺着赵纪锁先生的回忆，补说几句。

我的这种"自我消磁"，也就是前面说的"自掩亮点"、"自闭殊色"，已经成为我的人生习惯，也是我最终实现大隐的一条秘径。

当然，这条秘径也是险径。例如前面说到，我在组织那场追悼会之后，不是有两个人前来查缉吗？时世一变，他们都害怕了，但看我没有动作，他们反而以攻为守，开始与其他当年的造反派首领一起，对我大肆诽谤。我如果怒而反击，他们当然会一败涂地，然而这么一来，我更会引人瞩目，无法大隐了。因此就任由他们闹去，我只安静地做着自己想做的事。

对于这种态度，很多人为我担心。既掩荫自己的优势，又容忍他人的歪曲，那自己还是自己吗？

但是，"自己"真有那么重要吗？庄子在这个问题上留下的名言是："至人无己，神人无功，圣人无名。"

那就可以做一个总结了：何谓大隐？无己，无功，无名。

你比你更精彩

一

这个标题,是我对三个学生讲的话。他们一听,眼中有光。

同一个"你"字,用了两次,还让它们比在一起了。这似乎有语病,却病出了腔调。

第一个"你",是真正的你;第二个"你",是今天的你。

或者说,第一个"你",是失去的你;第二个"你",是捡得的你。

难道,真正的你,并不是今天的你? 确实如此。那么,他到哪里去了? 这就是我写这篇文章的主旨:让我们一起来找。

这个世界普遍近视,只承认既成事实。今天的你,是既成事实,因此被看成唯一的你、无可取代的你。如果你自己也这样想,那就陷入了一个思维泥潭。因为按照这种逻辑,布满雾霾的早晨是唯一而且无可取代的早晨,砍伐严重的森林是唯一而且无可取代的森林,浑身油污的海鸥是唯一而且无可取代的海鸥。

于是,世界失去了初始图景,人类失去了赤子纯真,万物失去了天籁本性。而你,也就永远不再是一个美丽的早晨、一片茂盛的森林、一只健全的海鸥。

听起来,这好像是无可奈何的事,其实却是掩盖、欺骗和背叛。掩盖了自己,欺骗了自己,背叛了自己。

二

"我自己真有这么好吗?"很多人怀疑。

答案是,比任何再大胆的想象都要好。甚至可以说,即使是那些你毕生敬仰的人格典型,在你自己身上也能找到一半以上的种子。只不过后来可能受到外面气候的干扰,未能茁壮成长罢了。

我曾在《修行三阶》一书中说过,每个人在尚未接受教育的童年时代,就具备善良的天性。

即便在儿时,你曾经舍不得花蕊枯萎,蝴蝶离去;你曾经舍不得小猫跌跤,老牛蹒跚。

即便在儿时,你不忍听小孩子因饿而哭,你不忍听老人家因病而泣。

这一切，谁也没有教过你，你所依凭的，只是瞬间直觉。正是这种瞬间直觉，泄露了你的善良天性。

待到长大之后，你在重重社会规范的指引下学会了无数套路，于是天籁渐失，童真渐远。有时，甚至还会铁石心肠，干下一些事情。时间一长，你甚至怀疑，自己是否储备着足够的善良天性。深夜扪心，觉得还有储备，却已经不知道什么时候以什么方式奉献出来。

这就是说，人人都有伟大基因，却被岁月偷盗了。这些出现在岁月中的盗贼，却有温和的外貌、诚恳的声音、堂皇的理由。可能是生存的需要，可能是长辈的灌输，可能是周围的诱惑，可能是潮流的撺掇，可能是为了成功，可能是为了脸面，可能是为了炫耀，结果，遭受了一轮又一轮的抢劫，丢失了与生俱来的纯真和高贵。

剩下的，只能是平庸。也许，还夹带着邪恶。

简单说来，人虽活着，却是毁了。看上去活得像模像样、有名有目、有腔有调，却成了街市间无聊的一员。

何谓无聊？事事趋同，事事比照，事事躲闪，事事苦恼。

可悲的是，伟大基因的被偷盗，基本上属于"监守自盗"。偷盗者，主要是自己。

因此，陷于平庸和无聊，是咎由自取。

现在的自己，不是真正的你，而是你从路边捡得的、拼凑的、黏合的。要找回真正的自己，有点难，但是也有一个

"秘方"可以帮助我们稍稍找回一点。那"秘方"上写着六个字：你比你更精彩。

接下来，我就要花费一些篇幅，来说明"真正的你"是怎么丢失的。

三

我前面说过，如此珍贵的善良天性被监守自盗，总有很多借口。最常见的一个，是声称受到了"无法推卸的压力"。

我必须说，压力的借口，很难成立。

所谓生活的压力，绝大多数被严重夸大。尤其是刚踏进人生大门的年轻人的所谓生活压力，全是东张西望、左顾右盼的结果。其实，生而为人，立足大地，青春在握，即便是艰难，也不可能被全然困住，也能享受阳光、清风，甚至比别人享受得更多。

上苍给了我们生命，其实也就给了我们全部。生命本身能够创造一切，包括创造一路艰难，以及克服艰难的能力。因此，所谓压力，即使没有被刻意夸张，也是生命存在的必要验证。没有压力的生命，是不完整的。千万不要以压力的借口去与别人的生命对峙。

别人的生命也已经拥有自己的全部，各自的全部就是各自的独立。真正独立的生命必定会互相欣赏，并在独立和欣赏中多姿多彩。

这就像山间一棵树,既然已经长出了树苗,自然会一天天长大,不必守护过度,警惕过度。何时来了风,何时来了雨,乍一看好像是对手,是敌人,其实都不是,而是自身成长的帮手和见证;近处长了花,边上长了草,乍一看好像是竞争,是抢位,其实都不是,而是这个山角美景的组合者、共建者。

经过漫长岁月,如能保持这种心境,那就是生命的最高精彩,也就是"真正的你"的最高精彩。

四

如果你对此还将信将疑,我可以再提供一个特殊角度的证明。

你迷上了一本书、一首歌、一幅画、一部电影,心里在崇拜那位作家、那位歌手、那位画家、那位导演,崇拜得很深很深。但是你有没有想过,天下那么多书、那么多歌、那么多画、那么多电影,你为什么独独会着迷这一本、这一首、这一幅、这一部?

答案是:你与这些艺术家的审美心理高度重合。有一种潜在的文化基因,使你们在瞬间打通了心灵秘径,暗通款曲。

这种审美心理、文化基因、心灵秘径,为什么黏合得如此紧密,使你难以割舍?因为此间一半属于你自身。你痴迷作品,是因为蓦然发现了自己的灵魂。

所以，我作为《观众心理学》的作者一再论述：读书，就是读自己；听歌，就是听自己；赏画，就是赏自己；看电影，就是在黑暗中看自己。至少，是部分自己。

那么，你在艺术欣赏场合不应该仅仅是"崇拜"了，而更应该是"自认"。承认眼前出现的美学奇迹，是属于自己生命的一部分。只要稍有条件，你也能投入创造，只要冲破一些障碍就行。

我在担任上海戏剧学院院长期间，日常要做的事，是与教师们一起告诉那些刚刚中学毕业的毛孩子：只要排除障碍，你就能释放出扮演唐代公主、法国骑士的天赋，展示出营造古典场景、恐怖空间的能力。事实证明，他们都在最短的时间做到了。在这最短的时间之前，他们与你们没有区别。

这，就是你能成为艺术家的雄辩证明。其实你也能成为别的许多"家"，每一种"家"都做得非常精彩。

那就接受我的这句话吧：你比你更精彩。

不要等待

年幼时,不懂得等待。

年轻时,懂得了等待。渐渐明白凡是大事、好事,都需要耐心等待。

终于年长了,才恍然大悟,尽量不要等待,尤其是不要长时间等待。

等待,是把确实的今天,交给未知的明天。

等待,是把当下的精彩,押注给空泛的梦幻。

等待,是一种心理安慰,但也有可能是一种心理欺骗。

有人告诉你,屋后的山坡上有一棵树,三年后会结出一种果实。于是你苦苦守望,天天等待,与朋友交谈也不离这个话题,而且已经一次次安排三年后的开摘仪式。大家对那种果实越想越玄,还不断地加添悬念。

三年一到,终于开摘了,大家张口一尝,立即面面相觑。原来,那果实口味平庸、粗劣、干涩,没有人愿下第二口。

再看周围,漫山遍野都是草莓、刺檬、紫榴、桑葚、酸枣、青柑，整整三年，全被冷落了，连看都没看过一眼。

但是，究竟是你冷落了它们，还是它们冷落了你？看看它们灿烂而欢快的表情，就知道了。

由此证明，等待是一种排他的幻想。苦苦等待来的，多半是尴尬。

何必等待，着眼当下。

与其等待稀世天象，不如欣赏今天的晚霞。晚霞中，哪一团彩云散开了，也不要等待它的重新聚合；哪一脉云气暗淡了，也不要等待它的再度明亮。它们每一次翻卷出来的图案花纹，全在人们的等待之外。

因此，只有不等待的人，才能真正享受晚霞。

晚霞不见了，你还等待什么呢？等待月明星稀、乌鹊南飞？它们恰恰都没有来。于是等待明天的晨曦吧，但是，整个早晨都风雨如晦，别是一番深沉的咏叹。

从理论上说，等待，是一种由"预期"所引起的误导。

那么，"预期"的依据又是什么呢？是"预知"。

对于这种"预知"，哲学家王阳明认为是"未知"和"无知"。因此他提倡"知行合一"，否认在行动之前有什么"知"。

如果无法行动，也就不去等待。如果有一丝可能，就寻找这种可能，而不是等待这种可能。

寻找是主动的，等待是被动的。宁肯放弃，也不要被动。

因为被动往往是不动、乱动、反动。

其实，比王阳明早一千八百多年，大哲学家庄子就已经提出了这个主张，只有两个字："无待"。

拼命挥手

这个故事，是很多年前从一本外国杂志中看到的。我在各地讲授文学艺术的时候，也曾提及。

一个偏远的农村突然通了火车，村民们好奇地看着一趟趟列车飞驰而过。有一个小孩特别热情，每天火车来的时候都站在高处向车上的乘客挥手致意，可惜没有一个乘客注意到他。

他挥了几天手终于满腹狐疑：是我们的村庄太丑陋，还是我长得太难看？或是我的手势错了？站的位置不对？天真的孩子郁郁寡欢，居然因此而生病了。生了病还强打精神继续挥手，这使他的父母十分担心。

他的父亲是一个老实的农民，决定到遥远的城镇去问药求医。一连问了好几家医院，所有的医生都纷纷摇头。这位农民夜宿在一个小旅馆里，一声声长吁短叹吵醒同室的一位旅客。农民把孩子的病由告诉了他，这位旅客呵呵一笑又重新睡去。

第二天农民醒来时那位旅客已经不在，他在无可奈何中凄然回村。刚到村口就见到兴奋万状的妻子，妻子告诉他，孩子的病已经好了。今天早上第一班火车通过时，有一个男人把半个身子伸出窗外，拼命地向孩子招手。孩子跟着火车追了一程，回来时已经霍然而愈。

这位陌生旅客的身影几年来一直在我心中晃动。我想，作家就应该做他这样的人。

能够被别人的苦难猛然惊醒，惊醒后也不做廉价的劝慰，居然能呵呵一笑安然睡去。睡着了又没有忘记责任，第二天赶了头班车就去行动。他没有到孩子跟前去讲太多的道理，只是代表着所有的乘客拼命挥手，把温暖的人性交还给了一个家庭。

孩子的挥手本是游戏，旅客的挥手是参与游戏。我说，用游戏治愈心理疾病，这便是我们文学艺术的职业使命。

我居然由此说到了文学艺术的职业使命，那是大事，因此还要郑重地补充一句——

这样轻松的游戏，能治愈心理疾病吗？能。因为多数心理疾病，其实只是来自对陌生人群的误会，就像那个小孩对火车旅客的误会。

白　马

那天，我实在被草原上的胡杨林迷住了。薄暮的霞色把那一丛丛琥珀般半透明的树叶照得层次无限，却又如此单纯，而雾气又朦胧地弥散开来。

正在这时，一匹白马的身影由远而近。骑手穿着一身酒红色的服装，又瘦又年轻，一派英武之气。在胡杨林下，马和骑手成了一枚小小的剪影，划破宁静……

白马在我身边停下，因为我身后有一个池塘，可以饮水。年轻的骑手微笑着与我打招呼，我问他到哪里去，他腼腆地一笑，说："没啥事。"

"没啥事为什么骑得那么快？"我问。

他迟疑了一下，说："几个朋友在帐篷里聊天，想喝酒了，我到镇上去买一袋酒。"

确实没啥事。但他又说，这次他要骑八十公里。

他骑上白马远去了，那身影融入夜色的过程，似烟似幻。

我眯着眼睛远眺，心想：他不知道，他所穿过的这一路是多么美丽；他更不知道，由于他和他的马，这一路已经更加美丽。

我要用这个景象来比拟人生。人生的过程，在多数情况下远远重于人生的目的。但是，世人总是漠然于琥珀般半透明的胡杨林在薄雾下有一匹白马穿过，而只是一心惦念着那袋酒。

好了，那就可以做一个概括了——

第一，过程高于目的，白马高于酒袋。

第二，过程为什么高？因为它美。

第三，美在何处？美在运动中的色彩斑斓，美在一个青春生命对于辽阔自然的快速穿越。因此，美是青春、生命、自然、色彩、穿越。

你看，匆忙之间，却出现了一门完整的美学。

天 地 元 气

一

"天地元气"是中国古代哲学的一个命题,我今天要从宇宙观的角度来谈它。

宇宙观,首先让我们懂得时间和空间都是无限的。地球和人类的存在,都微乎其微。百万年只是瞬间,太阳系只是浮尘。因此,胜败生死、名利地位都是幻影。略知宇宙的人,都不会过于在乎自己的境遇,这就是我一再表述的大悟,在人生形态上表现为达观。这就是我的第一宇宙观。

二

但是,即使能够舍弃一切,也总还有一些神奇的现象留在心底。为什么日月四季运行不息?为什么山川沧海如此壮丽?为什么爱情、亲情这样迷人?……

更加不可思议的是:在未曾发生过血缘沟通的人群间,

为什么生理指标基本一致？在未曾产生过移植互播的地域间，为什么奇花异果都有那么多近似的色彩和滋味？而且，所有的奇花异果，在生长过程中，一步也不会紊乱，一步也不会懈怠。各种飞禽走兽，也是一样。这，究竟是怎么一回事？

冥冥中，我们看到了一种强大的能量，又看到了一种强大的秩序。这两者，都不能不让人们想象，是否有一个神通广大的"造物主"？

如果没有能量，一切奇迹都不可能发生；如果没有秩序，一切奇迹都早已纷乱。进一步的说法则是：如果只有能量，一切早已互灭；如果只有秩序，一切早已共衰。

因此，我们面对的，是能量和秩序的平衡。

宇宙，就是能量与秩序的最伟大平衡，而地球和人类，正是这种平衡的最特殊产物。试想，如果地球在体积、运行、互动、磁场等等方面稍稍失去一点平衡，那人类还能存在吗？

能量与秩序的平衡，这是我的第二宇宙观。

三

即使保持着最基本的平衡，能量与秩序之间也会有不洽、龃龉、偏侧、不悦的时刻，例如地震、海啸、战争、饥荒的出现。这些灾难总会过去，平衡迟早又会重启。当然，平衡之后又会不平衡。而且，在大平衡之下，又有大量的不平衡。平衡就像一个巨大无比的天平，掌控着宇宙、地球和人类的存在。但是相比之下，不平衡所造成的动荡、分裂、灾难，影响实在太深，致使不少人把人类史看得很阴暗。阴暗的历史有故事，有血泪，有威胁，强蛮地控制着人类的精神世界；反倒是平衡状态显得那么平常、世俗、缺少话题，经常被删节和遗忘。

因此，我们应该对各种史学家、时评家、谋略家产生警惕。他们往往夸大了历史的阴暗，并从中张扬出仇恨、对抗、厚黑、诡术，并把这一切看成是人生的"必要智慧"。其实，从宏观看，人类之所以延续至今，地球之所以还会久存，是因为起主导作用的，仍然是足以维持大平衡的宇宙正能量。

这是我的第三宇宙观。

四

正能量，首先要有足够的能量。所谓足够，那就不仅仅是维持的能量，疲沓的能量，而是创造的能量，建设的能量，始元的能量，聚气的能量。这些能量，在表现形态上是气吞万汇、积极自信、充满创意、生机勃勃。

固然，这样的能量很可能扩充成强权和霸权，伤害到四周，那就变成了负能量。负能量损害了应有的秩序，不管是强权还是霸权，"权"就是一种自建的秩序，而且这种自建的秩序还会徒造出一系列精神依据。请看历来大量权势者的意志宣言，加上前面所说的那些史学家、时评家、谋略家的宣扬，使得负能量常常成为历史的主旋律。

为了克服负能量，正能量必须经历千难万难，呼吁全人类在包容、和谐的前提下建立各方面都乐于接受的秩序。

在包容、和谐的背后，那些以仇恨和对抗为特征的精神依据就失去了意义，人们全力崇尚的，是善良的天性。为什么把善良说成是"天性"？因为包容、和谐、平衡是天地存在的本性。这种本性一旦出现，也就有了人类和地球继续维持的终极理由，随之世界也就有了平静，有了笑容，有了色彩，原本互峙、互斗的混乱也变成了互依、互衬的结构，这就形成了美，而且是大美。

简单说来，负能量的"戾气"变成了正能量的"元气"。气还是气，本质变了。

这就回到了本文开头提出的"天地元气"。

在中国古代，"天地"是宇宙的别称。有的时候，干脆用一个"天"字来指代宇宙。如前所述，中国古人把善良说成是"天性"，其实还有"天良"、"天德"、"天聪"等概念，都来自于天。

与此相对应，对于世上最邪恶的事，人们认定必遭"天怒"和"天谴"。甚至直接说，"天地不容"。

在这个问题上，我们应该对各地的"原始宗教"重新保持敬仰。早期的祖先对天地万物深深尊重，认为它们都是降临于人面前的"神"，应该崇拜。在这一点上，他们对人和宇宙的关系，看待得更真切、更虔诚。他们深信，真正值得人们信赖的，不是单个的形象，而是天地万物，而是我们每天看到的自然物象。在这一点上，"原始宗教"比后来的很多"一神教"更高明。

除了"天地"，还要特别说说"元气"。

《周易》首卦"乾卦"的基本纲领是"元亨利贞"四字，概括了万物生存的命脉，而其中又把"元"置之第一。《楚辞·九思》说："食元气兮长存"。正是"元气"，让天地和人类有了生命力。始元、基元、浑元、多元、含元，都包含着开启万物的创造本性。强大的能量和强大的秩序蔼然和解而归"元"，一个"元"字，生机无限，又惊喜无限。实际上，元气，就是宇宙正能量的中国说法。

然而，元气在天地之间，并不是平均分配的。在历史上，有的地区，有的时段，有的人群，甚至有的个人，有可能元气充沛，引领创造，诸事顺遂，功绩巨大；相反，另外一些地区、时段、人群、个人则完全相反，长期陷于低迷，再怎么奋斗也不见起色。这就是在时间和空间的大平衡之下，无可避免的不平衡。在这种情况下，获得元气灌注的对象，切莫自鸣得意、自以为是，而应该把自己拥有的元气良性守护，并与四周分享。只有这样，才能让元气合于天地。如果不是这样，把元气看成独有、私有而盛气凌人，那就迟早会受到平衡原则的惩罚。"物极必反"、"因果报应"等说法，就是指元气失去分寸之后蜕变成戾气的反转。历史上很多著名人物，常常先是元气勃勃，后来则戾气深重，都是例证。但是就整体而言，只要天地尚在，元气就不会全然消遁。

"天地元气"是一个大概念，但在实际体现中，却未必表现为轰轰烈烈的仪式、高不可攀的权势、国际政治的方略、深不可测的玄论，而往往相当寻常。因此，寻找"天地元气"，不必有太陡的台阶，太多的膜拜，而是抬眼就能发现，只是我们平常不在意罢了。

早晨开窗，面对朝云霞光，吸一口布满天域的浩荡之气吧。万里行旅，面对大海峡谷，融入自己的心身感受吧。日常家居，面对爱妻目光，读解人生的无限美好吧。居高临下，鸟瞰芸芸众生，体验人世的缕缕暖意吧。

李白、苏东坡他们，为什么能在诗人如云的时代引领高位？因为他们敢于把黄河、瀑布、蜀道、大江、明月当作主角，让自己处于仰视、崇拜、惊叹的地位，于是，"天地元气"也就在他们的笔底释放。即使是一位年轻的现代诗人，写了"面向大海，春暖花开"八个最普通的字，却让人们眼睛一亮，因为他触及了"天地元气"。

不错，"天地元气"包含在人们最容易忽视的寻常之间。相反，很多被追慕、被崇尚、被遥望的对象，往往属于"戾气"的范畴。

因此，还是应该做一个普通的人，过一种普通的日子，满足一些最普通的享受，这才是真正的天地之子，这才是终极的元气之本。

这就是我们中国人的宇宙观。

名家论余秋雨

余秋雨先生把唐宋八大家所建立的散文尊严又一次唤醒了。或者说，他重铸了唐宋八大家诗化地思索天下的灵魂。

——白先勇

余秋雨有关文化的研究，蹈大方，出新裁。他无疑拓展了当今文学的天空，贡献巨大。这样的人才百年难得，历史将会敬重。

——贾平凹

北京有年轻人为了调侃我，说浙江人不会写文章。就算我不会，但浙江人里还有鲁迅和余秋雨。

——金庸

中国散文，在朱自清和钱锺书之后，出了余秋雨。

——余光中

文化界不少人的成绩，可以用很多语言来介绍；但也有少数人不必如此介绍；余秋雨先生则是特例中的特例，完全不用介绍，几乎全国所有读者都知道他，喜欢他。因此，今天我主持他的演讲，非常轻松。

—— 张贤亮

余秋雨先生在文化上的建树，气势恢宏，让人回肠荡气。他又淡泊名利，与世无争，这样的人在佛教看来，已经属于"当代菩萨"之列。

—— 星云大师

余秋雨先生每次到台湾地区演讲，都在社会上激发起新一波的人文省思。海内外的中国人，都变成了余先生诠释中华文化的读者与听众。

—— 高希均

历史将会敬重（代跋）

著名作家贾平凹在评价余秋雨时写道："这样的人才百年难得，历史将会敬重。"

余、贾两位，在经历、地域、生态上都有很大距离，因此这样的评价具有客观的远瞻性。我在香港关注余先生已经三十多年，愿意为贾先生的评价提供下列理由——

一、余先生在交通条件很艰难的二十世纪八十年代初期，通过非常辛苦的实地考察，在中国近代以来十分热闹的"军事地图"和"行政地图"之外，首次拼接出了"文化地图"。这幅"文化地图"以全新的史识描绘了一系列古老的美好，由于直接回答了长期贬低中华文化和中国人的国际潮流，立即如空谷足音，震撼了华文世界。曾经写过《丑陋的中国人》一书的柏杨先生当面对余先生说："羡慕。羡慕你以大规模的文化遗址考察，重新定义了中国人。"

二、考察中所写的《文化苦旅》《山居笔记》等著作，展示了一种被陶岚教授称为"一过目就放不下"的"余氏文体"，更是一时风靡，其中不少文章居然同时被收入两岸的语文课本,成为当代语文中的孤例。这种文体的特点,被语文学者评为"质朴叙事,磁性行文,天地诗情"的三相融合,显现了当代华文有可能达到的高位。我曾经在台湾新北市大礼堂听著名作家白先勇在演讲时说:"余秋雨先生的著作长期以来一直是全球各地华人社区读书会的第一书目。他创造了中华文化在当代罕见的向心力奇迹。我们应该向他致以最高敬礼。"

三、余先生紧接着又在世纪之交冒着极大生命危险,实地考察了人类各大古文明遗址,将它们与中华文明做对比。考察日记《千年一叹》、《行者无疆》在海内外同时连载并出版,读者之多超乎想象,他也就成了国际间最有资格的比较文化演讲者。二〇〇五年七月应邀在联合国"世界文明大会"上发表了主旨演讲《中华文化的非侵略本性》,二〇一三年十月又在联合国总部大厦演讲《中华文化为何长寿》。这些纯学术的演讲,为世界各国学者提供了读解中华文化的全新思路。由于演讲者的身份是"当代世界走得最远的非官方独立知识分子",在国际上具备了基本的公信力。其中的论点和论据,以后被广泛引用。我有幸两度抵达演讲现场,切身感受到中华文化在肃穆的学术气氛中的"高光时刻"。

四、当文化热潮兴起之后,学术界发现,各种文化话语还缺少一些公认的理论基点,就像数学中少了一些公式,产生了纷乱。对此,余先生在二〇〇六年制定了一条最简短的文化定义,并在香港凤凰卫视的《秋雨时分》发布,向海内外征求意见。这条定义一共只有三十个汉字:"**文化,是一种**

成为习惯的精神价值和生活方式。它的最终成果，是集体人格。"世界上有关文化的定义，自英国学者泰勒之后，至今已出现二百多条，每一条都非常冗长又各执一端，唯有这一条，被海内外学术界称赞为"最简洁、最准确的概括，很难被替代"。众所周知，世界上不论哪个学科，定义之立，都是一件奠基性的大事。

五、由于认定文化的最终成果是"集体人格"，余先生此后多年就把精力集中在对中华民族集体人格的探究上。他比较了世界上各个著名的集体人格范型，例如"圣徒人格"、"先知人格"、"绅士人格"、"盎格鲁－撒克逊人格"、"武士人格"之后，确认中华文化的集体人格范型是"君子"，并以"君子之道"来概括儒家学说。他力排众议，认为儒家学说在政治、社会方面"治国平天下"的各种主张，很少被历代统治者真正采用，早已黯然褪色，而其中最具时间韧性的是一种已经广泛普及于中国民间的人格标准，那就是"做君子，不做小人"。这个论断，使儒学研究和中国文化研究都焕然一新，而又进一步印证了柏杨先生对他的判断："重新定义了中国人"。

二〇一四年，专著《君子之道》出版，此书在史上第一次系统地研究了君子的对立面——小人，被评为"历代负面人格研究的开山之作"。有一位香港学者撰文说："在这项研究中，中华文化因为没有被刻意掩饰长久以来的一些阴影，反而变得更立体、更真实、更可信。"由于这本书，余先生再度受到台湾诸多机构的邀请而进行了"环岛演讲"。

除儒家外，余先生还深入研究了中国古代的其他思想体系，指出在"君子之道"之上，还有更重要的一个道，那就是道家的"天道"。为此他又写出了《老子通释》、《周易简释》等一部部厚重的著作，系统地阐明：天人合一、元亨利贞、柔静守中，是中华文化的立世之根。

六、在中国古代三大思想体系中，佛教典籍最为玄奥。现代佛教学者大多难于逐句译释，又疏于宏观梳理，致使他们的讲述常常陷于浅俚和驳杂。余先生的《〈心经〉通释》、《〈金刚经〉今译》、《〈坛经〉简释》、《群山问禅》等作品问世，才改变了这种状态。他在北京大学、中国艺术研究院讲授的佛学课程，经由网络视频播出，均创造了很高的收视率。

余先生在阐释这些古代经典的同时，还创造了一种全新的学术形态，那就是，尽力摆脱自清代以来的那种艰涩、烦琐、缠绕的考证痼疾，返璞归真，以通达和明晰，让现代读者直达古哲本源，领略开山大师们的第一风采。当然，能做到这样，需要更深厚的学术功力。

七、"国学"的时尚，在传媒间渐渐泛滥成单向夸张的炫古表演，致使中国古代文学在良莠不分、高低错乱的"泡沫竞吹"中失去了历史的筋骨。为此，余先生早在十几年前就针砭时弊，率先提出了"中国文脉"的命题，主张以批判和选择的眼光，为古代文学"祛脂瘦身"，寻得主脉。他以跨时空的审美高度，在三千年遗产中爬剔、淬炼，终于写成《中国文脉》一书。书中，中国古代文学也就由"日渐痴肥"的形态一变为健美精干的体格，相当于一部颇有魅力的中国文学简史。不久，他应邀到耶鲁大学和纽约大学讲授这一课题。

八、与《中国文脉》相应，余先生又对中国古代文学进行了大规模的今译。他认为，准确而优美的今译，能使枯萎的古典复活，欧洲不少文化大师都做过这件事。由他今译的古典作家，包括庄子、屈原、司马迁、王羲之、陶渊明、刘勰、韩愈、柳宗元、欧阳修、苏东坡，结集成《文典一览》和《古典今译》，出版后受到朗诵专家和古文字家的共同好评。我在网上看到这样一则评论："别人的今译，常常把一坛古代美酒分解成了一堆现代化学分子式，唯独余先生，保存了千年酒香。"

九、余先生早年的专业基点是西方美学史。但是早在二十世纪八十年代他到上海、北京、香港、新加坡等地的几所大学授课时，已从康德、黑格尔的古典美学转向现代心理美学，代表著作是《观众心理学》。从二十一世纪开始，他又进一步从"虚拟美学"转向"实体美学"，并由此建立中国美学在国际间的独特风范，代表著作是《极品美学》。余先生认为，中国美学历来不以虚拟的概念引领，而总是让概念追随实体，而所有的实体则由"极品"引领。该书由"文本极品"、"现场极品"、"生态极品"三部分组成，反映了中国人在顶级审美领域的稀世历程。显然，这部书在中国美学的研究上，具有界碑的意义。

十、由《观众心理学》，联想到余先生在二十世纪八十年代已经出版的其他重大学术著作如《世界戏剧学》、《中国戏剧史》、《艺术创造学》，每一部都称得上是一个学术高峰。我查资料，发现它们分别获得过"全国优秀教材一等奖"、"哲学社会科学著作奖"等当时最高的学术荣誉。三年前在一次教材研讨会上，我曾邀请香港五位资深教授，对这些著作进行专业评估。他们经过几天研读后认为，《世界戏剧学》的第三、四、十、十一、十二、十三章，《中国戏剧史》的第一、二、三、六章，《艺术创造学》的引论"伟大作品的隐秘结构"，以及《观众心理学》的引论，均"包含着全新的学理创建"。他们还一致认定"这几部著作，至今仍然可以作为一流的高校教科书"。

十一、余先生被公认为"国学巨子"，又明确反对文化上的"民族极端主义"。他多次坦陈，自己心中的光源，是一种世界性的聚焦。除了道家、儒家、佛家和王阳明的心学外，还有狄德罗、歌德、罗素、荣格、海德格尔、萨特。他精熟西方人文历史，上列这些智慧星座，他都做过深入论述，早在三十年前就淬砺了自己的精神结构。正因为这样，他笔下的中国文化，也就不仅仅属于中国了。

十二、在上述一系列重大学术成就之外，余先生还是一名几乎全能的文学创作高手。除了散文和"记忆文学"，还创作了剧本、小说、诗歌，每一项都取得了很大成功。他为妻子马兰创作的剧本《秋千架》、《长河》，演出时曾在几个著名大剧院创造了票房纪录，被专家评为"应该进入戏剧史的作品"。在台湾演出时正逢"选举",我恰好在当地采访,看到台北剧院门口的广场上拥挤着十几万为"选举"造势的民众,没有一个剧团敢于在这个时间、这个地点演出,但是,马兰的演出仍然场场爆满,被当地媒体惊叹为"不可思议"。

余先生的剧本和他的小说《信客》、《空岛》一样,既不是现实主义,也不是现代派和后现代,而是深受海明威"非象征的象征"、迪伦马特"非历史的历史"的影响,参照西方当代"文化诗学"的构想,实践着他自己提出的"以诗境消解历史,以通俗指向彼岸"的象征诗学,开启了一种自辟云路的创作高度。

十三、还必须立即补充,余先生又是当代杰出的书法家。二〇一七年五月至六月在北京举办的"余秋雨翰墨展",参观人数之多,成为中国美术馆建馆半个多世纪以来最为轰动的展览之一。原中国书法家协会主席张海说:"即使秋雨先生没有写过那么多著作,光看书法,也是真正专业的大书法家。"其实,即便在历史上,著作和书法同时壮观的大家,也屈指可数。正因为这样,我听说,在一次大型的慈善拍卖中,余先生的一幅书法作品拍出了惊人的高价。

从几部已经出版的书法、碑楹集来看,余先生是现今被邀请为全国各地名胜古迹题写碑文、榜额特别多的一个人。究其原因,除了公认的书法水准之外,更因为邀请者们全都相信,余先生的文化美誉度,能够被各方游客敬重。他的笔墨,不会让名胜古迹逊色。

——以上，我为贾平凹先生的评价提供了十几条理由，已经不短，应该归纳几句了。但是作为一名老记者，我还是习惯于采用别人的语言。记得新加坡"总统文化奖"获得者郭宝崑先生多年前曾经这样撰文来总结余先生的文化成就："**以旷世的才华和毅力，创建了中华文化在当代世界的全新感知系统，既宏大又美丽，功绩无人可及。**"二○一八年五月，"天下文化事业群"赴上海为余先生隆重颁授奖匾，铭文为"**余秋雨 —— 华文世界最具影响力的一支笔**"。

他出版的书，可以排满整整几堵书壁，而且，几乎每一本都在文化史上开门拓户、巍然自立。有两位华裔教授曾经站在这样的书壁前对我说："余先生一人的成就规模，从数量到质量，都远远超过了很多研究所。这中间一定有神秘的天命所指，百川合一。"我说，先不论"天命"，我长期从旁观察，只知道有两个最表面的原因，别人也无法仿效。

表面原因之一，他不参与一切应酬、会议、社团。让人难以置信的是，他有如此业绩，却不是任何一个级别的代表、委员，也不是任何一个级别的作协、文联会员。这也使他不可能进入文化界的各种"排名"。近十年来，他与外界切割得更加彻底。正因为远避光圈，销声匿迹，他才完全不受干扰地完成了如此宏大的文化工程。

表面原因之二，他不理会一切谣言、诽谤、讹诈。由于文化名声太大又不肯依从何方，他成了香港某个"基金会"

的觊觎目标,曾长期遭到香港那家日报,广州那家周报,以及一些职业性文痞的联手诬陷,在媒体上制造出一个又一个的"事件",害得很多人至今还在误信。这股力量甚至一度还裹胁权势,企图毁人夺笔,连他妻子马兰也受到牵累,在艺术最辉煌的年月竟然平白无故地失去了工作。但是,他们夫妻为了不污染心境,不浪费时间,全然放弃一切反击、起诉、追究,只说"马行千里,不洗尘沙"。

衍 语

在结束这篇文章的时候,我又随手翻阅了余先生的文集,发现以前还是漏读了不少文章。

例如,在《修行三阶》一书中读到"破惑"和"安顿"这两大部分,在《暮天归思》一书中读到"大悟、大爱、大美"这三项"生命支点",在《门孔》一书中读到几位文化前辈在磨难中的人格固守,都使我在精神上获得全方位的皈依,而且皈依得那么恬静和熨帖。

平时对不少流行的观念也心存疑惑,却求解无门,余先生在书中都做了简明的指点。例如,现在很多人把"传统"看作是"文化"的支撑,他不赞成,说"中国文化是一条奔腾向前的大河,而不是河边的枯藤、老树、昏鸦"。还有一些尴尬问题,像以前左右文坛的"刀笔战士"们目前心态如何,上海文化突然失去优势究竟原因何在,等等,也都进行了有趣的剖析（见《暮天归思》中《刀笔的黄昏》、《文化的替身》等文）。然而，不管说到哪一种弊病，余先生基于自己的文化辈分，态度都很宽容，只说是"学生们不用功，走偏了"。

最后我要说一句：生在同时代而不读余先生的书，那就实在太可惜了。记得前些年，香港中文大学受托为香港市民开列"古今中外必读书目"八十本，世上那么多作者，唯独余先生一人占了两本。后来应市民要求，书目缩小成五十本，余先生依然占两本。这件事，体现了一种眼光，应该为我们香港鼓掌。

在历史上，真正的文化巨峰少而又少，诚如贾平凹先生所说，"百年难得"。一旦出现，同时代的人往往很难辨识，因为大家被太多流行的价值系统挡住了眼，而文化的高度又无法用权力标尺和财富标尺衡量出来。但是，如果历史还值得信任，那么，高度总会还原。

香港《亚洲周刊》 江迅

二〇二一年九月